Guérie par ton amour

Avec la collaboration de Lilas Seewald

Conseil éditorial : Julia Martiano
Maquette : Ma petite FaB – Laurent Grolleau
Illustrations : ShutterStock/AdobeStock/Laurent Grolleau
Design couverture : Antartik
Photographie : Benjamin Decoin

10, place des Cinq-Martyrs-du-Lycée-Buffon
75015 Paris
ISBN : 979-10-285-2281-0

ALICE DETOLLENAERE

Préface de Camille Lacourt

Guérie par ton amour

LEDUC

À mon fils

Préface

La première fois que j'ai vu Alice, j'ai été hypnotisé par sa beauté. Je n'ai vu que sa prestance, son assurance derrière son sourire, ce sourire qui égaie ma vie chaque jour. Au fils du temps, j'ai compris que sa plastique cachait la personne qui allait changer ma vie.

Je plaisante souvent avec elle sur ses prédispositions à être psy. Alice écoute, analyse, s'imprègne des émotions des gens, toujours avec une réelle bienveillance. En lisant son livre, j'ai redécouvert une femme, originaire de Bourgogne, qui a eu le courage de prendre ses valises pour partir explorer le monde, les yeux et le cœur grands ouverts, pleins de cette empathie qui la guide et la caractérise.

J'ai aimé son histoire, ses hauts et ses bas qui ont construit sa personnalité, dont je suis tombé amoureux. Son analyse des différentes étapes de sa vie m'a replongé dans la mienne. Nous connaissons tous des moments charnières où nous prenons des décisions qui bouleversent nos existences. Mes choix, je les ai faits au *feeling*, en suivant ma petite voix intérieure qui me soufflait quelle route suivre. Le récit d'Alice m'a fait m'arrêter à de nombreuses reprises pour analyser ces choix. J'ai essayé de lire en moi-même, comme une personne extérieure le ferait, en essayant d'être le plus honnête possible. Tout naturellement, je me suis permis d'écrire quelques mots en marge, ici et là. C'est parfois bref, parfois plus long, mais toujours écrit avec mon cœur.

Alice parle évidemment de l'épreuve que nous avons traversée à deux : le cancer du sein. Elle ne cache rien, ni les difficultés à poser un diagnostic, ni les doutes, ni les moments de solitude ou d'impatience. J'ai posé entre ses lignes des mots pour expliquer mon ressenti, mes sentiments. Il n'est pas facile d'être l'accompagnant, il n'est pas possible de se plaindre… C'est normal, nous avons la santé, mais nous souffrons aussi, en silence et de façon invisible.

J'avais à cœur d'être un soutien indéfectible pour elle, je m'étais préparé mentalement à un long et douloureux combat. Alice allait devoir se battre et je connais sa force. Toute son énergie serait investie dans cette tâche, toute la mienne servirait à son bien-être et pour le bien de notre couple. Je m'en étais fait la promesse…

Ce moment difficile nous a changés. Nous avons grandi bien sûr, et nous avons construit une confiance, un équilibre et une harmonie dans notre couple que je trouve très apaisants.

Quand je repense à cette soirée d'octobre 2018, où je t'ai vue pour la première fois, Doudou, et que je vois le chemin que nous avons parcouru en un peu plus de vingt mois, j'ai hâte de nous voir dans vingt ans.

Aujourd'hui, j'écris ces mots avec notre fils dans les bras et le cœur rempli d'amour. Je suis impatient que mes deux enfants lisent ton histoire. Nous sommes chanceux de t'avoir dans nos vies et je souligne ton courage de partager ton histoire avec le plus grand nombre.

Je vous souhaite une bonne lecture.

Camille Lacourt
Paris, le 22 juin 2021

Avant-propos

Le tabou de la maladie, j'en suis à l'origine et la première victime.

Il m'a fallu des semaines pour avouer à ma famille ce qui était en train de m'arriver. Pour une raison toute simple : je devais commencer par me l'avouer à moi-même. Il est si difficile de poser des mots sur la réalité. Si difficile de prononcer ce mot, « cancer », en particulier. Alors je me suis enfermée dans le silence.

Un an plus tôt, en octobre 2018, mon père avait été emporté par cette maladie. Ma mère, qui avait déjà perdu sa sœur, son acolyte de toujours, d'un cancer du sein, passait à peine le premier cap du deuil. Je n'aurais pas pu soutenir son regard plein de tristesse, je refusais de lui faire de la peine. Pourtant mon mutisme n'avait rien d'héroïque, ce n'était pas un acte de bienveillance. C'était un choix égoïste, au contraire. J'ai fait de mon cancer un tabou pour me préserver moi-même. Je ne suis pas une exception : tant de familles choisissent de se taire.

Ce tabou s'est répandu autour de moi. Dans mon travail, auprès de mes amis. Je me suis laissé prendre dans un véritable engrenage. Un petit mensonge en entraîne un autre, puis un autre encore et le mensonge grossit. Avec le recul, je me dis qu'on m'aurait sans doute écoutée, tendu la main. Mais à l'époque, j'étais pétrifiée, complètement bloquée, incapable de parler. Comme si ma souffrance était contagieuse et moi, une pestiférée. J'avais beau savoir que le déni collectif et le déni personnel s'abreuvent mutuellement, libérer la parole me semblait au-dessus de mes forces depuis que j'étais concernée.

Si je ne me sentais pas légitime, c'est aussi parce que j'avais œuvré à contresens. Moi qui suis mannequin et travaille avec mon corps, j'ai été la première à imposer aux autres des diktats de beauté, des idéaux de femme parfaite inatteignables. Comment pouvais-je assumer de me montrer ébranlable, amoindrie ?

J'ai eu la chance qu'une de mes amies m'interpelle sur le rôle que je pouvais jouer. Passée quelques années avant moi par un cancer elle aussi, Lola m'a fait prendre conscience que parler était une responsabilité. Parler pour mettre fin à la spirale de non-dits qui enferme celles qui souffrent et leur entourage. Parler pour guider les femmes atteintes d'un cancer dans leur traitement, leur éviter l'errance médicale. Parler pour permettre un dépistage précoce, pour faire évoluer le regard de la société. Lola a appuyé là où il fallait : il ne s'agissait pas de moi, ni de mon petit orgueil. Il s'agissait des autres. Des jeunes filles. Des générations à venir. De mes futurs enfants.

Il faut libérer la parole des femmes atteintes par le cancer du sein. Plus la société s'habituera à voir des femmes opérées et des femmes chauves, moins celles qui vivront le cancer s'infligeront le mutisme que je me suis imposé. Plus qu'une responsabilité, parler de mon expérience est devenu un devoir, afin que d'autres se prémunissent et n'aient plus peur, en évoquant leur maladie, de se montrer fragiles et affaiblies.

Ce courage d'opérer un demi-tour et de changer de route, c'est mon homme qui me l'a insufflé. Alors que je craignais qu'il ne me quitte, il m'a enseigné la leçon de vie la plus importante que j'aie jamais reçue. Pour avancer, il est nécessaire de faire confiance. Seule, on n'est rien. J'ai eu la chance d'être épaulée, soutenue par Camille dans ce parcours qui est devenu mon cheval de bataille. Je souhaite à chaque femme d'être accompagnée comme je l'ai été par un conjoint, un ami, une mère. La peur de parler n'est pas sans fondement : tant de gens disparaissent lorsqu'il est question de maladie. Une amie proche s'est envolée pour Bali le jour de mon opération, le 7 janvier 2020, parce que son budget ne lui permettait pas de prendre un autre vol. 800 euros, c'était le prix de notre amitié ; elle n'a pas tenu.

Avoir une épaule sur laquelle se reposer est primordial. On n'est pas guérie du jour où l'on est soignée : il faut du temps pour admettre le mot « cancer » comme pour l'effacer. Du temps pour vivre le processus de transformation profonde auquel nous pousse la maladie. Du temps encore pour accepter cette reconfiguration de soi-même qu'on n'a pas choisie. Ce temps, j'ai la chance de le partager aux côtés de Camille.

Vivre la maladie oblige à faire confiance à son entourage et à la société tout entière, mais aussi à la médecine. Pour avoir vécu dans des pays où les droits ne sont pas les mêmes, je suis fière de la France où tout le monde peut être soigné. Mon parcours médical, entamé dans le secteur privé, ne s'est pourtant pas déroulé dans des conditions optimales. Heureusement, le service public m'a prise en charge et secourue. De cette expérience je ne tire aucune méfiance mais une leçon : la confiance n'exclut pas le contrôle. Voilà encore une raison de parler du cancer : pour échanger nos expériences, afin que celles qui traverseront les mêmes épreuves se sentent moins perdues.

Maintenant, il faut envisager l'avenir. Comment oser remettre le pied à l'étrier et s'engager de nouveau quand votre propre corps vous a trahie ? Nous vivons tous comme si nous ne devions jamais mourir, ni même souffrir. C'est normal, logique, c'est même une condition préalable pour oser se lancer dans cette périlleuse aventure qu'est la vie. Pour avancer, l'humain, le seul animal qui saisisse la notion de temps, doit en oublier la dimension. Pour vivre, pour survivre même, il doit songer à être heureux et garder l'espoir.

Mon plus grand espoir, qui m'a permis de m'accrocher à Camille et de me muer en témoin pour les générations futures, était de devenir maman. J'ai fait plusieurs fois le tour de la Terre, cherché partout la personne que j'étais, je me suis heurtée à tous les coins de mon âme avant de rencontrer celui auprès de qui j'ai trouvé mon salut. Il m'a accompagnée, moi la femme forte et indépendante que je pensais être, dans mes mutations féminines.

Alors que j'écris ces mots, je donnerai la vie dans dix jours à notre fils. Camille a déjà fait de moi la maman que je serai bientôt. Il m'a permis de m'assumer avec mes vingt kilos en plus, avec mon acné, ma sciatique. Dans notre époque féministe, je crois important de rendre aussi leur grandeur aux hommes. À la confiance. À l'amour.

D'où je viens

Les premières années de ma vie sont floues. La seule chose dont je suis sûre, c'est de l'amour qui m'a bercée. J'ignore quand exactement, comment et pourquoi mes parents se sont séparés, et je n'ai jamais vraiment cherché à le savoir. J'ai toujours préféré aller de l'avant : le futur, à mes yeux, se doit d'être une meilleure version du présent. Je me suis donc contentée de ce que j'avais : l'amour des miens.

Les premières années, je grandis sur de vieilles tomettes cabossées, entre des murs de pierre apparente suintant d'humidité, à la chaleur d'un poêle poussif dans la salle à manger, à deux pas d'un évier jaune éclairé par une ampoule nue, accrochée à un fil triste. Puis, un jour, ça barde. Ma mère en pleurs répète en boucle qu'elle est désolée. Je la suis sans rien dire dans une autre maison, minuscule, où nous n'avons qu'une chambre. Elle dormira dans le canapé. Je me rappelle que, sur le chemin de l'école, nous passions devant un immense crucifix. Me revient aussi le souvenir d'un matin : maman me réveille avec beaucoup de douceur et me tend un paquet. J'apprends, en découvrant un maillot de bain jaune à pois verts, mon fameux maillot mayonnaise à petits pois, que c'est mon anniversaire.

Nouveau déménagement : bientôt, nous habiterons une vraie maison. Plus près de l'école et de ma famille maternelle, plus proche du bonheur en somme. Mais ce logement n'est pas prêt, il faut attendre. Nous nous installons donc temporairement dans une caravane, sur une casse de voitures. Une petite tente à l'entrée fait office de pièce à manger ; une banquette, derrière un rideau, de lit pour ma sœur et moi. Là, j'apprends à faire du vélo. Les rats qui courent partout me font peur, jusqu'au jour où ma mère m'explique qu'il s'agit de petites souris, venues vérifier si je n'ai pas perdu une dent. Je la crois, parce que maman sent bon et qu'elle est rassurante. Pourtant, je devine ses craintes – j'ose à peine aujourd'hui imaginer par quoi elle est passée. Sur le papier, rien ne semble rose, mais j'ai tout l'essentiel. Ma mère embellit notre quotidien. Pas seulement parce que c'est son devoir, mais parce qu'elle est comme ça, positive et optimiste. Elle avance. Tout ira bien. Rien n'est jamais grave. Jamais irréversible. Tout le monde a le droit de se tromper. C'est une belle âme et elle fait de son mieux. Les cadeaux que je reçois à l'époque ne sont pas nombreux mais ils sont importants. Le maillot mayonnaise, le petit sèche-cheveux rose, le livre de poèmes, la peluche Minnie.

Nous emménageons au printemps dans notre nouveau logement. Deux chambres, une grande terrasse et juste au-dessus de l'école, quelle joie ! J'entre en maternelle dans une école de campagne qui ne compte que seize élèves, jusqu'au CM2. Notre classe jouxte le bureau du maire, un argument dont la maîtresse n'hésite pas à se servir pour faire régner l'ordre dans les rangs. Un espace clair, décoré toute l'année de guirlandes et de dessins. D'immenses fenêtres à petits carreaux à travers lesquels nous contemplons les saisons, l'excitation de la neige qui tombe et le soleil qui nous inonde. Mon pupitre porte encore son encrier traditionnel ; sur le plateau sont gravés les noms de ceux qui s'y sont assis avant moi, Fernand, Françoise…

L'avantage, quand tous les niveaux sont réunis dans la même classe, c'est que chacun aide les autres. Nous sommes tous ensemble, fusionnels. Dès la maternelle, je me prends de passion pour le cours d'histoire des CM2, les Capétiens et le château de Versailles. À la récréation non plus, pas de hiérarchie, peu importe l'âge ou le niveau scolaire. Je vis des années de vrai bonheur, avec ma sœur à côté et ma mère juste au-dessus. J'ai hâte d'apprendre à lire et à écrire, hâte de vivre.

*

« J'ai grandi moi aussi dans un petit village mais, contrairement à Alice, dans mon école nous avions toutes les classes. Cette vie est bien différente de celle que nous menons aujourd'hui à Paris et de ce que connaissent les enfants qui grandissent en ville ! »

*

Ma mère. L'amour de ma vie. De son prénom Jocelyne mais tout le monde l'appelle la Jo. Un cœur pour aimer. Pourtant, jusqu'à ma majorité, elle ne me dira jamais « je t'aime ». Les effusions ne sont pas courantes, à l'époque. Ça n'empêche pas son regard, sa voix, ses gestes de déborder de bienveillance et de douceur. Elle descend d'une famille d'Italiens installés en Bourgogne. Elle a deux sœurs et deux frères, unis par un amour infaillible. Elle est notamment très proche de sa sœur Gislaine, de trois ans sa cadette, qu'elle perdra malheureusement d'un cancer du sein. Le respect qu'elles se sont voué toute leur vie m'inspirera jusqu'à la fin de la mienne.

À l'époque où celle que nous appelons « Tata puce » apprend qu'elle est atteinte d'une tumeur maligne au sein gauche, la société et la médecine ne sont pas les mêmes qu'aujourd'hui. La société veut que ce cancer, lié à l'intime féminin, soit tu. On n'en parle pas ouvertement, c'est à peine si l'on prononce le mot « sein ». Les femmes comme Tata puce gardent donc pour elles leurs souffrances. La médecine également se cherche. Après des siècles d'ablations mammaires à l'aveugle sans possibilité de diagnostic fiable ni de reconstruction esthétique, on a décidé de « sauver des seins » en en conservant les parties saines. L'évolution de la médecine permettant de mieux distinguer les parties atteintes par la maladie, on s'est autorisé à laisser aux malades une part de leur féminité. Mais cette évolution des consciences n'a pas assez de recul pour comprendre que, ce faisant, elle ouvre la voie aux chances de récidive. Vivre sans poitrine jusqu'à la fin de sa vie était certes un traumatisme, mais on limitait la réapparition du cancer. Tata puce et son triple négatif en ont fait l'expérience et c'est ainsi que, trois ans après avoir fait retirer la première tumeur, elle a vu le cancer resurgir, plus virulent encore. Ma mère et elle sont restées soudées, d'un amour infaillible, dans chaque étape de sa maladie et jusqu'à son dernier souffle.

Ma mère ne s'est jamais remise d'avoir perdu son âme sœur, elle a seulement appris à vivre avec. C'est la raison pour laquelle je n'ai pas eu le cœur de lui parler tout de suite, lorsqu'à trente-deux ans on m'a, à mon tour, diagnostiqué un cancer du sein.

Longtemps femme d'artisan, ma mère a dû, après leur séparation, abandonner les livres de comptes qu'elle tenait pour mon père électricien. Fidèle à son esprit marginal, elle a alors décidé d'ouvrir un camion-frite sur le bord de la départementale. Deux tables et deux chaises en plastique achetées chez Emmaüs, un combi, une friteuse, un frigo, et le tour était joué ! Quelques années plus tard, son petit commerce sera promu « guinguette » sur le bord du canal du Nivernais, en la commune de Chaumot, une base relais pour les péniches. Ma tante Gislaine et son mari y gèrent « Marine Diesel », une société de plaisance. Pendant des années, nous travaillerons en famille, dans une délicieuse odeur de frites et d'huile de moteur, à la guinguette « Marine Bouffe ».

Le reste du temps, quand elle ne fait pas chanter ses frites, ma mère s'investit en tant que bénévole. Restos du cœur, comité des fêtes… Elle aime réunir les gens autour d'une table ou d'une toile. Nous partons à dix, un chevalet sous le bras, peindre tous ensemble en récitant des poèmes de Jules Renard, figure de notre village.

Esprit libre guidé par le cœur, ma mère ne s'encombre de rien : ni maquillage, ni bijoux. Des chaussures confortables et improbables, des vêtements colorés. Quant à nous, nous héritons nos tenues de nos cousins, eux-mêmes héritiers d'illustres oncles pêcheurs et ramasseurs de champignons. Ces vêtements repasseront aux plus petits, une fois que nous n'entrerons plus dedans, c'est l'esprit de la famille ! Je me fiche de mon allure. Jusqu'au CM2, je suis affublée d'un carré à frange pas toujours très droit, car ma mère, bien qu'artiste, n'a pas forcément le compas dans l'œil.

Sans le sou, ma mère est riche intellectuellement. Elle se moque du jugement des autres, s'ils lui envoyaient des pierres elle leur enverrait des fleurs. Ma sœur et moi n'avons pas été élevées dans la foi, pourtant, j'ai hérité de valeurs essentielles : aimer sans jugement, donner pour le plaisir et n'attendre rien en retour… Ma mère nous a appris à croire en de belles choses. Si elle avait créé Dieu, la religion serait le bon sens, et le cœur, son éducation.

*

« J'ai beaucoup de chance, Jocelyne est la belle-mère idéale, aimante et d'un optimisme à toute épreuve. J'ai compris que ce grand cœur était héréditaire en rencontrant Mamie Denise, un tout petit bout de femme - surtout à côté de mes deux mètres ! - qui a de l'amour à revendre... »

*

Avec ma sœur Maggie, de deux ans mon aînée, nous formons un duo inséparable qui s'aime autant qu'il se déchire. Je rêve de tout faire comme elle, en mieux évidemment. Maggie m'apprend à faire du vélo, à préparer mon chocolat chaud, à natter mes cheveux et, pour mes quatre ans, à lire. Le soir, dans notre logement social au-dessus de l'école, nous lisons ensemble *Daniel et Valérie*.

Maggie n'a pas eu comme moi la chance du flou. Ses souvenirs à elle sont bien nets. Après le divorce de nos parents, elle a développé un sentiment d'insécurité. Tantôt émerveillée comme une enfant, tantôt grave comme une adulte, elle ne me tient pas rigueur de la place que j'ai prise dans le cœur de chacun, car si je suis la source de certaines de ses craintes, je sais les soulager. Pourtant, nous sommes diamétralement opposées : Maggie se méfie de tout le monde, moi de personne ; elle angoisse pour un rien tandis que je relativise.

Nous avons cependant un point commun : nous vouons un culte à certaines figures féminines. Pendant des années, elle collectionnera tout ce qu'elle pourra trouver sur Marylin Monroe : disques, parure de lit, posters... À fleur de peau, tout peut la réjouir ou la heurter. Quand elle aime une musique, elle l'écoute en boucle pendant des semaines. Elle discute des heures des *Feux de l'amour* avec notre grand-mère adorée. Elle déteste la nourriture salée, au point de vomir quand elle en ingurgite.

Si, au contact de ma mère, j'ai appris la générosité du cœur, à celui de ma sœur j'ai appris à me montrer logique et pragmatique. Je fais de mon mieux pour équilibrer notre tandem. Bientôt, un schéma s'inscrit et se répète : plus elle se met en retrait, plus je suis sociable ; plus elle se montre méfiante, plus je deviens insouciante.

*

Le tableau ne serait pas complet sans deux autres figures féminines essentielles de ma famille : ma sœur Sophie, de dix ans mon aînée, et ma grand-mère Denise.

Sophie a longtemps vécu chez notre père biologique, je ne la voyais que le week-end. Ses apparitions sont aussi fulgurantes que rassurantes. Enfant, je l'admirais comme une déesse. Sa chambre remplie de trésors était un véritable royaume. Y être invitée était un privilège.

Tapie dans un coin, je la regardais se préparer pour sortir et vivre des aventures extraordinaires dans un monde mystérieux. Parfois elle me donnait une lime à ongles ou un échantillon de parfum. Posséder quelque chose qui lui avait appartenu me donnait l'impression d'être grande, de devenir un peu la femme que je rêvais d'être. Sophie était une muse insaisissable, à qui il me tardait de ressembler.

Quant à ma grand-mère, elle a élevé ses cinq enfants, qui le lui rendent bien : aucun ne s'est installé à plus de quatre kilomètres de chez elle, pour pouvoir mieux, à leur tour, la couver. À chacun de ses petits-enfants, Mamie Denise a donné du temps et une affection particulière. Moi, j'ai passé toutes mes vacances avec elle, quand maman a lancé la guinguette. Aussi féminine que sa fille est bohème, Mamie Denise m'a enseigné les rudiments de l'élégance : mettre des boucles d'oreilles, me coiffer les cheveux et même les colorer ! À quatre-vingt-onze ans, elle se maquille encore chaque jour et son rouge à lèvres, comme sa coiffure, est toujours impeccable.

*

Il me faut enfin parler de mon père. Le biologique, celui qui m'a conçue. Mes premiers souvenirs de lui remontent à après le divorce, quand il venait nous chercher chez ma grand-mère pour le week-end. Je le revois abattu, en pleurs dans la cuisine de Mamie Denise. Avec le temps, son cœur blessé s'est chargé de rancune et de haine. Je me rappelle que j'avais de la peine pour lui.

Dans la voiture, il fume et parle si mal de notre mère que j'ai l'impression qu'il s'agit de quelqu'un d'autre. Après tout, si ça peut le soulager…

*

Arrivés au supermarché, le même rituel se répète : Maggie et moi prenons un petit Caddie, que nous pouvons remplir de sucreries, des « Twix », comme il les appelle. Ensuite, à la maison, quartier libre. Pas de repas, les Twix feront l'affaire, pas d'horaires non plus, et beaucoup de Coca. Peu importe qu'on rentre complètement zinzins chez maman ! À notre disposition, toutes les cassettes de sa collection, des films et de la musique à gogo. Lui, il bricole dans son atelier et fait quelques apparitions. Lorsque je m'ennuie, il me propose une activité : coller des gommettes sur les photos de famille, en particulier sur le visage de maman. Bientôt, il nous offrira une Super Nintendo, puis une Sega. Nous en emporterons une chez notre mère, avec tout son lot d'accessoires : manettes, disputes et insomnies.

Maman ne dit rien et ne se plaint jamais de lui. De toute façon, si elle ouvre la bouche, il l'envoie sur les roses. Il ne descend plus de voiture lorsqu'il vient nous chercher ou nous redépose. Je ne lui en tiens pas rigueur, je m'efforce de le comprendre.

Les femmes défilent dans sa vie. Je me rappelle une certaine Mélodie, elle avait l'air folle de lui. Jeune, douce, surtout avec nous, sa présence était rassurante. Puis un jour, plus de Mélodie. D'après notre père, elle voulait des enfants et pas lui. Il prétend nous aimer tellement qu'il refuse de partager avec un autre enfant. Je m'abstiens de lui dire que cela m'aurait fait plaisir d'avoir un frère ou une sœur, et que ça ne m'aurait pas empêchée d'aimer toujours autant ma famille… mais je sais déjà que mon père et moi réfléchissons différemment.

Un souvenir demeure : ces mots d'amour qu'il utilise à notre égard. Surtout au mien. Il répète que je suis son bébé rose, son sucre d'orge, sa petite dernière. Nous sommes ce à quoi il tient le plus sur terre, rien jamais ne pourra nous séparer. Un jour, il va jusqu'à nous demander de fuguer pour venir vivre chez lui. Il échafaude des plans qu'il pense séduisants : liberté tous azimuts, plus de contraintes, plus de devoirs, plus d'obligation de débarrasser la table ! Pour le ménage, de toute façon, il a une solution : les femmes.

Mon père est tombé amoureux d'une certaine Nadine, qui lui donne du fil à retordre. Elle n'a rien de l'épouse idéale, elle est froide, bête et autoritaire. Très vite, elle impose ses règles et nos week-ends, tout comme le quotidien de Sophie, deviennent un enfer. Nadine nous déteste et consacre beaucoup d'énergie à nous rendre la vie impossible. Maggie et moi dormons tête bêche dans un lit simple, sans couette, même l'hiver

– je me rappelle m'être fait disputer parce que j'étais allée chercher un drap propre dans l'armoire pour nous réchauffer. Elle cuisine des plats que nous n'aimons pas. À Noël, elle ne s'embarrasse pas : un seul cadeau, et le même pour tout le monde ! Trop content qu'on s'occupe enfin de lui, mon père fait mine de ne rien voir.

Puis un jour, plus de Nadine. Mon père nous annonce leur séparation en prenant des pincettes, comme pour nous ménager. Moi, au fond, je suis soulagée. D'accord, il va parler d'elle pendant des jours, mais les oreilles de ma mère siffleront moins ! Je ne m'attends pourtant pas aux histoires rocambolesques qu'il nous raconte : s'ils se sont séparés, c'est parce qu'il a refusé de l'épouser. Ses biens, il ne peut les transmettre qu'à ses filles. Puis, il a commencé à souffrir d'étourdissements et à se sentir très faible. Après avoir fait des examens, il a compris que Nadine empoisonnait son café. Et le voici qui conclut que, de toute façon, c'est aussi bien, Nadine était une menteuse, elle jouait au casino plutôt que de travailler, elle dilapidait sa fortune et celle de mon père allait y passer !

Je ne fais aucun commentaire, mais je suis contente : nos week-ends Twix et Nintendo vont redevenir comme avant. Le répit est malheureusement de courte durée. Un jour, au supermarché, mon père lance : « Tiens, je suis de nouveau avec Nadine », comme il aurait dit : « Tiens, il y a une promotion sur les pruneaux », ou bien : « On peut pardonner à quelqu'un qui a tenté de vous tuer. » Je suis sur le point d'entrer au collège.

De ce jour jusqu'à mes vingt-trois ans, je n'entendrai quasiment plus parler de lui.

Il a fallu que je sois élue Miss Bourgogne pour qu'il retrouve mon numéro et me téléphone. Au bout du fil, une voix s'adressait à la petite fille de neuf ans que je n'étais plus depuis bien longtemps. En pleine rue, mon genou s'est bloqué net et j'ai écourté l'appel, avant de rappeler le soir même, pleine d'appréhension. Ce soir-là, je m'entretiens surtout avec Nadine, qui veut savoir combien je gagne et si je peux venir avec mon écharpe de miss rendre une visite au casino qu'ils fréquentent. Quelques semaines plus tard, en direct de l'élection de Miss France pour laquelle je concours, c'est la pause pub. Nous attendons, en place comme de bons soldats. Ma sœur Maggie, qui s'est faufilée dans le public, m'interpelle, son portable à la main : « J'ai reçu un message de papa, il pense fort à toi, il a hâte de te voir ! » Elle est heureuse, elle a cherché longtemps à rétablir un lien avec lui.

Je n'ai pas gagné l'élection et n'ai plus jamais eu de nouvelles de lui. Je comprends, pourtant : un cœur blessé ne guérit pas forcément.

Cinq ans plus tard, alors que je vis à Hong Kong, je me décide à lui écrire. J'ai grandi, je suis devenue une femme indépendante. Je veux maintenant savoir, pour dissiper le flou et avancer sur mon propre chemin. Mon père ne peut pas ignorer mon existence et celle de mes sœurs. À quelle fréquence pense-t-il à moi ? Regrette-t-il toutes ces années ? Dans ma lettre, sobre et directe, pas de grande effusion mais de la justesse. Je lui dis que s'il a envie de renouer le contact, je suis disposée à le faire. Je ne lui en veux pas de son absence, je suis même heureuse qu'il ait trouvé le bonheur auprès de Nadine. Certes, il a fait mal les choses, mais qui ne se trompe pas ?

Comprendre s'impose subitement comme un besoin impérieux. Je suis en train de consolider mon vrai moi, ma réalisation spirituelle. Il manque quelques pièces au puzzle que j'aimerais remettre à leur place. J'essaye de m'imaginer à sa place en rédigeant ma lettre, car il n'a aucune idée de la personne que je suis devenue. Il ignore que je vis à l'étranger, que je suis végétarienne, que mes meilleurs amis s'appellent Philippe, Oriane et Stéphanie, que depuis mon voyage en Amérique du Sud je petit-déjeune d'avoine et d'une banane écrasée, que j'ai des douleurs aux genoux car je cours une heure et demie par jour et que j'ai fait ma première course de montagne la semaine précédente. Il ignore que je suis fiancée. Tout cela, je pourrais le lui coucher sur le papier. Mais les choses qu'il mérite vraiment de savoir sont ineffables. Il ignore la peine que j'ai eue quand mon petit chat Lucky est mort, ou quand je me suis fait larguer par ce con de Kevin et que maman et mes sœurs m'ont consolée. Il ne sait pas que, pendant des années, au collège et au lycée, j'ai connu des crises d'angoisse quotidiennes et que ma vie était devenue un enfer. Il ne sait rien de moi. Qu'importe. Autant commencer quelque part.

Sa réponse ne se fait pas attendre. Sa lettre est aussi touchante que bourrée de fautes d'orthographe. Il est fou de joie d'avoir reçu ma lettre, « qu'il attendait depuis longtemps ». Nous nous promettons de rester en contact et de nous revoir bientôt.

Quelques mois plus tard, de passage en France, je révèle à ma sœur Maggie cette nouvelle relation épistolaire. Elle est émue. Craignant que cela ne la trouble, j'ai préféré attendre avant de lui en parler. Puis un jour, alors que je suis en Chine pour travailler, elle m'appelle. Nadine est morte. La guerre est finie, on enterre les armes. La voie est libre, le loup ne guette plus.

Mes sœurs rejoignent notre père à l'enterrement pour le soutenir. Elles entament une relation nouvelle avec lui, qui les réjouit. Tout à coup, elles ont envie de rattraper le temps perdu. Tout ça, c'était la faute du loup. Notre père, lui, n'avait pas vraiment le choix et, depuis que la mégère est morte, il est un nouvel homme. Son discours ressemble à celui d'un détenu libéré après vingt ans de taule.

Durant l'été, de passage en France, je le (re)rencontre enfin. Le temps d'une après-midi chez lui, nous jouons à la console de jeux en mangeant des Twix. Il s'adresse à moi comme si j'avais neuf ans – à moins, finalement, que ses sujets de conversation soient ceux d'un enfant de neuf ans. Je découvre qu'il a une nouvelle conquête, ennemie jurée de sa défunte épouse. « Elle me trompait, m'explique-t-il. Elle faisait n'importe quoi, tout le monde le sait. »

Le bénéfice du doute vient de laisser place aux certitudes. C'est peut-être son sang qui coule dans mes veines mais nous ne sommes pas les mêmes personnes. Je ne lui en veux pas. Je ne le connais pas. Fin du chapitre.

*

Enfin, il y a mon père.

Avant de le rencontrer, ma mère a connu une histoire terrible avec un type complètement dingue. Si j'en parle ici, c'est pour montrer sa force, sa vulnérabilité aussi. Et souligner qu'il n'y a pas de fatalité. On n'est pas responsable de la bêtise des autres, pas plus de la violence dont on est victime.

Dans notre logement social au-dessus de l'école, notre mère tente de joindre les deux bouts. Elle essaie d'être une mère et de rester une femme. Parfois, on la sent préoccupée. Elle fréquente un homme, tout le monde dans le coin le connaît. C'est à lui, la casse de bagnoles. Mon père le déteste. Ce type est bizarre avec les enfants, même s'il semble les adorer. Une nuit, il m'a peint le nez en rouge, je n'ai jamais compris pourquoi. Du jour où ma mère se sépare de lui, il révèle son vrai visage. Il nous traque comme des animaux. Il a un double de nos clés et fait irruption quand il veut. Il ne dit rien, il est là. Un soir, ma mère trouve la force de lui hurler de partir, mais il ne bouge pas. Elle continue à hurler, elle est montée dans les aigus et je devine les sanglots dans sa voix. Elle est sur le point de craquer. Alors, je me mets à crier à mon tour. Timidement, d'abord, puis avec assurance. De toute façon, la peur ne peut éviter le danger, c'est Mamie Denise qui me l'a dit. Alors, autant y aller ! À nous deux, nous avons tellement d'aplomb qu'il finit par partir. Après cela, ma mère explose en sanglots.

Même si elle ne nous en parle pas, j'ai compris tout le mal qu'il nous fait. C'est lui qui a dégonflé les pneus de la voiture. Lui qui fait sonner notre téléphone et raccroche sans parler. Lui encore qui a écrit des choses méchantes sur notre porte. Lui qui nous suit en voiture, pleins phares allumés. Lui, enfin, qui a volé la caisse du camion-frite. J'en fais part à ma cousine Dorothée, de cinq ans mon aînée. Elle me conseille d'en parler à sa mère Gislaine. Je n'entre pas dans les détails, je dis seulement à ma tante qu'aujourd'hui maman a pleuré.

*

« Je lis ces lignes avec la boule au ventre.
Je n'ai que mépris pour ce genre de personnes. »

*

Et donc, mon père. Le premier homme de ma vie.

Il s'appelle Claude, Claude Rouzeau. Futur maire du village, il a aidé maman à obtenir le logement social au-dessus de l'école où nous sommes installées. Il passe nous voir tous les jours. Très gentil, avec des airs bourrus, il est amoureux de maman. Il ne nous parle pas beaucoup, à Maggie et moi, sans doute parce qu'il ne sait pas trop quoi nous dire, mais ce n'est pas grave, il m'inspire confiance.

Un soir, devant chez nous, il dit au revoir à notre mère. Maggie et moi les espionnons du haut des escaliers. Lorsqu'il lui fait un bisou sur la bouche, nous rions. Un autre soir, alors que nous sommes chez Mamie Denise, maman nous apprend que nous rentrons dormir à Combres, le village de Claude Rouzeau. Sa ferme appartient à sa famille depuis plusieurs générations. J'ai gardé de cette première nuit dans ce qui deviendra notre nouvelle maison le souvenir d'un énorme chien noir et feu, qui me regardait comme si je n'étais qu'un ver de terre, et d'une atmosphère où tout était vieux, bien plus encore que chez Mamie. Au-dessus du lit, il y avait une vierge Marie et des petits Jésus-Christ. Avec Maggie, nous ouvrons tous les tiroirs, curieuses de dénicher des trésors. Nous trouvons des broches, des perles, des photos. Nous remettons tout en place avant de dormir. Nous nous installerons dans cette chambre, dans des lits superposés.

Claude est agriculteur-éleveur. Des trois enfants de ses parents, il a été désigné pour reprendre l'exploitation. Celui que j'appelle et considère comme mon père aujourd'hui est resté évasif sur sa vie, comme si elle avait commencé au moment où il nous a rencontrées. Né pendant la Seconde Guerre mondiale dans un village à côté, celui de Mamie Denise, sa mère n'avait pas de lait. Quand les Allemands sont arrivés, tous les habitants ont fui, sauf sa famille, qui ne pouvait pas se déplacer sans la vache qui le nourrissait. Quand on connaît la valeur d'une vie en temps de guerre, il me semble prodigieux que toute la famille soit restée soudée autour d'une si jeune existence. Heureusement, pour eux, tout s'est bien terminé, le destin leur a donné raison.

Dès qu'il a été en âge d'aider, Claude a travaillé comme tout bon fils de fermier. Levé aux aurores pour cultiver la terre et nourrir les bêtes, la nature n'avait plus de secrets pour lui. Il fut appelé en Algérie à l'âge de dix-huit ans, pour deux ans. Il ne parlait pas de cette période de sa vie, si ce n'est qu'il n'avait tué personne, mais qu'il ne faudrait jamais mettre un fusil entre les mains d'un gamin. Cette guerre lui avait fait passer le goût du voyage. À fond dans le travail, mon père était resté vieux garçon. Il parlait patois avec ses copains morvandiaux chez Milot et chez Ange, le bureau de tabac, où il jouait au loto. Jusqu'à ce qu'il rencontre ma mère.

On me dit que j'ai eu du courage de tout quitter pour partir seule, une fois adulte, à l'autre bout du monde. J'ai su prendre des risques, c'est vrai, mais j'ai eu beaucoup de chance. Chaque fois que je suis partie, je me savais aimée, je ne pouvais pas échouer. Si je voulais revenir, mes parents et mes sœurs m'accueilleraient les bras ouverts. Forte de tout cet amour, j'ai avancé sereine, sans peur. Surtout, je n'ai rien inventé, on m'en a donné l'exemple. Mon père m'a montré qu'à cinquante ans on peut changer de vie radicalement. Il m'a montré ce qu'avoir confiance en l'avenir veut dire. Il m'a enseigné le courage de prendre des décisions qui changent tout et pour toujours. Il m'a montré l'amour, le vrai, en choisissant une femme et ses trois filles. Nul besoin de voyager loin pour tout changer. Mon père s'est adapté et il m'a transmis cette leçon : quand on aime, on ne lâche rien. Rien ne se fait facilement, mais tout doit se faire naturellement.

Une fois installés à Combres, il faut trouver une nouvelle organisation. L'éducation bohème de ma mère croise le fer avec celle, plus stricte, de mon père. Maggie et moi sommes plutôt gentilles, mais Claude nous veut irréprochables. Il ne connaît pas les enfants et ne comprend pas nos petits cerveaux à qui il faut répéter plusieurs fois les mêmes choses, ce qui souvent l'exaspère. Il doit aussi apprendre à recevoir autant d'amour, ce qui n'est pas courant dans son milieu. Et à vivre avec des filles.

Une anecdote me revient, à ce propos. Maggie et moi sommes chez Mamie Denise pour l'été et Claude, qui aide notre mère à la guinguette, passe nous faire un coucou. Il revient du marché, où il nous a acheté des petites bagues. Celle de Maggie a une pierre verte et ovale, la mienne est bleue et ronde. J'explose de joie et lui saute au cou. Cette bague, elle représente beaucoup de choses, ne serait-ce que le fait qu'il pense à nous. Devant tant d'exaltation de ma part, sa réaction est de me disputer. Il hurle, m'aboie dessus comme un chien que l'on aurait effrayé. Je suis un peu triste, mais peu importe, au fond. Claude m'aime quand même, il vient de me le prouver.

Quelque temps plus tard, en voiture pour Combres., je lui demande de but en blanc : « Est-ce que je peux t'appeler Papa ? » Ma requête est calme et réfléchie. Il me répond sur le même ton, un sourire aux lèvres, que c'est impossible. Mon père, c'est Michel, c'est lui que je dois appeler Papa. Je m'exclame : « Mais je ne le vois presque jamais ! » Claude me répond que peu importe, nous sommes une famille et c'est tout ce qui compte. J'ai le cœur serré, je viens de prendre le premier râteau de ma vie. Mais le lendemain, au petit déjeuner, mes yeux se posent sur la boîte de sucre « Daddy ». J'interroge ma mère : « Maman, "Daddy", ça veut bien dire "Papa" en anglais ? » Pourquoi je n'appellerais pas Claude « Daddy », finalement ?

De Daddy, nous sommes passées à Dadou, pour nous arrêter à Doudou, j'ignore pourquoi. Ce petit nom d'amour faisait sens et sonnait mieux dans nos oreilles et dans nos cœurs. Doudou était né.

*

« Je suis triste de ne pas avoir eu la chance de le rencontrer, mais à travers Alice, ma belle-mère et aussi le frère de Claude, j'ai beaucoup d'affection pour cet homme que j'ai l'impression de connaître un peu. »

*

Avec mes santiags longuement choisies chez Chauss-land, je suis fière de ressembler à Tonton Henry, musicien autodidacte et tailleur de pierre, et je coule des jours paisibles dans mon école de campagne, entourée d'enfants d'agriculteurs, libres et solidaires. Jusqu'au jour où, faute d'élèves en nombre suffisant, notre classe doit fermer.

En CM2, je rejoins une grande école, une vraie. Le changement de monde est radical. Ici, les différences sociales sont marquées, et je suis manifestement en bas de l'échelle. Le jour de la rentrée, j'arbore ma frange de travers, un jean, des baskets et une chemise bleue à carreaux, couverte de poils de chien. Mes camarades de classe me regardent avec dédain. J'ai une bouille mignonne, mais je suis rangée dans la catégorie des pauvres, chez les pouilleux. Ma première copine est un peu isolée, elle aussi. Ses parents sont alcooliques, elle a une vie compliquée, mais ça ne nous empêche pas de rire beaucoup. Ce qui nous vaut une promotion : nous passons dans la catégorie des pauvres, certes, mais drôles.

Certaines filles se conduisent comme de véritables pestes. Un jour que j'ai négligé de me changer après avoir renversé du chocolat sur mon t-shirt au petit déjeuner – le genre de chose qui n'a aucune importance pour moi –, je m'entends demander, sur tous les tons et toute la journée, si un paquet de lessive me ferait plaisir à Noël. Une journée en enfer pour une tache ! Peu à peu, tant de causticité a raison de mon innocence. J'apprends la peur d'être moquée, jugée. Au point d'en tomber malade et, la bouche marquée de boutons de fièvre, d'attirer un peu plus de mépris encore de la part de ces élèves.

Maman perçoit mon mal-être, mais je mets du temps à lui en parler. Je ne veux pas l'inquiéter et je refuse de me montrer faible. Au sein de ma famille, je suis le garçon manqué, je porte des chemises et des bottes, je ne tiens pas à être déchue de mon rôle de petit mec. Avec beaucoup de finesse et d'intuition, ma mère me propose de rentrer à la maison le midi pour faire un break. Je respire un peu mieux.

*

Durant l'été qui précède la rentrée au collège, je décide de laisser pousser ma frange et dégage mon visage avec un bandeau. Je ne veux plus ressembler à un bébé et je grandis vite. La série télévisée *Une nounou d'enfer* va profondément influencer ma personnalité. Fran Dresher devient mon idole, d'elle je veux tout copier. Connaître son ascension sociale mais rester fidèle à mes origines et authentique. Dans le monde de riches où elle évolue, son personnage surjoue la beauté, mais son cœur en or nous fait lui pardonner ce trop, ce presque vulgaire, son étrangeté. Moi aussi, je suis drôle. Moi aussi, j'ai bon cœur, et moi aussi je veux être belle. Mais je ne veux pas devenir arrogante, alors je pare mes failles avec humour. Quand on est drôle, tout passe, même quand on est idiot !

Quelques jours avant la rentrée en sixième, chez Super U où maman et moi achetons du matériel scolaire, je repère un pull à rayures jaunes, vertes et bleues que je trouve très beau. D'un sourire tendre, maman me propose de l'essayer avec un pantalon noir un peu évasé. L'ensemble sied à ravir à mon petit corps de femme. Cerise sur le gâteau, le même jour Mamie Denise m'offre une paire de chaussures orange et blanc. Je les adore, mais je vais rapidement déchanter. Arrivée au collège, j'ai du mal à assumer ma nouvelle féminité. Être jolie peut devenir un handicap quand on manque de confiance en soi.

Ça ne m'empêche pas d'être une adolescente comme les autres et, bientôt, j'embrasse mon premier petit copain. Il me larguera au bout de quelques semaines, au beau milieu de la cour de récréation. Le traumatisme ! Les filles gloussent, j'ai envie de pleurer mais je retiens mes larmes. J'ai mis des mois à m'en remettre, mais au moins j'en ai tiré une leçon : pas question de devenir la victime ! Non sans mal, j'ai choisi de m'imposer. J'ai joué un peu les pétasses rebelles pour y parvenir, il m'est arrivé d'être injuste et méchante, et ça a marché. On ne m'a plus embêtée. N'empêche, je ne l'ai pas fait de bon cœur, loin de là.

*

Dans ce rude apprentissage des codes adolescents, j'ai eu la chance d'avoir une alliée, un pilier même :

Stéphanie, mon amie de toujours. En elle, j'ai tout vu, tout de suite. Son humour, sa gentillesse, son intelligence. Quand nous sommes ensemble, rien ne nous fait peur. Au grand dam de nos parents, nous devenons inséparables… même quand nous ne nous voyons pas ! Je squatte la ligne téléphonique de la maison, et Doudou doit payer des factures colossales.

Stéphanie est la seule personne en qui, après ma mère, j'ai une confiance absolue. Elle seule connaît mon secret. Depuis quelque temps, j'ai des crises d'angoisse terribles, que j'intériorise pour ne rien montrer. Ne surtout pas être faible, ne surtout pas déchoir, ne pas prendre le risque d'être moquée… Il n'y a qu'à Stéphanie que j'ai le courage d'en parler et elle sait gérer : quand une crise s'annonce, elle lâche tout pour m'emmener en lieu sûr. Elle attend avec moi que cela passe, sa présence a le don de m'apaiser.

*

« Dès que j'ai rencontré Stéphanie, j'ai compris pourquoi elle était la meilleure amie d'Alice, je l'adore aussi et me réjouis de la voir heureuse, elle le mérite tellement. Elle a deux enfants adorables et est la marraine de notre Marius. »

*

Les premières fois, je n'ai pas compris ce qui m'arrivait. C'était à l'école. Mon cœur s'est mis à accélérer sans raison, mon corps à transpirer sous l'effet de l'adrénaline, comme si j'étais menacée par un danger. Ceux qui l'ont vécu peuvent comprendre. On ne ressent pas seulement de la peur, mais toutes les peurs en même temps. Sans raison apparente, de façon complètement irrationnelle.

J'ai débarqué plusieurs fois à l'infirmerie, terrorisée, le souffle court, le cœur au bord des lèvres. Pourtant, l'infirmière n'a pas engagé le dialogue, malgré mon refus de retourner en classe et ma tension très élevée. Une fois, Doudou est venu me chercher, mais lui non plus n'a pas dit un mot. Le silence des adultes autour de moi m'a poussée à me taire. Pendant quatre ans, pour n'embêter personne, je n'ai plus jamais évoqué ces crises qui me font vivre un véritable enfer.

Le temps intensifie les crises et mon silence les alimente. Moins je les exprime, plus je souffre. J'ignore que je somatise. Au contraire, je suis convaincue qu'il y a une explication organique. Mais comme je n'en meurs pas, l'idée peu à peu fait son chemin que je suis folle.

La première année de mes crises est aussi celle où je suis réglée. J'imagine que les hormones n'ont pas dû jouer en ma faveur, mais à cette époque ce n'est pas non plus un sujet de discussion. Ma mère est très stressée à cause de la guinguette. La restauration, me direz-vous. On peut dire qu'on l'a subie ! Maggie et moi sommes embauchées pendant les vacances scolaires dès l'année de mes treize ans, et les cadences sont inhumaines, jusqu'à douze heures par jour ! Nous sommes bien payées, mais toute cette tension a raison de moi. Je vis dans un état d'inquiétude permanent : pression à l'école, pression à la maison, je suis à deux doigts de disjoncter.

*

Pendant quatre ans, j'ai été enfermée dans un cercle vicieux où mon corps produisait de l'adrénaline de façon quasi continue, me plongeant dans des états où alternaient grande agitation – j'avais envie de courir, de hurler, je transpirais beaucoup – et abattement, une fois qu'il parvenait à l'évacuer et me laissait toute tremblante. En hiver, j'avais pris l'habitude de sortir en t-shirt dans le froid pour abréger le cycle. C'était devenu invivable, j'avais besoin d'avancer.

Ce cap, je l'ai franchi à dix-sept ans, chez Stéphanie, après plusieurs jours d'angoisse. Je ne tenais pas en place, mais je faisais bonne figure, effrayée à l'idée d'agacer et de perdre ma seule véritable amie. Elle avait proposé que nous regardions *Independence Day* à la télévision. Coups de feu, lutte contre la fin du monde, ce film m'avait terrorisée et j'avais passé la soirée debout à natter ses cheveux pour m'occuper les mains et l'esprit. Au moment d'aller me coucher, à bout, sur les rotules, j'ai décidé que j'en avais assez, je devais m'en sortir. Je ne voulais plus jamais avoir à revivre une seule crise. Plus jamais. C'est moi qui les produisais, il n'y avait donc que moi pour les faire cesser. Je devais me battre, me gifler. Arrêter de subir et agir. Agir, c'était cesser. Cesser de me taire. Parler. Demander de l'aide.

J'ai commencé par Maggie, qui avait connu des crises violentes elle aussi. Mais, chez elle, ça se voyait, sa tension montait en flèche et elle se retrouvait par terre, prise de convulsions et de hoquets. Moi, j'avais choisi d'être forte pour ne pas inquiéter notre mère. Maggie a compris tout de suite et a proposé d'en faire part : j'avais trop honte d'avouer que je me pinçais les bras jusqu'au sang lorsque les crises étaient insupportables. Je ne me blessais pas pour souffrir mais pour me soulager.

Chez le médecin où ma mère a pris rendez-vous, on m'a prescrit des vitamines, du magnésium et « un petit traitement ». Si cela ne suffisait pas, il faudrait voir un psychologue, a ajouté le praticien sans beaucoup de tact – mais, au moins, les choses étaient claires. À la pharmacie, où on nous connaissait bien, la dame qui nous a servies a trouvé les mots magiques : sa fille, qui s'appelait Alice elle aussi, avait souffert de la même chose que moi. Mes crises semblaient soudain si banales et le traitement si efficace que j'en ai d'un coup été rassurée. Je n'étais donc pas folle, tout allait s'arranger !

J'ai appris plus tard qu'on m'avait prescrit un placebo, mais le tour de passe-passe a fonctionné : pendant quelques semaines, j'ai tenu bon face aux crises, je leur ai fermé la porte au nez. Puis elles ont totalement disparu. J'écris cela comme si elles étaient une entité indépendante. C'est faux. Elles faisaient partie de moi.

Elles étaient moi. Mais j'ai trouvé, choisi une autre façon de fonctionner. En disparaissant, elles n'ont pas laissé place à une nouvelle Alice, c'est la nouvelle Alice que j'ai choisi d'être qui a réussi à les faire taire. Mon énergie mal contrôlée s'est transformée en quelque chose de nouveau et de positif. Je suis sortie de mon cauchemar, j'ai voulu vivre. J'ai refusé d'avoir peur, et fait le choix d'être heureuse. Rien à voir avec le destin ou la fatalité.

*

Réussir à dépasser mes peurs m'a énormément renforcée. J'ai compris qu'elles provenaient de mon imagination, qu'elles n'avaient pas de visage ni de nom. En refermant ma boîte de Pandore, j'ai favorisé une existence plus pragmatique et ancrée. De cette expérience a découlé l'un des pans essentiels de ma personnalité.

J'avais trouvé en moi la ressource de gifler mon inconscient suffisamment fort pour changer de mode, mais j'ignorais encore pourquoi j'avais fonctionné de la sorte pendant toutes ces années. Seul le temps m'a permis de l'analyser.

L'empathie est un fardeau que certaines personnes n'ont pas choisi de porter. J'ignore si elle est le fruit d'une éducation, d'un événement ou un sixième sens – et peu importe, au fond, elle est là. Pendant longtemps, j'ai absorbé les angoisses des autres, je les ai faites miennes, sans dissociation ni recul. Plongée dans un brouillard émotionnel, je ne percevais que stress et détresse. En décidant de faire le tri entre mes émotions et celles des autres, je n'ai pas renoncé à mon empathie, inhérente à ma personne, mais j'ai appris à n'écouter et à ne m'imprégner que de ses beaux côtés, dans le bien-être, la douceur et la gaieté.

Le temps m'a aussi permis de comprendre autre chose : les terreurs qui nous hantent sont parfois nécessaires. Nous avons tous nos raisons de nourrir telle ou telle crainte. Les interpréter requiert de la patience, du recul et de l'écoute. J'ai essayé de me munir des trois pour comprendre les motifs profonds de mes peurs. L'amour, l'espoir, la passion, les élans qui nous animent peuvent nous faire souffrir. Par exemple, c'est parce que l'on aime qu'on a peur de décevoir, ou parce qu'on espère qu'on craint de ne pas être aimé.

Il m'a fallu bien des voyages et des expériences pour commencer à mieux connaître les autres et, du même coup, à mieux me connaître moi-même. Les autres sont un reflet de nous-même, une autre version possible de soi. Les écouter est un exercice qui demande de la sagesse. Écouter non pour répondre mais pour comprendre, sans jugement ni référence. Écouter comme on aimerait être écouté. Accueillir son interlocuteur dans tout ce qu'il a d'unique. C'est un art que seules les années m'ont enseigné.

Je n'imaginais pas que, treize ans plus tard, à New York, ma boîte de Pandore se rouvrirait. Là encore, j'ai dû m'asséner une gifle monumentale pour m'en sortir.

Grandir

Des années qui ont suivi, je n'ai pas gardé grand-chose, mais j'en ai quand même tiré un autre mantra : « N'inflige pas aux autres ce que tu ne veux pas qu'on t'inflige. » J'ai vu trop de gens faire les frais de la bêtise et des préjugés. J'en ai fait les frais moi-même au lycée. Mon aversion pour les mathématiques m'avait poussée vers un cursus littéraire, et cela tombait bien, j'étais assez douée. Mais certains de mes professeurs ne m'appréciaient guère. Quand ce n'était pas la prof d'anglais, une féministe enragée qui m'affublait de l'étiquette de « pimbêche », c'était la prof de français qui prenait des airs. N'empêche, j'ai obtenu mon bac, de justesse, certes, mais grâce à l'histoire de l'art, ma matière favorite. Dans l'art, il n'y a pas de jugement, c'est même tout le contraire : l'artiste s'exprime et on cherche à le comprendre.

C'est donc tout naturellement que je me suis orientée vers une faculté d'histoire de l'art, trop contente d'aborder un domaine où se frottaient les idées. Ravies de quitter notre campagne rabougrie, Stéphanie et moi nous sommes installées dans un deux-pièces à Dijon. Elle avait obtenu un BEP en comptabilité et cherchait du travail. Nous avons cohabité une année, jusqu'à ce qu'elle rencontre l'homme avec qui elle avait décidé de faire sa vie. De mon côté, j'appréciais les cours, mais je ne me sentais pas à ma place. Les autres avaient un plan de carrière, certains avaient déjà fait des stages dans de prestigieux musées. Je ne me sentais pas à la hauteur, même si je m'efforçais de ne pas le montrer.

Vivre à la ville faisait naître en moi de nombreux désirs. J'avais envie de grandir, d'exprimer la Fran Dresher en moi. Comment faire avec 80 euros de CAF par mois et 20 euros d'argent de poche par semaine ? J'avais de quoi tenir un siège en conserves, en pâtes et en riz, mais comment gagner en indépendance, en autonomie ? La solution était simple : je devais travailler. Pour avoir de l'allure, je devais avoir un salaire.

*

« Je me rends compte que j'avais de la chance, à cette époque. Grâce à ma passion pour le sport, je vivais avec 500 euros, plus un appartement ! »

*

Mes parents soutenaient mes décisions et m'encourageaient à multiplier les expériences, pourvu qu'elles continuent de m'élever et me rendent heureuse. Depuis l'époque où je posais sur ma grande sœur Sophie des yeux pleins d'admiration, j'étais convaincue que la féminité s'exprimait dans la chevelure. Je n'avais qu'une envie : maîtriser les arcanes de la beauté.

Je me suis donc présentée chez un coiffeur Jean Louis David, sous prétexte de chercher un job étudiant. Affectueuse et bienveillante, la manager du salon m'a encouragée à passer l'examen de la pratique et les cours techniques, avant d'intégrer l'équipe pour me former. Je m'y suis investie corps et âme, déterminée à lui faire plaisir – ce qui me tenait d'autant plus à cœur qu'elle se prénommait Maggie, comme ma sœur. Notre équipe était hétéroclite et extrêmement liée. À la campagne, je n'avais jamais rencontré de personne homosexuelle, et j'étais stupéfaite d'entendre John, un de mes collègues, parler ouvertement du fait qu'il aimait les garçons. Un autre était de confession musulmane, une culture que je découvrais totalement. Ensemble nous parlions de tout, même si nos avis différaient la plupart du temps !

Quelques mois plus tard, John m'a embarquée dans l'aventure de son nouveau salon. Avec lui, j'ai énormément appris, notamment le maquillage et le conseil en image. Mais, très vite, j'ai fait le constat que je n'étais pas assez armée pour répondre aux demandes des clientes. Quand je leur demandais leur routine beauté afin de leur proposer une solution adaptée, elles me racontaient leur vie, leurs trois enfants à la maison, les absences de leur mari. Je me rappelle une femme qui ne supportait pas son reflet dans le miroir, ou cette autre, une jolie blonde qui voulait me ressembler alors que j'ai les cheveux brun foncé…

Quelque chose m'échappait, de plus profond que ce qu'une paire de ciseaux peut résoudre. Je faisais le job avec une apparente décontraction alors qu'en réalité j'avais l'impression d'être un imposteur. Je n'avais aucune idée de la réalité de la vie de ces femmes. J'avais trop peu réfléchi à la mienne. John avait le vécu qui me manquait pour leur insuffler la confiance qui leur manquait. Moi, je devais poursuivre ma route, rouler ma bosse. Alors, une page s'est tournée.

*

Pendant quelque temps, je me suis laissé guider par le pur jeu des rencontres.

Un soir, en discothèque, un homme d'une trentaine d'années m'aborde et me propose de devenir modèle pour sa marque de vêtements. J'ai alors dix-huit ans, je suis flattée et décide de lui donner mes coordonnées. Le jour J, je déchante : durant le shooting a lieu un cocktail où les convives, amis et « relations professionnelles » de l'organisateur, ont tout loisir de m'observer poser pour le photographe en sirotant leur verre. Les hommes me lancent des regards lourds, j'ai l'impression d'être une pièce de boucherie. On m'a fait venir pour des photos et me voilà reléguée au rang de décor sexué ! Il me faudra du temps pour comprendre ce qui s'est joué. Ce jour-là, il n'était pas question de mode, mais de vanité masculine. Je n'étais qu'un faire-valoir, destiné en plus à soumettre une femme, la compagne de l'hôte, complexée par son fessier potelé. C'était insupportable, pourtant je ne regrette pas cette soirée : j'ai compris que le mannequinat m'intéressait, et que je refusais de servir de faire-valoir à des hommes qui, du simple fait de mon statut, s'autorisaient à fantasmer.

Cette année-là, je vis une amitié intense avec une femme pleine de panache, une héroïne, qui se conduit comme une mère pour moi. Elle s'appelle Sonia. À ses côtés, j'arpente les routes de Bourgogne pour l'agence événementielle qu'elle a fondée. J'aime cette liberté. Chaque événement, chaque jour est différent. Je vis d'autant plus intensément que je sais que le temps est compté. Sonia, plus que tout, craint de s'attacher, en amour comme en amitié. Un jour, elle me dira au revoir, c'est sa façon de fonctionner, peut-être de se préserver.

Je commence aussi à poser pour des catalogues. Le commerce sur Internet en est à ses balbutiements, les e-shops ont d'énormes besoins en images. Recommandée auprès du studio Images & Associés, je rencontre la directrice, une femme à poigne qui mène son équipe avec autant de douceur que de fermeté. Nous passons des journées à shooter t-shirts, jeans et robes à un rythme soutenu. Avec une indulgence toute provinciale, l'équipe m'apprend à poser. À Paris, on n'aurait pas eu cette délicatesse.

*

« Je t'aime. »

*

La nouvelle vie que j'ai dessinée est intense et relativement déstructurée. Jusqu'à mes vingt-trois ans, je jongle entre les événements et les shootings, j'ai peu de stabilité financière, mais je préfère mille fois le risque à la routine. En quête de nouvelles sensations, j'entretiens une relation passionnelle avec un homme à qui je passe bien des excès. En talons hauts et tenue moulante, j'ai l'impression de gagner en assurance et je maîtrise de mieux en mieux l'art de rendre un homme fou amoureux par mon seul jeu de jambes. Je me sens vivante. Je vibre. Sur la mauvaise corde, mais je vibre.

Bientôt, je devrai lever le pied, sous peine de me faire happer par le monde de la nuit. De cette époque, j'ai conservé un trésor, un des seuls que ce mode de vie m'ait offert : Philippe, mon meilleur ami, un être exceptionnel au sourire ravageur et à l'élégance folle. Entre nous se produit un coup de foudre amical, sans aucune ambiguïté : Philippe aime les garçons. Quelques heures seulement après notre rencontre, il exprime comme une évidence, avec une simplicité désarmante, qu'il a rencontré sa meilleure amie pour la vie. Évidemment, sur le moment, j'ai eu du mal à y croire ! Mais quatorze ans plus tard, il est toujours mon meilleur ami. Il a tenu parole.

*

« J'avoue avoir été rassuré quand j'ai appris que Philippe était homo, j'avais peur de devoir me confronter au meilleur ami secrètement amoureux. Mais Alice et Philippe s'aiment sans secret, et j'admire leur amitié. »

*

Mon compagnon de l'époque, en revanche, sombre dans la cocaïne et le mensonge. Je ne sais jamais quand il rentre, s'il sera présent à tel ou tel rendez-vous, s'il pourra même payer sa part du loyer. D'un instant à l'autre, il passe d'un abattement profond à un état d'exaltation incontrôlée. *Up* ou *down*, il est toujours « hyper hyper hyper ». Je le quitte cent fois et cent fois j'y retourne. Mais la vie à ses côtés est épuisante et, peu à peu, la confiance se tarit. Pourtant, j'essaie de le comprendre. Jusqu'au mensonge de trop, qui déclenche une sorte de compte à rebours dans ma tête. Pour me détacher de cet être voué à l'autodestruction, je décide que, chaque jour, je l'aimerai un peu moins que la veille. « Désaimer ». J'ai inventé ce mot. Chaque jour, intérieurement, je lui dis : « Je te désaime. » Et, moins je l'aime, plus je respire. Moins je lui consacre mon énergie, plus je me replace, doucement et en toute logique, au centre de ma propre existence. Je vis un renouveau.

Lui, bien sûr, sent que je lui échappe. Tout à coup plus assidu au travail, comme s'il avait pris conscience qu'il doit assurer notre avenir, il accepte de plus en plus de courses. Il est livreur de sushis. Du moins, c'est ce qu'il dit. Car un soir que je lui emprunte son téléphone, je découvre une notification de son ancienne petite amie. Convaincue qu'il me trompe, j'enrage. Mais la vérité est plus cruelle : il est livreur de cocaïne à domicile. Le constat est terrible, la réalité dure à admettre. De la résignation, je passe à l'amertume. Mais je comprends l'essentiel : j'ai envie de vivre, pas de plonger. Je ne suis pas responsable de son sort, mais entièrement du mien.

Je dois agir. Et agir, une fois encore, c'est cesser. Cesser d'aimer, en l'occurrence. Un soir, il ne rentre pas à la maison. J'ai vécu des dizaines de fois ce moment, toujours avec la même douleur. Mais celle-ci est différente : je ne suis pas triste. C'est même l'inverse.

Ça y est enfin, c'est fait. Je l'ai désaimé.

De Miss Bourgogne à Miss France

Du haut de mon mètre soixante-quinze, je m'entends souvent dire que je pourrais m'inscrire à un concours de miss. En province, les concours de beauté sont un moyen de se faire connaître et d'accéder à des débouchés intéressants. Non seulement j'apprécie l'ambiance entre nanas, sans doute parce que j'ai grandi entourée de femmes, mais, en 2010, lorsque je m'inscris au concours de Miss Bourgogne, je me cherche un horizon. Je n'ai aucun réseau, je ne suis pas née de la cuisse de Jupiter et j'ai envie d'avancer. Pourquoi ne pas tenter l'aventure ?

Sonia s'est chargée de mon inscription et me dépose, le jour J, au Grand Hôtel de la Cloche, à Dijon, où se déroule le casting. Pour les sélections, j'ai décidé de porter une robe rose poudré qui met en valeur mon teint hâlé de l'été, des escarpins rose irisé, un maquillage léger et mes cheveux sont ondulés.

La beauté est un ticket d'entrée, c'est ensuite que le travail commence. J'ai passé trois heures à me préparer, je dois maintenant me concentrer sur ce qui va vraiment faire la différence. User d'esprit, d'humour. Savoir être à l'aise. Montrer que l'on est l'inverse de ce que les gens imaginent. On n'a qu'une seule fois l'occasion de faire une première bonne impression.

En m'asseyant parmi les autres postulantes, je sens que l'assemblée m'observe. Heureusement, à vingt-trois ans, je sais assumer le regard que des inconnus posent sur moi, je sors beaucoup, je me suis apprêtée pour mille occasions déjà. Je suis prête.

Certaines participantes ont pris le mot « concours de beauté » au pied de la lettre. C'est tant mieux pour moi, mais intérieurement je compatis au sort des plus jeunes, les plus fragiles. Avoir les jambes de Gisele Bündchen ne signifie pas qu'on a son expérience ! La beauté et l'élégance sont une attitude avant d'être des mensurations. Quand un père lance à sa fille en me regardant : « Tu ne pouvais pas te coiffer comme elle ? », la pauvre perd en un instant toute sa confiance en elle. Malgré des jambes vertigineuses et un joli visage, elle ne sera pas retenue. On la devine trop mal à l'aise, avec ses pattes d'araignée et son air renfrogné. Un sourire aux lèvres et une démarche plus assurée auraient tout changé, elle aurait brillé.

D'autres ont l'air sympathique. L'une d'elles se présente seule au casting. Elle aussi, c'est un bébé dans un corps de grande. Elle a du cran et compense son tract, grâce à l'humour. Elle se prénomme Oriane et deviendra mon amie, mais je ne le sais pas encore. Pour le moment, je l'observe plaisanter avec tout le monde. Sa technique est la même que la mienne : se faire des alliées plutôt que des ennemies. J'ignore laquelle aborde l'autre mais nous nous renvoyons la balle dans un jeu complice.

Manifestement issue d'une bonne famille, elle s'exprime dans un langage soutenu. Elle est raffinée, sans la moindre note de vulgarité, contrairement à moi qui peux parfois paraître trop sexy. Dans son milieu, elle doit passer pour une rebelle, sa présence au concours et sa témérité en sont le signe. Lorsqu'on l'interroge sur ses motivations, Oriane répond avec un grand sourire : « Nous sommes dimanche, il fait beau et j'avais envie de sortir. Comme je n'avais rien de prévu, je me suis dit que ça pouvait être un bon programme. » Tout le monde éclate de rire, conquis.

Oriane est grande pour ses dix-sept ans : un mètre soixante-dix-sept, une taille de guêpe, un visage délicat, des traits fins. Elle ne sait pas vraiment s'habiller mais cela va de pair avec sa candeur. Elle resplendit. Je sais qu'en plus d'être mon alliée elle sera ma première concurrente, et elle aussi en a conscience.

Ce jour-là, nous serons toutes deux sélectionnées pour le concours, qui se tient six mois plus tard. Entretemps, nous serons devenues de grandes amies. J'ai trouvé en elle ma petite sœur et elle, en moi, sa grande. Nous sommes le yin et le yang. Elle a grandi avec deux frères qui jouaient à la guerre et moi avec deux sœurs plutôt maternantes. Elle est en recherche d'affection et de représentation féminine quand j'ai à revendre celle dont j'ai bénéficié. Nous partageons les mêmes valeurs et le même optimisme. Elle a de la franchise et moi, de la diplomatie. Nos caractères s'épousent. Entre nous, la confiance est immédiate.

Nous passons tous nos week-ends ensemble. Oriane est téméraire, audacieuse, mais, comme souvent les enfants mûris trop vite, elle doute de ses qualités. Cette vulnérabilité lui confère encore plus de charme et je l'aide à s'assumer dans son corps de femme. Elle connaît les codes de la bienséance, utilise les termes propres à chaque chose, monte à cheval, sait conduire un tracteur, faire les foins et récurer les box, mais pas utiliser une pilule contraceptive, se coiffer ou mettre du vernis à ongles. Je me fais un plaisir de lui enseigner ces principes rudimentaires et elle me sort de mon ordinaire.

À la veille du concours, nous nous promettons que, si l'une de nous l'emporte, nous serons heureuses pour l'autre. Nous nous rendons ensemble, de bonne heure, sur le lieu de l'événement. Nous avons apporté des bijoux pour celles qui en auraient besoin. Nous essayons à tout prix de conserver une bonne ambiance au sein du groupe, même si, l'échéance approchant, les rivalités se révèlent. Nous prendrons les deux premières places, Oriane étant ma première dauphine. Et comme nous nous le sommes promis, nous sommes heureuses l'une pour l'autre.

Ce concours fut une expérience inoubliable. Mais, plus que de remporter le prix de beauté, j'ai gagné une amitié rare. Six mois de préparation aux chorégraphies où l'on riait plus que l'on ne dansait. Six mois au téléphone à parler de tout et de rien. Six mois à rire aux larmes de nos apprentissages. Un des plus beaux cadeaux de ma vie.

*

« À ce moment-là, moi, je vivais mes premiers championnats d'Europe avec l'équipe de France... »

*

Lorsque Malika Ménard me remet la couronne de Miss Bourgogne cette année-là, je remporte un pari avec moi-même. Quelques mois plus tôt, ma tante Gislaine est décédée d'un cancer du sein à l'âge de cinquante-quatre ans, après plus de dix années de lutte contre la maladie. Pendant dix ans, ma tante s'est acharnée à vivre et nous nous sommes échinés à lui venir en aide. La défaite est amère, impossible à admettre, au point que, longtemps, nous n'avons plus parlé d'elle. La douleur était trop présente. Ma mère, cette éternelle optimiste, était en posture tragique : bien qu'elle ait entouré sa sœur de tout son amour jusqu'à son dernier souffle, elle n'avait pas eu le courage de lui dire au revoir. Nous, les vivants, n'étions pas préparés à la mort de ma tante. Mais qui peut l'être, en réalité ?

Mon projet, cette année-là, était de nous réunir. Il fallait recréer le premier moment de joie en famille.

En voyant mes cousines crier leur joie de me voir remporter l'écharpe de miss, debout sur leurs chaises, j'ai compris que mon pari était gagné. Leur chagrin n'avait pas disparu, mais qu'il était bon de les voir rire de nouveau !

Je suis encore sur la scène, fraîchement élue, et je fais des photos pour les journaux locaux, quand une journaliste envoyée par la société Miss France se fraie un chemin jusqu'à moi. Tout le monde est en tenue de gala ; elle est en jean déchiré, baskets, queue-de-cheval et cheveux gras. Sur un ton beaucoup trop familier, elle me lance :

— On va faire ton portrait vidéo qui sera diffusé le soir de l'élection de Miss France. J'ai besoin de savoir quels sont tes hobbies car on m'a dit que tu avais un fort caractère. Ça tombe bien, c'est exactement ce qu'on recherche.

Un peu déroutée par ce discours préparé et régurgité qui ne me donne pas du tout l'impression d'être unique, je tente une réponse à sa question.

— Je pratique la course à pied tous les jours, c'est une de mes passions, et je fais également de la peinture.

Elle me renvoie dans mes cordes :

— Le souci, c'est que c'est déjà pris par une autre candidate. Il va falloir me donner autre chose. On m'a dit que tu avais un sacré caractère, il n'y a pas quelque chose d'un peu fou dans ta vie ?

Cette fille me saoule. Comment peut-elle travailler pour le comité Miss France et se montrer aussi nonchalante et irrespectueuse ? Elle est ce genre de journaliste parisienne intrusive qui transpire le mépris. Sa façon de s'adresser à moi comme si j'étais une future candidate de téléréalité m'insupporte. Finalement, après avoir appris que je posais pour un studio d'images, elle finit par choisir mon « thème » : mannequin. Cela ne me dérange pas en soi, je n'ai pas l'impression de mentir sur ce que je suis. Je trouve cependant dommage qu'une femme soit réduite à un seul terme alors que tant de choses la définissent.

*

Dès le lendemain, tout s'enchaîne. Au programme, tournage non-stop dès 6 heures du matin, à base de vélo dans les vignes avec douze centimètres de talons, de cache-cache dans les ruines, de faux shooting et, enfin, d'interview en robe de soie dans une cave bourguignonne où il fait 12 °C. J'ai froid, je suis tendue car je ne comprends pas l'exercice et que je n'ai pas dormi plus de deux heures. On me pose, en boucle, des questions auxquelles je réponds un peu n'importe quoi. On recommence, encore et encore, jusqu'à ce que je réponde sans hésitation, sans regarder ailleurs, avec une diction fluide et monocorde. Un discours de Miss parfaitement tarte. Mais je suis trop épuisée pour m'en rendre compte, j'agis comme un robot.

La suite de la préparation reste tout aussi inoubliable, pour d'autres raisons. Pendant un mois s'ouvre une parenthèse, un moment hors du temps. On ne vous appelle plus que par le nom de votre région. Personne ne sait votre prénom mais tout le monde connaît vos mensurations. Pour le voyage aux Maldives, je prends l'avion pour la première fois de ma vie. C'est la première fois aussi que je fais semblant de prendre des vacances. Nous dansons sur la plage, nous nous promenons au coucher du soleil ou participons à la reforestation locale, mais tout ça, c'est du boulot ! Pendant huit jours, lever à 5 h 30 pour se préparer, s'habiller, se coiffer, se maquiller, début du tournage à 7 heures. Du matin au soir, mise en scène !

Le premier jour, à Paris, j'ignore encore tout du rythme d'enfer que je vais devoir suivre. Nous sommes en novembre 2010 et je me fais l'effet d'une débutante. Le concours m'impressionne et je n'ai plus la même assurance. Peut-être aussi l'univers des Miss a-t-il déjà un peu perdu de sa fraîcheur à mes yeux. En tout cas, l'enjeu n'est plus tout à fait le même. À mon tour, je trouve les filles mieux que moi, je me sens perdue dans notre groupe de trente-trois. Je suis aussi l'une des plus âgées : certaines sont encore au lycée et la plupart vivent chez leurs parents. À vingt-trois ans, je suis autonome depuis longtemps et j'ai du mal à m'adapter aux nombreuses règles imposées, comme le fait d'avoir à demander l'autorisation pour aller aux toilettes, par exemple.

Sylvie Tellier est une femme brillante qui sait manier le cœur aussi bien que la poigne. Pour avoir été à notre place, elle bénéficie d'une immense légitimité. On lui devine une tendresse que son statut n'est pas autorisé à nous livrer. Tout le monde, pourtant, ne fait pas preuve d'autant de bienveillance et le seul souvenir de la chorégraphe me fait remonter un goût amer. On m'avait prévenue, elle a ses têtes, c'est le jeu. Mais de quel jeu parle-t-on ? Elle nous humilie chaque jour. Elle m'appelle « Bourguignon » car elle trouve que je marche comme un homme. Ce qui compte pour elle, c'est que le show soit à la hauteur des exigences de Tf1, peu importent les moyens. Mais moi, je ne sais pas sourire quand on me l'intime en hurlant ! Compter les temps, danser, défiler en rythme sur des talons aiguilles, tout est nouveau. Certaines apprennent plus vite que d'autres, cela dépend aussi de l'assurance dont on dispose. Pas facile de la conserver quand on est la bête noire de la metteuse en scène !

La veille de l'élection au Zénith de Caen, nous enregistrons la chorégraphie en costume régional, passage obligé du concours Miss France, mais impossible à diffuser en direct car nos tenues sont toutes différentes et compliquées à enfiler. À part les filles des îles qui en ont de très beaux, nous détestons ces costumes ridicules et moyenâgeux. Pour les besoins de la séquence, un public d'une centaine de personnes est présent dans la salle à hauteur des caméras, de sorte qu'à la diffusion on a l'impression d'une salle comble. En plus de ce public réduit, plusieurs dizaines de techniciens s'affairent à la préparation du programme. Comme nous ne sommes pas dans les conditions du direct, la chorégraphe parle dans un micro pour nous diriger. Elle est d'une humeur terrible et nous massacre devant tout ce petit monde. Les gens s'esclaffent et se tapent sur les cuisses. Il ne manquerait plus que l'une de nous se casse la figure et la parade du cirque serait à son apogée.

À l'issue de cet exercice humiliant, Sylvie Tellier me fait remarquer que je n'ai pas assez souri, je ne m'en rends même plus compte.

*

Lorsque nous rentrons à l'hôtel, l'organisation nous fait savoir que nous allons pouvoir visionner nos portraits individuels. Après le dîner, nous sommes réunies dans une salle et la projection commence. Certains portraits sont aberrants : comment peut-on définir une personne par son goût du shopping ? La fille défile avec des sacs plein les bras, comme si à dix-huit ans elle détenait un compte en banque de ministre. Et cette autre, qui se définit par « la nature » et divague entre deux arbres dont elle embrasse les troncs ! La palme revient tout de même à la passionnée de moto acrobatique. Elle est assise derrière un motard, pas du tout à l'aise, ça crève les yeux. À la question de la journaliste qui lui a demandé quels étaient ses hobbies de fille au caractère bien trempé, elle s'est visiblement emballée.

Quand arrive mon tour, je ne me reconnais pas du tout. Ni dans mes vêtements, ni dans mon attitude, ni dans mes propos. Je passe pour la mannequin hautaine qui ne sourit pas, et je repense à ce jour de tournage épuisant. Je me sens trahie, idiote. L'idée que ce portrait soit diffusé à la télévision m'est absolument insupportable. Sous le choc, je fonds en larmes. Mon identité m'a échappé et je prends conscience que j'ai accordé une confiance aveugle à des gens qui ne me connaissent pas. En voulant me laisser guider, j'ai été manipulée, et je ne peux m'en prendre qu'à moi-même.

Les autres filles sont adorables et viennent me consoler. Je ne veux pas monter sur scène le lendemain. Je veux tout annuler. C'est terrible, car mon comité régional m'a envoyée au concours Miss France en misant beaucoup sur moi. J'ai peur de les décevoir. Mais je ne peux plus rien arrêter, nous sommes la veille de l'émission et je sais que la chaîne comme l'organisation exerceront une forte pression sur moi pour que je reste. Si, malgré tout, je décide de quitter le programme, je serai traînée dans la boue. La solution la moins mauvaise est peut-être encore de se taire, de subir et d'attendre que cela passe.

Sans les autres candidates, je n'aurais pas réussi à traverser cette épreuve. Le lendemain, nos portraits sont diffusés six par six, tandis que nous nous mettons en place sur scène pour entamer notre chorégraphie. Pour les quatre mille spectateurs du Zénith, un écran de dix mètres par dix projette en direct ce qui est diffusé sur Tf1. J'ai donc tout le loisir de revoir mon portrait, au format gigantesque, quarante-cinq secondes qui me paraissent interminables et durant lesquelles je sens mon identité, ma dignité, m'échapper.

*

Ce moment aura pourtant été bénéfique, même s'il m'a fallu du recul pour en prendre conscience. À l'issue de l'élection, Sylvie Tellier m'a remis le Prix du mannequin 2011, en convenant avec moi que je n'étais pas faite pour être miss. Je m'en voulais de m'être fait avoir. Je m'en voulais surtout d'avoir été le faire-valoir d'une industrie qui peut réduire en miettes votre existence. Puis j'ai compris.

J'ai compris que, dans mon optimisme naïf, j'avais laissé à d'autres le soin de décider pour moi. Nous sommes maîtres de notre destin : j'avais la possibilité de refuser, mais je n'ai pas osé. Rien n'était inéluctable et j'aurais dû maîtriser davantage mon image. La confiance n'exclut en effet pas le contrôle. J'aurais pu tenir tête à la journaliste, refuser de répondre à ses questions dans une cave gelée alors que j'étais épuisée. Au fond, je m'étais laissé embarquer, et c'était de ma faute.

Je n'en garde aucun regret aujourd'hui car, sans cette expérience, je n'aurais pas reçu cette grande leçon de vie. On avance, on apprend. Se tromper fait partie du chemin.

*

Il m'a fallu un mois et des montagnes de crêpes pour revenir à la réalité et reprendre mon destin en main.

Avec Oriane, nous avons décidé de nous présenter à des agences de mannequins parisiennes. Mon cousin Thomas doit nous héberger en banlieue. Le sac sur l'épaule, nous montons dans le train et, arrivées à la gare de Lyon, suivons mon cousin dans le RER, puis à bord d'un bus, jusqu'au pied de sa cité. La pauvreté et la diversité nous sautent au visage. Valenton abrite à l'époque une immense majorité d'immigrés et on entend parler toutes les langues. Oriane et moi ne passons pas inaperçues, les hommes qui tiennent les murs nous lancent de drôles de regards.

La première agence que nous démarchons est très « mode », c'est-à-dire qu'elle embauche des filles de quatorze ans affreusement maigres. Le message est très clair lorsqu'on nous éconduit après une demi-heure en salle d'attente. Nous sommes plutôt soulagées, la jeune fille avec qui nous avons attendu nous avait collé le moral dans les chaussettes, avec son visage sans âge profondément creusé. Pas découragées, nous poussons d'autres portes, mais essuyons refus sur refus. Il faut dire que notre book est assez pauvre et ne répond pas aux critères parisiens. Des critères qui nous échappent, à vrai dire, surtout quand ils nous sont renvoyés dans la figure par une casteuse au visage tellement déformé par la chirurgie esthétique qu'on se croirait dans un show américain !

Nous finissons heureusement par trouver une agence qui accepte mon profil, à condition que je puisse justifier d'une adresse à Paris. Je prétends que je suis sur le point de signer pour un appartement et s'ensuivent les premières photos d'usage, des « Pola », c'est-à-dire en sous-vêtements ou en maillot de bain, de face, de côté, de trois-quarts et de dos en lumière naturelle, sans maquillage et non retouchées. Des photos à l'état brut, indispensables pour les agences et leurs clients pour choisir des profils, et très différentes de celles du « book », qui résument le parcours du modèle et son univers.

Lorsque je retire mes vêtements, les bookers sont soudain intéressés par ma stature musclée. L'agence me propose alors de réaliser un vrai book pour le marché parisien. Rendez-vous est pris pour le dimanche suivant.

*

Avant même d'avoir mis les pieds sous un flash, je vais prendre une sacrée leçon de professionnalisme. J'ai complètement oublié que, le dimanche suivant, je me suis engagée sur un événement en tant que Miss Bourgogne. Je ne peux pas faire faux bond et m'organise pour remonter à Paris le samedi soir. Mais au moment de partir, la présidente du comité Rhône-Alpes me demande de rester. Elle joue sur la corde sensible et je n'ose pas refuser. Toute la soirée, je tente d'appeler l'agence parisienne, sans succès. Lorsque je comprends qu'ils n'auront pas mon message avant la séance photo, il est trop tard, je n'ai plus de train. Je me confonds en excuses sur le répondeur, leur explique la situation et me rassure tant bien que mal en me disant qu'on pourra toujours organiser un nouveau shooting.

La soirée se passe affreusement mal. Moins pour moi que pour trois jeunes candidates, embarquées dans un coup de folie par un homme présenté comme fiable et « important » : au moment de les raccompagner en voiture, il sort une arme de la boîte à gant et fait mine de s'en servir. C'est le branle-bas de combat pour le convaincre de les ramener à l'hôtel et les rassurer autant que possible. Elles sont en état de choc.

Le lendemain, tandis que les filles défilent, je reçois un appel de l'agence parisienne. Pour avoir fait se déplacer toute une équipe un dimanche pour rien, je suis black-listée. J'ai laissé passer ma chance. J'ai pris la chose trop à la légère.

Très vite, j'ai l'honnêteté de reconnaître qu'au fond cette situation m'arrange. Vous connaissez l'expression « Méfiez-vous de vos rêves, ils pourraient bien se réaliser » ? Combien sommes-nous à nous accrocher à des rêves sans rien faire pour qu'ils se concrétisent ? Avais-je peur de ne pas être à la hauteur ? D'échouer ? Peut-être le simple fait d'être acceptée en agence avait-il suffi à me rassurer ? Pourquoi n'avais-je pas osé ?

Alors, tandis que la favorite de la présidente remporte la couronne d'une élection truquée, je me fais une promesse : à l'avenir, ne plus rien lâcher. Il ne sert à rien de croiser les doigts, il faut créer sa chance et mettre tout en œuvre pour y parvenir.

Avancer, coûte que coûte

Je ne supporte plus ma province, mon envie de quitter Dijon est immense. J'en ai fait le tour et, pour continuer ma route, je sais que je dois quitter ma zone de confort. Moi qui aimais tant sortir, je refuse toutes les invitations et n'apprécie que la solitude. Me retrouver avec moi-même me procure un bien-être infini. J'ai besoin d'avancer.

Il y a urgence à rebondir : mes finances menacent de plonger bientôt dans le rouge. Alors, j'ai mis en place une routine : le matin, je prépare un café et descends acheter un croissant avant de m'installer avec ma tasse fumante devant l'ordinateur pour trouver un travail, à Paris ou à l'étranger. Je regarde tout, animatrice au Club Med, vendangeuse en Australie, fille au pair aux États-Unis. Je n'ai qu'un seul objectif : partir.

Je réponds aussi à des annonces de casting. Je reçois peu de réponses, mais je persiste. Jusqu'à ce qu'une directrice artistique me propose un rendez-vous du jour pour le lendemain à Paris. Les billets de train achetés à la dernière minute sont chers, mais j'accepte immédiatement. À mon arrivée, plusieurs filles sont déjà présentes. J'adresse un bonjour général, auquel personne ne répond. Avec le temps, je comprendrai que les mannequins parisiennes ne se saluent pas. En leur adressant la parole, je passe pour la campagnarde qui entre dans la salle d'attente de son docteur. L'air blasé, les autres pianotent sur leur téléphone en s'ignorant royalement.

La femme qui me reçoit est professionnelle et douce. Elle m'explique la mission : il s'agit d'une tournée en France pour le lancement d'un parfum de luxe. À chaque étape se tiendra un cocktail avec des ateliers interactifs en lien avec le produit. Les partenaires et les clients seront shootés par des photographes professionnels. L'agence recherche une mannequin qui puisse veiller au bon déroulement des séances. La mission exige une tenue, un style et une ligne impeccables, en accord avec la marque. Et, bien entendu, une personnalité capable de réagir en cas d'imprévu, en résumé une personne responsable.

Le fait qu'il ne s'agisse pas d'un contrat de mode à proprement parler est inespéré, car je sais que je peux compter sur mon expérience événementielle. Quand la casteuse me demande pourquoi, parmi toutes les candidates, je suis la meilleure pour le job, je réfléchis quelques secondes et réponds : « Parce que vous n'aurez aucun problème avec moi. La logistique de ce road show sera complexe et je participerai à l'effort commun pour œuvrer dans le bon sens. Je serai toujours à l'heure, tirée à quatre épingles. En fait, si nous travaillons ensemble, vous n'entendrez pas parler de moi. »

J'ai répondu sincèrement, ce n'était pas une parade. Je ne suis pas la plus belle, mais j'ai envie d'être la personne qu'ils recherchent : quelqu'un sur qui compter. De toute façon, financièrement, il me faut ce boulot. Je ne dois rien lâcher. Je n'ai encore presque aucune expérience de mannequin, mais j'ai tiré une leçon cuisante de mon premier raté. Les agents ont besoin de filles fiables, à l'heure. Dans le milieu de la mode, être sérieux fait toute la différence.

En fin de journée, la directrice de l'agence me rappelle pour me dire que je suis sélectionnée. La mission commence dans deux jours et je suis partie de Dijon avec une petite valise. Surtout, je n'ai plus que 120 euros en poche et la mission ne sera payée que deux mois plus tard, à la fin de la tournée. Après un rapide calcul, je décide de dépenser le moins possible et de renoncer à faire l'aller-retour pour récupérer des affaires. Tout excitée à l'idée d'entamer une aventure qui inaugure ma nouvelle vie, je déniche pour 12 euros une paire d'escarpins sans confort qui puent le pétrole et deux paires de collants.

Première étape : Nice. À notre arrivée, plusieurs dizaines de techniciens s'affairent à construire un décor reproduisant l'avenue des Champs-Élysées, qui sera monté et démonté dans chaque ville du parcours. Les éclairages, le photo-call, les traiteurs, la fontaine à champagne… Tout est grandiose, magnifique. La platine du DJ surplombant le dance floor promet des soirées mémorables. Très vite, ma chef me confie des responsabilités qui sortent du cadre du strict mannequinat. Je m'empresse de m'exécuter, je veux prouver mon efficacité. Cette tournée me marquera d'une empreinte indélébile. J'ai appris. J'ai souffert. J'ai ri. J'ai avancé.

*

Je me suis installée chez mon cousin, en banlieue. Quand je ne suis pas en tournée, je travaille pour une agence d'hôtesses. Chaque soir, je reçois des missions pour le lendemain et je prends tout ce qu'on me propose. C'est chaque fois le même rituel : j'arrive en avance, impeccablement préparée, dans la tenue fournie par l'agence que je suis préalablement passée chercher.

Les premières semaines, je dois choisir entre manger et payer mes transports, et le choix est vite fait. À 7 heures du matin, je quitte la cité en long manteau pour ne pas attirer l'attention, j'attends le bus, qui n'est jamais à l'heure, je monte sans payer – je ne serai contrôlée qu'une seule fois – et, arrivée au RER, je fais comme beaucoup de jeunes : je vérifie qu'il n'y a pas de contrôleurs et je passe avec quelqu'un. Tout le temps du voyage, je reste sur le qui-vive et, si besoin, je bifurque pour échapper à l'amende. Au retour, c'est plus compliqué, les agents de la RATP restent souvent tard à la sortie que je dois emprunter. Un soir, je suis des garçons jusqu'à un trou dans le grillage, le long de la voie ferrée, je franchis des herbes hautes et traverse la voie rapide. J'ai conscience de me mettre en danger, et ressens une forme de dégoût mêlé de plaisir masochiste à assumer mon inconséquence. Si j'avais économisé ou davantage anticipé, je ne me serais pas retrouvée dans cette situation compliquée. Pourtant, pas un instant je ne doute d'être sur la bonne voie.

Certains jours, je paye le métro et je sors un livre pour profiter du bonheur de voyager en toute tranquillité. Je me délecte de ces instants, qui me donnent la sensation d'être une personne normale qui se rend paisiblement d'un point A à un point B. Mais la plupart du temps, je tente le diable, et je ne gagne pas toujours. La première fois que je prends une amende, je suis en route pour le parc des expositions de Villepinte. Le trajet est tellement long et périlleux que j'ai quitté la cité à 6 h 30 pour être en place à mon poste d'hôtesse à 9 heures. Le prix de l'amende équivaut à mon salaire de la journée. Je suis dépitée. La fois suivante, en revanche, je suis complètement bouleversée.

J'ai alors très mal aux genoux à cause de la fatigue et de la course à pied. J'ai trouvé un parc où faire mon footing près de la cité. Je suis la seule à courir dans le quartier, les habitants ont manifestement d'autres préoccupations que le sport, mais qu'importent la solitude et les regards ébahis qu'on me lance, je dois m'entretenir. Lorsque le jeune contrôleur me remet cette amende, je ne peux retenir mes larmes. C'est même un véritable torrent qui s'écoule. J'ai honte de pleurer devant lui, honte d'avoir joué et perdu. J'assume, bien sûr, je ne veux pas susciter sa pitié, mais c'est plus fort que moi. Entre deux hoquets, je lui présente mes excuses, sors mon livre et, l'amende à la main, vais m'asseoir en boitillant pour attendre le train. Ce jeune homme, c'est un garçon sorti de la cité. Je l'ai reconnu à son attitude, à son accent. Et à son air compatissant. Lui aussi a connu la galère et l'envie de bien faire. Quelques minutes plus tard, il s'approche avec son chef et me demande de leur remettre mon amende, qu'ils déchirent devant moi. Sans rien dire, d'un simple regard, ils me souhaitent bon courage. Je n'en reviens pas. Je les aurais embrassés.

*

« Je lis ces lignes avec une profonde admiration pour toi. Autant de ponctualité malgré toutes ces épreuves... Alors, dis-moi, pourquoi, pour aller au resto avec moi, tu as toujours trente minutes de retard ? ☺ »

*

Un jour, un photographe me propose un shooting e-shop. Ce n'est pas bien payé pour la mode, 120 euros la demi-journée, mais c'est toujours mieux que les missions d'hôtesse. J'accepte, prête à saisir la moindre occasion. Ce photographe, qui deviendra comme un ami, me recommandera par la suite auprès d'autres clients. Grâce à lui, j'avance pas à pas sur le chemin du mannequinat.

À la fin de la séance, le directeur commercial de la marque me propose un rendez-vous pour la semaine suivante. Pour le rencontrer je me fais belle, sans doute un peu trop pour le marché parisien qui aime les filles sans artifices, pâles, négligées, et me présente maquillée, brushée, en robe et talons hauts. Lorsqu'il vient me chercher, je devine instantanément que je lui plais. C'est bon et mauvais signe à la fois, car comment faire la part des choses entre le professionnel et le privé ? Il me montre la nouvelle collection et me demande mes tarifs de shooting et de showroom. Nous transigeons à 300 euros la journée. Intérieurement, je jubile.

Mes missions commenceront assez vite. Le directeur est toujours gentil, prévenant, sans jamais un geste déplacé. Finalement, c'est au professionnel que j'ai affaire, et j'en suis très soulagée. En présentation showroom, il me demande de montrer les vêtements de dos, en arguant que j'ai un joli fessier. Je décide de ne pas relever, mais le ver est dans le fruit : mes complexes remontent, je me sens grosse, je me sens laide, et de petites remarques bien anodines vont, au fil du temps, me blesser.

Il me faudra acquérir de l'expérience pour comprendre qu'un client ne peut pas se plaindre du physique d'une modèle qu'il a choisie. Il y a beaucoup de filles sur le marché. S'il vous a sélectionnée, c'est autant pour vos défauts que pour vos qualités, car vous correspondez à ce qu'il recherche. En cas de problème, c'est lui qui n'a pas bien bossé, rien à voir avec qui vous êtes. Le mannequinat m'a servi de thérapie. Il m'a fallu perdre confiance en moi et me trouver mille défauts pour comprendre que ces failles, justement, étaient mon moteur. En devenant mannequin, j'avais besoin de les surpasser. Besoin de maîtriser ce que je percevais comme des défauts et d'exceller dans mon domaine.

*

La routine effrénée continue : RER, métro, contrôleurs, shooting, passage à l'agence récupérer une tenue ou un chèque… Serrer les dents, sourire, relever la tête ou, à l'inverse, tenter de passer inaperçue, tel est mon quotidien pendant des mois. Mais je l'ai choisi, je ne me plains pas. J'aurais pu opter pour un job à Dijon, avec des horaires classiques, et ne prendre aucun risque. Mais je ne veux pas de cette vie-là.

À force de courage et de régularité, le travail paye. Je suis toujours disponible, à l'heure, arrangeante, on m'apprécie. Les bookers ont de si bons retours sur moi qu'ils me montrent en exemple en réunion et me confient les missions que les filles s'arrachent, les soirées VIP payées trois fois le tarif d'une mission ordinaire. Un jour, l'agence me demande d'apporter un carton encombrant au client. Je ne peux pas le prendre avec moi dans le métro, alors on me paye un taxi. C'est la première fois que j'en prends un à Paris, nous traversons la ville, la place de l'Étoile, dépassons le Grand et le Petit Palais, abordons la tour Eiffel. Une demi-heure de bonheur et de détente, où je peux enfin apprécier la beauté qui m'entoure. *Souviens-toi de ce moment, Alice. Prendre un taxi est un luxe, tout comme le fait d'avoir du temps pour soi…*

*

« J'aime toujours autant courir Paris avec toi et contempler le paysage comme si c'était notre première fois ! Nous savourons toujours notre chance ! »

*

Ma route n'en est pas moins pavée d'obstacles, dont je tire des leçons pour la vie. Payer à quelqu'un ce qu'on lui doit en temps et en heure, par exemple : combien de fois ai-je dû me déplacer pour toucher mon chèque qui n'était pas prêt ? Même quand quelqu'un avec qui on travaille ne se montre pas à la hauteur, faire preuve de bienveillance : peut-être son échec lui donnera-t-il l'impulsion nécessaire pour l'être la prochaine fois ? Si la première agence ne m'avait pas recalée, je n'aurais peut-être pas changé d'attitude, en tout cas pas de façon si radicale. De nos échecs naissent nos plus belles victoires.

Enfin, s'intéresser à l'autre pour ce qu'il est, pas seulement pour l'image qu'il renvoie ou l'idée qu'on s'en fait. Me revient cet épisode en fin de tournée nationale pour le parfum de luxe, où la directrice de l'*event* m'avait demandé de lui prêter ma brosse à cheveux. Devant ma mine aussi déconfite que ma brosse, que je possédais depuis plus de dix ans, elle est partie dans un fou rire qui ne m'a pas du tout amusée. Qui a envie de travailler avec des collants dont l'entrejambe descend à mi-cuisse, dans des chaussures en plastique dont ses pieds sortent meurtris et avec une odeur épouvantable ? Si elle voulait vraiment se bidonner, je pouvais l'emmener chez moi en RER et lui montrer mon passage secret à travers les hautes herbes !

*

De cette première époque professionnelle dans le mannequinat, je dois enfin rapporter un épisode bien plus désagréable, choquant même. Il s'est produit un soir, sur le Who's Next, où la marque de jeans pour qui je bossais régulièrement m'avait bookée. L'ambiance sur le stand est lourde, hyper masculine, mais j'essaie de me montrer professionnelle et j'encaisse les remarques sexistes sans broncher. Les commerciaux me tournent autour comme des hyènes cupides et la seule femme parmi eux fait ce qu'elle peut pour m'enfoncer.

Le soir du deuxième jour a lieu une *after party*. J'ai décidé de ne pas m'attarder. Le directeur commercial, dont j'ai appris à ne plus me méfier, me propose de trinquer tout de même, et j'accepte pour la forme. Avant mon départ, il me demande de l'attendre à la sortie, il souhaite me parler de quelque chose. Je hoche la tête, et poursuis ma conversation en cours.

Je ne l'ai pas vu venir. Il s'est tapi dans le renfoncement d'une porte et me saute littéralement dessus. Ses lèvres se collent aux miennes sans que je ne puisse rien faire, il me tient fermement contre lui. Je le repousse tant bien que mal, dans ma tête les idées se bousculent. Je dois être prudente, il a bu et n'a pas les idées claires, il me doit beaucoup d'argent, etc.

Alors que je réussis à m'en dépêtrer, il me poursuit en me disant que je lui ai tapé dans l'œil dès le premier jour et qu'il voulait m'embrasser depuis longtemps. Je suis très mal à l'aise, ses manières archaïques me font peur et me donnent envie de vomir. Je n'ai envie que d'une seule chose : rentrer et mettre cette soirée derrière moi. Mais il me harcèle de questions : « Tu ne me trouves pas beau ? Je ne suis pas assez bien pour toi ? Qu'est-ce que tu penses de moi ? » Je réponds aussi gentiment que possible des morceaux de phrases incohérents. Surtout, éviter le conflit. Il me supplie de rester. J'insiste, tiens bon et réussis à partir.

Je n'ai pas fermé l'œil et me suis demandé toute la nuit si je devais y retourner. Que faire ? À qui en parler ? Et comment récupérer l'argent qu'il me devait ? Si ce type était capable de me sauter dessus, serait-il assez professionnel pour me payer mes honoraires ? Finalement, je choisis de ne pas faire de vagues. Mais je crains d'avoir blessé son orgueil de mâle. Et mon mauvais pressentiment va se réaliser.

Dès le lendemain, il n'est plus le même. Sous prétexte de présenter un jean à un client, nous nous retrouvons tous les deux dans les allées, et le voilà qui me lance, viril : « Alors, tu es sûre, toi et moi ce n'est pas possible ? » Je sais, sans parvenir à le dire, qu'il n'est pas question d'amour, mais de sexe, de possession. Pourtant, je réponds : « Toi, tu as réussi ta vie, tu n'as plus rien à prouver. Tu peux te perdre, mélanger amour et travail, tu retrouveras ton chemin. Moi, je ne peux pas me le permettre. Ma priorité doit rester le travail car, comme toi, je veux devenir quelqu'un. »

Je mettrai des mois à être payée. À plusieurs reprises, il me faudra insister pour qu'il s'acquitte de sa dette ou me verse le montant correct car les chiffres sont toujours faux. La dernière fois que je le vois, je prends conscience que ma toute première impression lors de notre rencontre dans ses locaux était la bonne. J'aurais dû écouter mon intuition, mais je l'ai bridée, pour ne pas juger trop vite. En fait, l'intuition et le fait d'avoir des a priori sont deux choses bien distinctes. Les *a priori* relèvent d'une logique erronée. L'intuition, elle, est guidée par l'émotion, elle relève du cœur. Il faut l'écouter.

Conquérir le monde

Que faire de mon argent ? Je ne sais pas épargner, ni investir, et je n'ai toujours eu que ce dont j'ai besoin pour vivre. À vingt-quatre ans, j'ai l'impression d'être à la croisée des chemins. Le moment de me poser n'est pas encore tout à fait venu, et j'ai très envie de voyager. Sur le papier, ce n'est pas le plus raisonnable, car cela suppose de dépenser mes économies. Mais je ne perdrai pas mes acquis. En neuf mois à Paris, j'ai compris comment le milieu fonctionne, j'ai créé des contacts et j'ai pris confiance en moi. L'argent partira, puis il reviendra.

Je dois sortir de ma routine lisseur-métro-photo, sinon je crains de devenir comme ces filles lobotomisées des castings. En réalité, même si je ne mets pas de mots dessus, je suis encore en recherche. Pour apprendre qui je suis, j'ai besoin de me confronter à autre chose de plus vaste, de plus aventureux. Je suis autonome, je suis partie seule à la capitale et j'y ai travaillé, j'ai compris les rouages d'une industrie et me suis prouvé que j'étais capable. Et maintenant quoi ?

Il n'est plus question de survie ni d'argent. Je sens que la réponse est ailleurs.

Je décide alors de m'envoler pour l'Amérique du Sud. Les 1 000 euros du billet d'avion me donnent des bouffées de chaleur, je n'ai jamais rien acheté d'aussi cher ! Je me procure ensuite un sac au Vieux Campeur, où ma vie tiendra pendant quelques mois, et je fais le tri de ce que je vais emporter. Moins de la moitié tient dans le sac ! Je dois drastiquement revoir mes besoins. Après avoir refait plusieurs fois mon baluchon, je décide qu'un peigne, un pain de shampoing et un pantalon que je découperai quand il fera trop chaud suffiront. J'ajoute cinq culottes et quelques t-shirts, et le tour est joué !

*

J'atterris en Équateur avec des papillons dans le ventre. Une famille de Quito m'attend à l'arrivée. Moi qui m'imaginais que tous les aéroports du monde étaient immenses, je suis servie ! Le nôtre est fait de trois planches et de tôle, et grand comme la gare de mon village en Bourgogne. Nous débarquons de l'unique vol de la journée.

Mes hôtes sont enthousiastes, impressionnés, incroyablement accueillants et gentils. Ils posent sur moi les yeux curieux qui étaient les miens à mon arrivée à Paris. Pendant deux jours, ils cessent toute activité pour me faire découvrir leur pays. Ils me donnent leur chambre à coucher et impossible de protester. Nous visitons la capitale, ils m'invitent au restaurant. Je pensais qu'on me prêterait un canapé pour la nuit et que je me débrouillais par moi-même, pas que je ferais l'objet de tant de bienveillance. En Équateur, quand on reçoit, on donne et on partage tout. Une claque pour la Française que je suis.

Découvrir un pays émergent est un choc. Sur Internet, on ne voit que les paysages somptueux et les façades colorées, mais le plus important reste invisible. Seuls quelques nantis peuvent peindre leur maison, les autres occupent des habitations sans fenêtres, en parpaing et en tôle. Partout, je rencontre des personnes plongées dans une pauvreté extrême, à la peau tannée par une vie de labeur au soleil. Ces gens manquent de tout, notamment de soins médicaux. Les chiens errants sont partout.

Au bout de quarante-huit heures, je prends le chemin de Puno, en pleine jungle amazonienne, à cinq heures de route. Le relief de la Cordillère n'est pas propice au train et tout le monde se déplace en bus, véhicules hors d'âge ou bien plus luxueux. Le nôtre n'a plus de porte ! La gare routière résonne des cris des chauffeurs, qui lancent le nom de leur destination à qui mieux mieux. Le trajet s'annonce sportif sur une route sans goudron, mais j'ai tout le loisir d'admirer le paysage. Peu à peu, la jungle avale la civilisation. Le bus ne s'arrête jamais vraiment, il ralentit seulement pour laisser aux passagers et aux petits vendeurs la possibilité de sauter en marche avec leurs paquets et leurs animaux. Tout est si neuf, si vivant, si nouveau que je ne vois pas le temps passer.

Nous arrivons à Puno à la tombée de la nuit. Une association de protection du patrimoine indigène m'a mise en relation avec un certain Domingo. Mon espagnol est approximatif, mais je comprends qu'il nous attend depuis 6 heures du matin : il a mal compris le rendez-vous. Je me confonds en excuses, abasourdie qu'il ait pu m'attendre si longtemps. Lui n'a pas l'air incommodé, comme si le temps était un détail sans importance. Il me demande si je peux le payer en avance pour la totalité du séjour. Le procédé m'inquiète un peu, ce n'est pas ma façon de fonctionner. Puis je me souviens que je ne suis pas chez moi. Je pèse le pour et le contre et décide de faire confiance. Je suis dans une zone trop reculée pour prendre le risque de me mettre à dos les personnes qui me guident.

Domingo m'invite à monter dans un taxi, une véritable épave dont je me demande encore comment elle pouvait rouler. La carrosserie est toute cabossée, les ressorts des sièges me remontent dans les fesses et des cordes font office de ceinture de sécurité. C'est parti pour une tournée de courses ! Nous nous arrêtons pour acheter du sucre, du lait, du riz. Chaque bicoque produit son propre alcool, à base de canne à sucre ou de céréales. Le chauffeur m'invite à y goûter à chaque fois. Ce moment est unique et, si j'arrivais à lâcher mes a priori, il serait tellement plus agréable ! L'alcool aidant, je parviens tout de même à me détendre.

Nous suivons un chemin qui s'enfonce dans la jungle, seulement éclairé par les phares de la voiture et, au bout d'une heure, parvenons à un fleuve où une pirogue nous attend. Mon Dieu, jusqu'où irons-nous ?

Domingo m'y installe la première. Avec le poids de tout ce qu'il a acheté au village, j'ai très peur que l'embarcation ne se retourne, mais il me rassure et nous guide à l'aide d'une longue tige qu'il enfonce dans le courant. Nous voilà maintenant enveloppés de noir. La *serba* est bruyante. La jungle résonne de cris d'animaux, de craquements, de sons inconnus. J'ignore combien de temps nous naviguons.

Nous finissons par débarquer dans le noir et je sens une main m'attraper fermement pour m'aider à gagner le rivage. Une vieille femme m'entraîne jusqu'à la dernière étape du périple : la cabane dans laquelle je dois grimper par une échelle, et où je vais passer la nuit sous une moustiquaire. À la lumière qui surgit soudain, je découvre des visages que je n'oublierai jamais : édentés, terriblement ridés, ces représentants d'un peuple indigène oublié transpirent de bonté.

Le lendemain, tandis que je mange des bananes grillées au feu pour le petit déjeuner, Domingo m'explique qu'il vit en communauté avec ses dix-huit frères et sœurs. Chacun d'eux dispose de sa propre habitation. D'ordinaire, les enfants vont à l'école, mais la communauté est en deuil : la grand-mère est sur le point de mourir, victime d'un sort lancé par un mauvais chaman l'année précédente. D'autres chamans se succèdent à son chevet et tentent de le conjurer. Je regarde les enfants se baigner dans le fleuve, les plus grands lavant les plus petits, avant de passer l'après-midi avec eux à l'abri de la pluie. J'ai emporté un cahier et des crayons de couleur dans mon sac. Chacun leur tour, ils dessinent quelque chose : une cabane sur pilotis, un épisode de chasse à la sarbacane pour attraper les oiseaux, le fleuve avec des caïmans et des serpents.

*

« Quelle aventure, je rêve de vivre ça à tes côtés ! »

*

Après la pluie, Domingo me conduit dans la jungle. Durant des heures, il me montre les plantes, les animaux, les insectes. Quand les deux chiens squelettiques qui nous accompagnent disparaissent à la poursuite d'une proie, Domingo part sur leurs traces en me demandant de ne pas bouger. J'ignore combien de temps je reste à l'attendre, à l'affût de chaque bruit. Dans la jungle, il faut avancer avec une machette pour se frayer un chemin. Les indigènes connaissent bien leur milieu mais il y a une telle variété de plantes qu'ils se méfient de toutes. Ici, les animaux n'attaquent pas l'humain. Si cela arrive, c'est qu'un déséquilibre s'est créé.

Soudain, un grand claquement suivi d'un long frottement résonne derrière moi. Je sursaute : une feuille gigantesque est tombée d'un arbre. Quand Domingo reparaît, je lui parle des cigales qui chantent en continu autour de nous. Il rit et m'explique qu'il s'agit de serpents montés dans les arbres pour se protéger de la pluie. Il ne tarde pas à dénicher un anaconda, qu'il manipule comme un petit chat.

*

« Euh... pas sûr, en vérité... (de vouloir vivre ça) »

*

Pendant plusieurs mois, j'ai sillonné le continent en bus, à travers le Chili, l'Argentine, le Pérou, la Bolivie, l'Uruguay, jusqu'au Brésil d'où je suis rentrée en France. Parfois, les trajets étaient si longs que l'on avait le temps de refaire le monde avec des inconnus ; à l'arrivée, c'était comme si nous nous connaissions depuis toujours. J'ai trouvé quelques livres en français en chemin, notamment *Les Chemins de Katmandou*, de René Barjavel, et pris conscience que j'étais moi-même en train de vivre mon propre éveil spirituel. En Bolivie, je me rappelle un passage particulièrement difficile, à flanc de canyon : les carcasses de bus au fond du ravin se dispensaient d'explication. Une autre fois, nous avons dû pousser notre véhicule pendant des heures pour le dégager de la glaise rouge où il s'était enlisé.

La religion occupe une place très importante dans ces pays. Plus la misère est grande, plus Dieu est présent. Un des frères de Domingo avait fait installer l'électricité dans sa communauté non pour se procurer un réfrigérateur ou une plaque électrique, mais pour pouvoir assister à la messe, diffusée en continu à la télévision ! Domingo, lui, refusait la religion catholique, qui avait évangélisé son peuple et réduit le culte de la Pachamama, la Déesse-Terre. La relation que l'homme entretient avec elle repose sur un équilibre fragile. Je me suis sentie proche d'elle, car son culte faisait écho à des valeurs profondes en moi. Peu de gens la vénéraient encore, quand le Christ était partout, censé tirer les locaux de la misère…

J'ai appris à la fin de mon périple que la mère de Domingo avait rendu son dernier souffle. D'après ses enfants, le sort chamanique n'avait pas pu être conjuré. Je me suis risquée à demander à Domingo si un séjour à l'hôpital n'aurait pas été plus judicieux. Domingo et les siens ne croient pas en la science moderne, mais, même s'ils l'avaient souhaité, la communauté n'avait pas les moyens financiers nécessaires. Dans ces conditions, il était peut-être plus simple pour eux d'y voir l'œuvre de la fatalité… Je me suis cependant demandé quel diagnostic notre médecine occidentale aurait posé sur la doyenne – souffrait-elle d'un cancer ? –, et me suis rappelé quelle chance nous avons, en France, d'être informés et soignés comme nous le sommes. C'est loin d'être le cas dans toutes les contrées du monde.

Je n'oublierai jamais, enfin, l'accueil que j'ai reçu partout sur le continent. Je suis rentrée en France plus riche que je ne l'étais en partant, convaincue que tout ce qui m'avait été offert, c'était à moi de le rendre maintenant. Plus jamais je n'aurai peur de donner. Non parce que j'attends quelque chose en retour, ou pour faire plaisir, mais tout simplement parce que cela me rend heureuse.

*

Le retour en France est étrange. Le vrai choc n'est pas quand on part, mais quand on rentre. Comme toute personne marquée par une expérience transcendante, il m'a fallu du temps pour en parler.

La réalité s'est pourtant très vite imposée : mon sac et moi dégagions une sacrée puanteur ! À la fin du voyage, j'avais pris l'habitude de me laver tout habillée, pour éviter d'avoir à trouver un endroit où faire la lessive, et le soleil se chargeait de me sécher. Peu à peu, je m'étais séparée de tout ce que j'avais emporté, pour pouvoir rapporter des souvenirs de mon voyage : un poncho en alpaca pour ma mère, un pull tricoté par une dame rencontrée dans les canyons de Colca.

Ensuite, très vite, mes économies étant parties en fumée, je dois reprendre le travail. Je retrouve mes gestes mécaniques auxquels il faut redonner du sens comme à toutes les choses que je possède, vêtements, chaussures, j'en ai tellement ! Pour chaque besoin il existe un objet, ou bien est-ce l'objet qui crée le besoin ? Une fois prête, j'ai l'impression d'être déguisée. Qu'importe, je veux remonter en selle. J'ai hâte de vivre, de tester mon nouveau moi. Le voyage continue.

*

Les affaires reprennent : la directrice d'une agence de mannequin basée à Hong Kong me propose un contrat de trois mois. L'aventure en Amérique du Sud a ouvert mon appétit pour l'étranger, je suis prête à repartir. Contrairement à beaucoup d'agences, elle cherche des mannequins autonomes qu'elle n'aura pas besoin de materner. La clientèle asiatique appréciant les modèles jeunes, nous me rajeunirons s'il le faut. Le diktat de la jeunesse est ridicule : les clients aimeraient avoir des mannequins de dix-huit ans avec l'attitude d'une fille de vingt-cinq et l'assurance d'une femme de trente, les très jeunes femmes cherchent à se vieillir et leurs aînées à ressembler à des adolescentes. En somme, l'agence se débrouille pour offrir aux clients ce qu'ils veulent, quitte à arrondir un peu les angles !

En échange d'une exclusivité d'un an sur le territoire de Hong Kong, elle m'offre un visa de travail, un logement sur place, un abonnement de téléphone et de l'argent de poche. Je n'ai que le billet d'avion à payer, ce qui me décourage immédiatement. Le projet mort-né en tête, je finis tout de même par dénicher un billet à 800 euros et par oser aborder le sujet avec mes parents.

Comme à son habitude, mon père écoute sans rien dire. Ma mère, elle, me pose des tas de questions. Quelques jours plus tard, ils m'avancent le prix du voyage.

Je suis aussi touchée que gênée. Pourrai-je les rembourser ? J'ai si peur de les décevoir ! Pour me montrer à la hauteur, je dois aussi bûcher sérieusement l'anglais, que j'ai prétendu parler correctement. Il me faut être honnête : si je ne me sentais tout à fait capable de remonter sur le ring à Paris, travailler à l'international m'effraie un peu.

Stéphanie, qui vient d'avoir une petite fille, m'encourage à faire taire mes peurs. Je n'ai que 200 euros en poche ? Et alors, la vie là-bas n'est peut-être pas si chère, l'agence m'avancera 400 euros par mois et je n'aurai qu'à me serrer la ceinture au besoin ! Je ne connais personne sur place ? Que je me rassure : je me ferai vite des amis et je pourrai la joindre nuit et jour au téléphone. Philippe me tient exactement le même discours. Il est en train de s'établir à Dijon, il a repris le bar où nous nous sommes rencontrés.

Un constat s'impose : les personnes qui m'aiment veulent mon bien et me poussent à partir, sans regrets. Leur optimisme compense mon manque d'assurance et mes craintes. Galvanisée par leurs encouragements, je me convaincs que je saurai trouver des solutions, même loin de chez moi, même dans une langue étrangère et sans le sou.

*

Ça n'a pas loupé. Les premiers temps à Hong Kong furent terribles. Je ne me savais pas capable d'autant d'adaptation !

Juste avant de prendre mon vol, mon téléphone se brise et je dois partir sans. Arrivée à Hong Kong, une bookeuse de l'agence est censée m'accueillir. Munie de ma feuille de route, je prends le train pour gagner notre point de rencontre… mais la station où je débarque n'a rien à voir avec celle qu'on m'a indiquée ! Je demande mon chemin, un peu inquiète, en traînant ma valise de vingt kilos. Il fait chaud, il y a beaucoup de monde, je suis ruisselante. Je me pose un instant, en me disant que je dois trouver le moyen de téléphoner à l'agence. Un jeune homme me prête son appareil, mais je fais chou blanc. À deux doigts de paniquer, je retourne sur mes pas et – miracle ! – quelqu'un m'attend. Les renseignements dont je disposais étaient faux ! Effarée, je commence à me demander où j'ai mis les pieds…

Nous débarquons en taxi dans une chambre lugubre, louée pour moi le temps que l'appartement de l'agence se libère. Puis mon contact me laisse, après m'avoir donné le numéro d'autres mannequins françaises, le code du Wi-Fi et une carte SIM. C'est vendredi soir, quelque part sur la Terre et je suis seule dans une chambre vétuste sans aucun moyen de joindre mes proches. La déprime.

Prenant mon courage à deux mains, je ressors pour dégoter un téléphone, en faisant bien attention de ne pas m'éloigner des grands axes. Hong Kong est un vrai capharnaüm, bruyant et violemment éclairé par des milliers de panneaux lumineux. Surtout, l'atmosphère y est suffocante. L'air est chargé d'humidité et il y flotte une odeur de pourri qui me revient avec nostalgie. Je trouve une boutique où acheter un smartphone et rentre avec 50 euros en poche pour appeler mes proches. Lorsque j'entends leur voix familière, j'explose en sanglots. Je me sens perdue, esseulée, et je regrette déjà ma décision d'être venue.

J'attends le lendemain pour contacter ma mère, le temps de retrouver mes codes Messenger. Je préfère lui écrire que lui parler pour le moment, j'ai trop peur de l'inquiéter. Elle m'a déjà écrit et son message me foudroie sur place : Doudou a été hospitalisé en urgence, il a été opéré du ventre et est plongé dans le coma. Il a fait une septicémie et a une embolie pulmonaire. C'est un miracle qu'il s'en soit tiré. Je l'appelle immédiatement. Elle m'interdit de rentrer et me promet de me donner des nouvelles chaque jour. De toute façon, Doudou est en chambre stérile et personne, à part elle, n'est autorisé à lui rendre visite.

J'ai obéi à ses recommandations, même si aujourd'hui je le regrette. J'aurais dû rentrer, mon père le méritait. Je me serais privée de quatre années magnifiques en Asie, mais les personnes qu'on aime sont si précieuses, si rares. Mon père sortira du coma au bout de trois semaines et de l'hôpital au bout de trois mois.

*

Cette nouvelle a eu du bon : elle m'anesthésie le cœur. Je vis au jour le jour, comme un robot, seule. Les filles de l'agence m'ont fait très mauvais accueil, et de toute façon je n'ai pas un sou en poche : l'agence me remet des chèques, j'ai dû ouvrir un compte et attendre trois semaines après réception de mon visa pour encaisser le premier. Autant dire que je me terre pour ne rien dépenser.

J'ai décidé de relever le défi au nom de mes parents. Je commence par nettoyer l'appartement du sol au plafond. Mes colocataires, de jeunes expatriés, ne font que traverser la pièce commune pour disparaître dans leur chambre. J'égaye cette pièce centrale sans fenêtre en changeant la disposition des meubles, en ajoutant ici une bougie et là une coupe à fruits ou une lampe. Bientôt, on s'y sent à la maison. Dans les marchés, je déniche de la vaisselle pour quelques centimes et la cuisine prend vie. Mes colocataires sont si contents qu'ils proposent d'organiser une fête. Je suis comblée. Nous prendrons bientôt l'habitude de déjeuner régulièrement ensemble dans cette pièce partagée, et non plus dans nos chambres comme c'était le cas avant mon arrivée. Peu à peu, je me reconstitue une sorte de famille.

L'agence a aussi commencé à m'envoyer en casting. Au début, je fais mine de comprendre l'anglais mais je suis totalement perdue. Les castings ne se déroulent pas comme à Paris, la première impression est très importante. Les Hongkongais admirent le chic français, et je suis censée partir avec une longueur d'avance. Mais pour impressionner, il faut savoir s'exprimer, au moins comprendre son monde ! En contrepartie, je me montre souriante et ponctuelle, ce qui est bien le minimum que je puisse faire.

*

En trois mois, je réussis à me faire une place et gagne plus que j'ai jamais gagné. En comptant tous les frais de l'agence, mon bénéfice s'élève à près de 10 000 euros, c'est inespéré ! Pourtant, je n'en tire pas la même satisfaction qu'à Paris. Si je me rappelle bien les heures passées à souffrir sur des talons vertigineux, le stress des castings et ma prise de risque en venant m'installer ici, j'ai le sentiment de n'avoir noué aucune relation particulière avec mes clients. Peut-être est-ce cela travailler en agence : on ne fait que la représenter. En freelance à Paris, je ne représentais que moi-même.

La directrice en France est très contente et me propose de prolonger mon contrat de trois mois. J'accepte avec plaisir. J'ai commencé à me faire quelques copines sur l'île et l'ambiance à la coloc est si agréable que j'ai refusé de déménager pour aller vivre avec les autres mannequins de l'agence. Mon père est rentré à la maison, il va mieux. Rien ne m'empêche de rester. D'autant que j'ai bien intégré la routine. Le matin, je me lève et me prépare, prête à répondre à la demande. Par contrat, je dois être disponible à tout moment et, en cas d'empêchement, fournir un motif sérieux. Interdiction de travailler pour d'autres agences ou en direct avec des clients. Chaque semaine, j'ai également rendez-vous avec une bookeuse qui vérifie mes mensurations.

Pourtant, subitement, les rendez-vous se tarissent. De nouvelles Françaises viennent d'intégrer l'agence et, sans que je comprenne pourquoi, ma cote baisse. D'un coup, je suis trop mince pour tel client, pas assez pour tel autre. Je suis partagée entre l'inquiétude et le besoin de me rassurer, et décide de profiter de cette accalmie pour découvrir la ville.

Je vais tomber littéralement amoureuse de Hong Kong. Près de chez moi se trouve l'hippodrome d'Happy Valley où je peux aller courir ; je développe alors une véritable addiction à la course. J'y puise plus qu'un bien-être physique, un véritable équilibre mental. La course devient ma méditation quotidienne. J'aime me retrouver avec moi-même dans cet espace immense qui offre une vue imprenable sur la ville. Tout le panache d'Hong Kong se révèle dans l'enchevêtrement des gratte-ciel et des montagnes. Des buildings à l'architecture audacieuse et clinquante embrassent les monuments plus anciens, les *kiss-kiss buildings*, ces immeubles d'habitation austères et surchargés dont on dit qu'ils s'embrassent tant qu'ils sont rapprochés. Le dédale de rues fourmille d'une population internationale, hybride et éclairée. Hong Kong est une terre de cultures et de religions mélangées où il fait bon vivre. Le vol, par exemple, y est quasiment inexistant, ce qui procure une sérénité, dans la rue comme dans les transports, assez unique pour l'Européenne que je suis.

Pour l'heure subsiste tout de même la terrible loi du business. Pendant trois mois, rien, plus de contrat. L'agence fait travailler d'autres filles pour récupérer sa mise de départ et les installer sur le marché, mais me conserve au catalogue pour attirer les clients. Je vois mon bénéfice fondre comme neige au soleil, d'autant que, dans la mesure où j'ai signé une exclusivité avec l'agence, je n'ai pas la possibilité de travailler ailleurs. Je comprends mieux la réponse glaciale des mannequins en place à mon arrivée. Moi aussi, je leur ai été imposée, les reléguant au rang de modèles obsolètes. C'est mon tour.

*

Au bout de six mois, pourtant, je n'ai pas envie de rentrer. J'aime ma vie en Asie. Chaque chose qui me surprenait au départ m'a fait m'attacher à ma nouvelle ville. Ses différences sont devenues des forces. J'avais peur de ce que je ne connaissais pas, c'est humain. Maintenant, je n'ai qu'une envie : continuer à découvrir ce nouvel univers qui m'ouvre l'esprit et me permet de m'émerveiller. Ce n'est pas toujours facile, mais je me sens vivante. J'ignore combien de temps durera cette étape de vie, et j'ai envie d'en profiter.

Mon amie Oriane va bientôt me rejoindre. Devenue mannequin à Londres, elle souhaite goûter à l'aventure asiatique. Sélectionnée par mon agence, elle signe pour trois premiers mois et nous nous installons dans un appartement rien qu'à nous, à Wan Chai, un quartier agréable à flanc de montagne. En quelques minutes de footing, nous sommes plongées en pleine forêt tropicale. J'entame sans le savoir l'une des plus belles périodes de ma vie. Oriane est une tornade irrévérencieuse, intolérante à l'injonction, qui bouscule ma petite routine et me permet de mesurer combien je suis devenue sage – trop sage. La vie est si drôle à ses côtés ! Grâce à elle, je retrouve mon âme d'enfant.

*

« Hâte de découvrir cette île en courant avec toi ! Tu m'en as tellement parlé et je n'ai jamais eu la chance d'y aller. »

*

Aujourd'hui, je tourne pour une publicité dans laquelle j'aurai un rôle muet. Le scénario met en scène un couple depuis leur rencontre jusqu'à la retraite. Je fais équipe avec Mister Hong Kong. Pour les besoins du tournage, la première scène sera une scène de dispute. Nous nous connaissons depuis trois minutes et nous voilà dans la rue, caméra braquée sur nos visages, à nous hurler dessus. Enfin, c'est moi qui suis censée crier et pleurer à chaudes larmes. Je suis mal à l'aise, des badauds se sont arrêtés et nous observent. Et soudain, je lâche les vannes, toutes mes frustrations amoureuses y passent. À la fin de la prise, l'équipe est enthousiaste. Moi, j'ai l'impression de m'être mise à nu, un exercice jouissif et libérateur. Mon expérience en shooting me sert, je sais d'instinct me placer devant l'objectif. Et je connais une sorte de révélation. Jouer ne consiste pas à mentir ou à faire semblant, bien au contraire, il faut s'approcher le plus possible de la vérité. Ce métier, c'est moi. Ma vocation.

Bientôt, les conditions de mon contrat avec l'agence vont évoluer. Je leur dois encore six mois d'exclusivité, mais désormais j'assumerai mes charges et ils me paieront mensuellement. Je travaille de nouveau suffisamment pour vivre et je fais le maximum pour développer un réseau dans le cinéma. On me permettra quelques apparitions, mais, tant que je n'apprends pas le cantonais, je serai cantonnée au rôle de la belle étrangère qui aligne deux phrases en anglais. Or, pour le moment, je ne suis pas sûre de vouloir faire ma vie ici. Le mannequinat est ma sécurité, il doit rester ma priorité.

Comme à Paris, je me positionne en employée modèle. Je ne me plains jamais, je suis à l'heure, souriante, patiente. Les clients et les bookeuses apprécient de me faire travailler car cela se passe toujours bien. Comme je manque d'assurance, je me complais dans le rôle d'élève studieuse, sans comprendre que lorsqu'on manque de confiance en soi, on cherche chez les autres sa propre valeur. Et que les autres l'estiment toujours au rabais, en fonction de leur intérêt. J'aurais pu être plus forte, mieux me vendre et me concentrer sur mes points forts plutôt que sur des bourrelets que je m'inventais.

*

Une amie mannequin a besoin de se confier. Pour ne pas grossir, elle se fait vomir. Son argumentaire a de quoi surprendre. Selon elle, il n'y a rien de si terrible. Elle a beaucoup souffert de se priver de manger et souhaite désormais profiter de ce plaisir. Pour garder la ligne, la seule solution est de régurgiter ce qu'elle avale. Nous en discutons longuement, car j'ai du mal à comprendre, et je perçois sa souffrance. J'ai la chance de ne pas grossir, même si mon régime alimentaire est strict : pas de pâtes, pas de riz, jamais de fast-food, quelques excès mais rares, quand je sors par exemple. Pourtant, c'est idiot, mais ses propos résonnent en moi. Sans le savoir, elle vient de planter une graine dans ma tête.

À la course, je repousse les limites de mon corps. Je fais ma première compétition en montagne, vingt-cinq kilomètres où je termine cinquième de ma catégorie. Je ne suis pas équipée pour le terrain accidenté que je dois parcourir, je n'ai pas non plus de camelback, ce fameux sac grâce auquel les athlètes boivent à l'aide d'un tuyau. Je porte une bouteille et mon téléphone à la main – courir en musique m'est indispensable. Vraiment, je n'ai pas l'allure d'une championne et je me blesse. Pourtant, malgré mon orteil cassé, à la fin de la course j'ai envie de recommencer, et le plus tôt possible.

Pour ma compétition suivante, j'ai les bonnes chaussures, avec des renforts pour ne pas me blesser contre les cailloux et les racines dont regorgent les chemins, un camelback, des barres et des jus énergisants. Et, bien sûr, un paquet de mouchoirs pour parer aux imprévus gastriques. Poussé à bout, le corps finit par lâcher. Sur la ligne, il y a beaucoup plus de monde que la première fois. Tous sont venus pour se surpasser. Cette fois, je termine seizième au bout de trente-cinq kilomètres. Je suis trop loin de la première place pour être déçue et j'ai fait de mon mieux. Ma force, ce sont mes jambes robustes et ma résistance à la douleur. Ma faiblesse, c'est ma taille : comme je suis grande, mon centre de gravité est haut. J'ai le vertige en descente, une peur viscérale qui finit par m'obséder. Toujours ce manque d'assurance, comme s'il était interdit de tomber.

*

Mon corps se transforme et devient plus athlétique. À vingt-six ans, j'ai toujours eu des épaules larges et des cuisses musclées, mais j'ai perdu du poids, des hanches, de la poitrine. Je suis devenue tellement stricte avec moi-même que je craque parfois pour un bon plat de pâtes ou une pâtisserie. Je le regrette aussitôt et vais me faire vomir. Comme cela reste occasionnel, je n'y vois pas de mal.

Pourtant, j'assume difficilement le reflet masculin que me renvoie le miroir. Toute petite, je rêvais d'avoir de la poitrine, symbole fort de féminité à mes yeux. Je caresse même depuis longtemps l'idée de me faire opérer pour augmenter mes bonnets. Mes copains successifs m'en ont toujours dissuadée, de peur que je ne les quitte, peut-être – mais avoir de petits seins ne m'en a jamais empêchée ! Une partie de moi refuse de céder, de tricher. Reste que s'accepter avec sa part de médiocrité est bien difficile et que l'idéal que je me suis fixé exerce sur moi une véritable tyrannie.

J'ai donc économisé les 4 000 euros nécessaires pour l'opération, avant de choisir une clinique réputée à Bangkok. Plusieurs de mes connaissances ont été opérées par le docteur qui va s'occuper de moi, je ne suis pas très inquiète. J'ai même hâte d'y être et de me connaître après.

Avec le chirurgien, nous passons en revue la mammographie que j'ai faite à Hong Kong et qui ne révèle pas d'anomalie particulière. Il a posé plusieurs formats d'implants sur son bureau pour que je choisisse. Tout me semble énorme, même le plus petit modèle. Lui, est d'avis que je prenne un format plus opulent pour équilibrer mes épaules larges, mais je m'en tiens à mon premier choix.

Oriane m'accompagne et nous passons plusieurs jours à visiter la ville, les marchés et les temples. Je n'ai jamais rien vu de semblable. Quel foutoir, mais quel charme aussi ! Les rues sont envahies d'un flot ininterrompu de mobylettes, conduites sans casque bien sûr. Pas de signalisation non plus, le code de la route s'établit comme il peut. Le réseau de câbles électriques est à peine croyable : des centaines, des milliers de fils sont regroupés en lourdes grappes. La ville est dense, sale et joyeuse, ponctuée partout de portraits du roi et de la reine, vêtus de broderies dorées, le visage tourné vers l'avenir. J'ai l'impression d'être dans un film de propagande à l'époque de Louis XIV.

*

Le jour de l'intervention, j'ai à peine le temps de comprendre ce qui se passe que me voilà en salle de réveil, à entamer ma rééducation. Je resterai hospitalisée cinq jours, le temps que la douleur physique, difficilement supportable, s'apaise, et que je commence à surmonter l'épreuve psychologique.

Je ne m'attendais pas à regretter aussi vivement l'opération que j'ai subie. Je l'ai pourtant mûrement réfléchie. Mais on ne retire pas un complexe si longtemps nourri en un coup de bistouri. Nos complexes, nos peurs, nos failles nous structurent. Se libérer d'une peur, c'est se jeter dans l'inconnu. Soudain, je mesure que, si j'ai travaillé la forme de ma nouvelle moi, je dois aussi travailler le fond. Face à la brèche qui me torture, je doute même d'être capable de guérir. Méfiez-vous de vos rêves : ils pourraient se réaliser !

Il me faut quelques mois pour accepter de me libérer de mes complexes et de la peur d'être moi-même, où je me complaisais de m'être réfugiée. Aujourd'hui, cette opération, je la referais cent fois. Je me sens courageuse d'avoir agi. La partie médicale fut une épreuve, mais avoir su prendre la décision et m'adapter ensuite est ce dont je suis le plus fière. J'aurais pu rester avec mes regrets et ne pas me lancer dans ce projet. Mais j'ai décidé d'avancer. L'intervention et le cheminement psychologique qui en a découlé m'ont forgée et permis, cinq ans plus tard, non seulement d'affronter l'épreuve du cancer, mais de m'accepter plus facilement après l'opération.

*

La phase d'adaptation est passée et je vis un renouveau, je me sens plus apaisée. Grâce à des clients récurrents, je souffle un peu côté finances et je peux rentrer plusieurs fois par an en France. Chaque fois que j'aperçois mes parents à l'aéroport, je ressens un pincement au cœur. Ils me manquent tant !

Chez nous, rien ne change et je me sens en décalage. Mon esprit reste souvent à Hong Kong, où j'ai toujours un projet en cours. Cela me permet de ne pas trop penser au présent, au fait qu'en réalité je m'éloigne. J'ai dû me faire violence pour m'adapter à une nouvelle vie, et je ne me sens plus en phase avec chez moi. Un peu comme si le changement que j'ai vécu dans mon corps et de façon intérieure avait tout emporté avec lui. Ma mère et mes sœurs papotent toujours des mêmes sujets ensemble, mais moi, qui connaît mon quotidien ?

Fidèles à leurs valeurs, mes parents apprécient les choses simples. Depuis l'incident de santé de mon père, ils mènent une existence calme, égayée par une adorable boule de poils, une petite beauceronne que Philippe et moi sommes allés chercher un jour de neige, dans le Jura. Nicky est devenue un membre de la famille à part entière.

N'empêche, quand je rentre à Hong Kong, j'ai désormais la sensation de revenir chez moi. La Bourgogne est le lieu où j'ai laissé une partie de mon cœur mais ce n'est plus ici qu'il bat.

*

« Mieux vaut avoir des regrets que des remords... »

*

Quelques mois plus tôt, j'ai entamé une relation amoureuse que je qualifierais de rationnelle. Étienne, à qui je suis fiancée à l'époque où j'écris à mon père biologique, travaille dans la finance. Il est cultivé, il a fait de grandes études et sa vie trépidante me donne l'impression de pénétrer dans un monde d'initiés. J'apprécie de ne pas me déchirer par amour mais, le temps passant, de vraies tensions apparaissent dans notre couple. Étienne souffre de me voir m'épanouir. De peur que je lui échappe, sans doute, il instille en moi l'idée que je ne fais pas assez bien. Pas la meilleure carrière, pas le meilleur salaire, pas la meilleure discipline… L'effet en est destructeur. Ma boulimie s'aggrave, au point que certaines de mes journées ne tournent qu'autour de ça : courir, manger, régurgiter, travailler, manger, manger encore, régurgiter. Je sors de plus en plus, m'étourdis avec mes amis, soulagée déjà d'être le moins possible au contact de l'homme que je vais pourtant bientôt épouser…

Il faut sans doute reproduire plusieurs fois les mêmes erreurs pour tenter d'en sortir. Ensemble, Étienne et moi avons bâti une chimère en laquelle nous nous efforcions de croire. Il m'a demandée en mariage, alors que j'hésitais à l'accompagner au Japon, où sa banque lui proposait de le muter. C'était une belle promotion pour lui, mais la certitude pour moi de revivre des moments difficiles. Le Japon n'est pas mon marché. Je savais que j'aurais du mal à trouver une agence et à travailler. L'administration n'ayant que faire de l'amour, sans visa de travail je serais forcée de retourner vivre en France.

Deux mois plus tard, je m'envolais pour Los Angeles et le festival Coachella, où Oriane, qui vivait à Miami depuis quelques mois, m'avait invitée à fêter mon enterrement de vie de jeune fille. C'était la première fois que je me rendais aux États-Unis, j'étais émerveillée. Prête aussi, inconsciemment, à goûter à de nouvelles aventures. Le premier soir, un bel Américain, drôle et gentleman, m'aborde. Que je sois fiancée ne lui fait ni chaud ni froid et nous entamons une discussion passionnante. Je me sens happée, sa présence réveille en moi comme un béguin d'adolescente, une sensation bête et candide. Une émotion lointaine que je suis bien trop jeune pour l'avoir oubliée.

Avant de nous dire au revoir, alors que je rentre à Hong Kong, il m'avoue avoir eu un coup de foudre pour moi. Je me rends à l'évidence que c'est réciproque. Et que nous nous reverrons.

Cinq mois plus tard, je déposais mes bagages à New York.

*

« Au début de notre histoire, je craignais un peu qu'Alice reproduise ce schéma... Mais je suis un chanceux, Alice est et restera à mes côtés. Et pour notre mariage et son enterrement de vie de jeune fille, tout se passera en visio, comme s'il y avait le Covid ☺ »

Sacrifice

Merv, le bel Américain, et moi avons fait le choix de la Grosse Pomme car c'est la ville où il est né et parce que je pourrai facilement y travailler. À vingt-huit ans, je me sens légère, délivrée de mes peurs. Terminé, la boulimie ! Terminé, le cycle infernal qui consiste à s'affamer, puis à se remplir, se vider, se remplir encore, vomir de nouveau. Le comble, c'est que le corps, en état d'alerte permanente, fait des réserves dès qu'il le peut. Adolescente, je m'étais fait violence pour tenir à distance mes crises d'angoisse. De la même façon, j'ai pris la décision d'être plus forte que mes démons et, au prix d'efforts, mais aussi de choix radicaux, j'ai vaincu.

En m'encourageant à suivre mon cœur et à faire, si nécessaire, dix fois le tour de la Terre pour trouver mon bonheur, ma mère a su quant à elle apaiser mes dernières craintes. Avec Mamie Denise, elles sont même très fières de moi : d'une certaine façon, en assumant mes choix, je venge mes arrière-grands-mères, forcées au mariage et à la soumission. Il n'en reste pas moins que m'installer aux États-Unis est un vrai pari.

Pendant plusieurs mois, sans visa de travail américain, je vais vivre entre deux mondes, aimant à New York et travaillant à Hong Kong. Je suis épuisée, mais Merv est très protecteur. Par amour, je finis par trancher et par renoncer à l'Asie. Je veux faire confiance à l'avenir.

*

Le 8 novembre 2016, Donald Trump est élu président. Mon visa de travail m'est refusé dans la foulée. Je m'arme de patience et refais une demande – mais je suis inquiète, les démarches sont coûteuses et rien ne me dit qu'elles aboutiront. Déterminée à travailler coûte que coûte, je rencontre un Français installé depuis des années aux États-Unis. Lui non plus n'a pas de papiers, pourtant il travaille dans un bar à vin et propose même de m'embaucher. Je suis estomaquée qu'on me tende ainsi la main sans même me connaître. Mais Mass est ainsi, c'est une belle âme et un cœur généreux. Luis, son chef de cuisine, peut me fournir de faux papiers. En échange de quelques informations et de 120 dollars, il me remet en quelques jours de quoi faire ma place dans l'équipe, dont les trois-quarts sont dans la même situation que moi.

« Ce n'est que temporaire, la vie n'est pas une ligne droite, il y a parfois des virages imprévus. Ça pourrait être pire… » Voilà ce que je me répète chaque jour en allant prendre mon service. J'avance sans regarder en arrière, sans réfléchir. J'essaye de bien faire, d'être à la hauteur de la confiance qui m'a été accordée.

J'ai mille choses à retenir, mon cerveau est en ébullition constante. J'ai la douloureuse impression de tout recommencer depuis le début. Apprendre, j'aime ça, passionnément, mais être reprise à chaque instant est difficile. Honnêtement, j'ai du mal à me sentir à ma place, même si je n'ose pas me l'avouer.

*

Lorsque je pars de chez nous pour me rendre à ce nouveau travail, un long trajet commence. C'est l'hiver et je n'en ai jamais vécu de pareil : le blizzard, les températures avoisinant – 20 °C ! Pour rejoindre le métro, qui circule mal dans les quartiers pauvres, je traverse à pied des zones malfamées du Bronx. Dans la rame, au départ, je suis une des seules femmes blanches. On m'interpelle à l'occasion en espagnol car, dans l'esprit des locaux, si vous n'êtes pas afro-américaine, c'est que vous êtes sud-américaine. Je descends ensuite jusqu'à Harlem, puis change de ligne jusqu'à West Village. Enfin, je marche encore une vingtaine de minutes pour arriver au bar à vin.

Là, la journée s'enchaîne à toute vitesse. Faire l'ouverture, pointer le stock, allumer les lumières, les bougies, mettre en route les machines… Il me faut du temps pour intégrer ces nouveaux automatismes. Le restaurant, plutôt chic, propose une carte des vins très riche et un menu français. Je dois tout apprendre par cœur, connaître les saveurs, les origines et les tarifs. Les clients américains sont pressés et exigeants, il faut servir vite et bien, ne pas se tromper dans les encaissements. Garder le sourire en toute occasion.

Derrière nous, le patron ne loupe aucun raté et me reprend plusieurs fois par soir : les verres à eau de la 5 sont vides, il n'y a pas de cuillère à soupe sur la 4, j'ai trop rempli le verre à vin du monsieur, pas celui de la dame… J'ai des montées de stress comme si je travaillais dans un bloc opératoire ! Mince, nous n'avons plus de ce vin, ce soir, j'avais oublié. Je retourne m'en excuser auprès du client, pas très content, et voilà qu'il n'y a plus d'escargots, il faut le lui expliquer avec mon plus beau sourire et un air désolé. Tant d'énergie dispersée pour rien, car ce client, ulcéré, ne me laissera bien entendu pas de pourboire, or c'est ainsi que je suis payée. Comme je ne peux pas être déclarée, je ne gagne pas de salaire fixe, mais je ne paye pas non plus de taxes. Les faux papiers ne servent qu'en cas d'inspection. Avec mes collègues, nous partageons les tips, les pourboires, et nous faisons chacun environ 200 dollars par soir. Un peu moins depuis que je suis arrivée, car je ne suis pas expérimentée. C'est aussi la raison pour laquelle je dois apprendre vite, afin de ne pas dégrader le salaire des autres, ce qui est une pression supplémentaire.

Le service terminé, j'assure seule la fermeture : compter la caisse, pointer le stock, nettoyer les machines, ranger. Il est plus de minuit, je refais le chemin inverse, toujours dans ce froid qui prend aux tripes, en priant pour que le métro ne me lâche pas. Quand je me glisse dans les draps alors que Merv est endormi, j'essaye de ne pas cogiter. Ma tête est embouteillée de mots en anglais, de noms de stations de métro, de choses à retenir pour le lendemain. Parfois, Merv se réveille et me demande comment était ma journée. J'ai envie de lui demander de se taire tant mon esprit a besoin de repos. Mon sommeil est agité. Même la nuit, mon cerveau ne connaît pas de répit.

*

Après de hautes études de business et plusieurs postes à responsabilité, Merv a décidé de changer de vie professionnelle. Élève méritant issu d'un milieu défavorisé, il a touché une bourse de 200 000 dollars de l'État, qu'il doit rembourser. Avec les fonds qui lui restent, il a lancé sa propre société avec un ami. Je le vois hyper motivé et ne peux que l'encourager. Dès le matin, il travaille d'arrache-pied sur son ordinateur. C'est un travailleur, quelqu'un d'intelligent et de courageux, j'ai confiance en lui. Nos emplois du temps sont décalés, nous ne faisons que nous croiser. Qu'importe, nous nous rappelons chaque jour que ce sacrifice vaut bien notre amour. « Sacrifice »… Ce mot revient trop souvent me heurter.

*

J'ai à peine pris mes marques dans le bar à vin que le patron me déplace dans d'autres établissements de son groupe. La carte y est sensiblement la même, mais pas le fonctionnement. Nouveaux trajets à suivre, nouvelles marques à prendre, mon corps et mon esprit sont en surchauffe. J'essaie de tout comprendre sur le moment : lorsque je bute sur un mot ou une expression, j'en demande immédiatement le sens. Je vis dans un flot permanent d'informations à intégrer.

Il m'arrive heureusement de travailler avec Mass, mon bienfaiteur. Après le service, nous sortons parfois prendre un verre avec l'équipe. C'est l'un des rares moments de détente dont je dispose, et j'en profite pleinement. L'ambiance est légère et j'ai en Mass une confiance sans limite. Il me démontre que l'amitié entre homme et femme est possible. Cela fait tant de bien de ne pas se poser de question, a fortiori quand on est loin de ses repères, de son pays et de ceux qu'on aime ! Sa bienveillance apaise bon nombre de mes maux.

Merv, en revanche, tolère mal que je sorte après le service. Son attitude me blesse, comment peut-il se montrer si dur et égoïste ? Sa jalousie démontre amèrement un défaut d'empathie à mon égard. C'est une telle chance pour moi d'être entourée ! À Hong Kong, toujours apprêtée, je ne fréquentais que des filles, l'ambiance était superficielle. Ici, je n'ai qu'un tablier, mais j'entretiens de vrais rapports humains. L'essentiel.

*

Je passe beaucoup de temps sur mon ordinateur à préparer ma nouvelle demande de visa, entre les rendez-vous sur Skype avec mon avocate, truffés de jargon administratif épuisant, et les multiples relances de mes anciens clients en Asie, à qui j'ai demandé des lettres de recommandation. Parfois, quand je reste assise longtemps dans la même position, je ressens une douleur dans le sein gauche. Je tente d'en faire abstraction : il est hors de question de consulter, je n'ai pas de couverture médicale aux États-Unis. Mais quand la douleur s'étend sous mon aisselle gauche, je m'inquiète sérieusement : une de mes amies en France se bat contre un cancer du sein et je ne peux que m'identifier à ce qu'elle traverse. Terrifiée pourtant à l'idée de me confronter à la réalité, j'écoute le bon conseil de Merv : le cancer ne crée pas de douleurs. Je mets donc un mouchoir sur ce que je ressens.

*

J'ai laissé tomber la course depuis un moment et j'ai très envie de m'y remettre. Un matin, j'enfile mes baskets et propose à Merv d'aller courir avec moi. Il connaît la ville, la balade n'en sera que plus sympathique. Nous traversons une partie du Bronx pour rejoindre un parc fréquenté par des junkies et des sans-abri. Pour moi qui suis habituée au climat paisible de Hong Kong, c'est loin d'être l'idéal pour me détendre ! Le lendemain, nous prenons le métro pour Manhattan. Courir le long de l'océan est bien plus agréable, mais il faut prendre les transports en commun, il y fait froid, et que faire de ma veste pendant que je cours ? Impossible de la laisser sur un banc comme en Asie ! Je ne peux plus non plus partir courir à jeun comme j'en avais l'habitude, je dois donc me lever très tôt pour déjeuner et digérer avant de partir.

Pour la première fois depuis mon arrivée, je me sens abattue, j'ai envie de pleurer. Merv ne comprend pas ma réaction, pour lui courir n'a rien d'une passion. Tout en m'enjoignant de ne pas me décourager, il souligne que si courir dans ces conditions me semble trop compliqué, je vais peut-être devoir y renoncer. Après tout, je peux consentir à ce sacrifice, on ne vit pas forcément toujours ce dont on a rêvé !

Ses propos me font littéralement exploser. Depuis plusieurs mois, je fais des compromis sur tout. J'ai changé de pays, de continent, de travail, j'ai renoncé à mes habitudes, à mes amis, et jusqu'à vivre en règle avec des papiers. J'ai mis de côté mes centres d'intérêt, mes rêves, mon ambition, ma routine. Par amour, j'ai fait preuve de beaucoup d'abnégation. Et, de mon passé je n'ai rien emporté. Rien, si ce n'est ma paire de baskets. C'est la seule chose que j'emporte partout et qui me ramène à celle que je suis.

Alors, non, impossible. Je ne ferai pas de compromis là-dessus.

*

Saida, la mère de Merv, nous rend visite de plus en plus fréquemment. Marocaine émigrée illégalement aux États-Unis, elle est venue retrouver un mari alcoolique avec qui elle avait été mariée de force à vingt-quatre ans, alors que sa propre mère désespérait de lui trouver un parti. Tout, plutôt que de vivre la honte d'être abandonnée par un mari oisif, colérique et volage, après avoir été aux yeux de tous, sa vie durant, l'oiseau de malheur que personne ne voulait épouser. À son arrivée à New York, loin de sa famille qui la tenait responsable de la ruine familiale et de l'échec de son propre mariage, Saida aurait pu se libérer du code d'honneur qui l'emprisonnait, mais elle n'a fait que resserrer les liens davantage. Pour que ses enfants, arrivés avec elle en bas âge, fassent des études, elle a accepté tous les petits métiers, parfois plusieurs en même temps. Toutes ses demandes de visa ont été refusées, jusqu'à la majorité de Merv et de sa sœur. Sommée alors de quitter le pays par l'administration américaine, Saida a joué son va-tout et demandé l'asile politique. Il lui a été accordé et, pour la première fois en près de vingt ans, elle a pu retourner au Maroc rendre visite à sa mère.

Saida aime papoter, c'est touchant et agréable. Mais peu à peu, je prends conscience qu'elle se repaît de son malheur et de celui des autres. Elle me déballe sa vie de sacrifice à la moindre occasion, comme si celle entre les mains de qui elle place désormais l'avenir de son fils, la prunelle de ses yeux, devait être avertie des débâcles par lesquelles les femmes doivent passer.

Pour le moment, je ne veux voir dans son récit que la preuve qu'on se tire de tout. Il émane de Saida une forme de candeur qui me donne envie de la protéger. Vraiment, j'ai envie de tout lui pardonner. Même lorsqu'elle élira domicile chez nous, se plaignant tout le jour de sa fille, je n'en prendrai pas ombrage. À cause de ses problèmes de dos, elle dort dans notre lit. Merv et moi avons installé un matelas par terre dans le salon.

*

Un matin pas comme les autres, je me réveille après avoir mal dormi. Je suis épuisée. Alors que j'émerge difficilement, j'entends Merv et sa mère discuter dans la cuisine. Et soudain, quelque chose se brise en moi. Je me mets à cogiter, pose un regard nouveau sur ce qui m'entoure. Je visualise le matelas ridicule sur lequel je suis couchée, l'appartement, le quartier où nous vivons, la distance qui me sépare du centre-ville, de l'aéroport, de la France. Je me sens si seule, tout à coup. Isolée. Coupée de tout.

Le vertige me saisit. Je pensais n'entrouvrir qu'une porte, et tout ce qui se trouve derrière me tombe soudain dessus. La brèche que je viens d'ouvrir est impossible à colmater, mon cerveau à bout se met à divaguer, comme pour mieux fuir cette réalité. Je pleure, je vois flou. J'en envie de courir, de fuir je ne sais où. Ma boîte de Pandore scellée depuis mes dix-sept ans chez Stéphanie vient de s'ouvrir et je revis toutes mes angoisses.

Quand Merv entre dans la pièce et me trouve dans cet état, il s'inquiète, me pose une foule de questions. Mais je ne veux plus entendre parler anglais, j'ai envie de hurler. Alors, j'enfile ma veste et quitte l'appartement. Merv me suit et me harcèle de questions. Un peu calmée, sur un banc, je lui explique que je traverse une crise d'angoisse, j'en reconnais tous les signes. Enfin, il accepte de se taire, et nous rentrons.

Mais quelque chose s'est cassé. Ce que j'ai vécu était plus profond qu'une crise d'angoisse. En ouvrant cette porte, en soulevant certaines interrogations, j'ai révélé mon mal-être. Le cœur lourd, le corps impuissant, je reste deux jours au lit, plongée dans le désespoir. Je pensais savoir ce que ce mot signifiait, or je ne connaissais que la tristesse et la frustration. Je sais maintenant que désespoir rime avec le noir le plus opaque, où il n'y a plus d'intérêt, plus d'étincelle, plus de lumière. Je n'ai plus d'espoir, plus de perspective.

Pour fuir les montées d'angoisse, je décide de retourner travailler. J'agis comme un automate, incapable de comprendre ce qui m'arrive. Certes, ma vie a beaucoup changé, mais j'ai l'habitude du changement. Et je ne suis pas à plaindre, j'ai un travail, un toit au-dessus de la tête, un homme que j'aime. D'autres, comme Saida, n'ont pas toujours eu cette chance. En route pour le restaurant, je vois flou. Les yeux dans le vague, j'ai rompu avec l'extérieur, en proie avec moi-même, je ne vois plus les autres.

Une psychologue avec qui j'échangerai deux ans plus tard me dira que le *burn-out* se produit souvent chez les personnes fortes qui refusent de plier. J'ai poussé trop loin mon système et il n'a pas tenu.

Si je devais poser une image sur ce qui s'est passé, je dirais que j'ai éclaté en morceaux et que, comme un puzzle, chaque partie de moi s'est rassemblée sous une nouvelle forme. J'ai eu besoin de cette crise, de revoir toute ma vie, mes certitudes, mes forces, pour redevenir moi-même. C'était inévitable.

*

J'ai mis des mois à me remettre de cet épisode. Moi qui pensais être capable de porter tant de choses et doutais pourtant d'être à la hauteur, j'ai craqué. Mais j'ai aussi compris que je n'étais pas assez indulgente envers moi-même. J'augmentais sans cesse la charge : mon anglais n'était pas suffisant, je ne faisais pas ce qu'il fallait pour obtenir des papiers, j'étais à peine capable d'assumer un simple job de serveuse… c'était sans fin.

Mon corps et ma tête ont fini par dire stop. Il faut savoir s'écouter, car on ne décide pas de tout.

Sans que je m'y attende, mes difficultés à trouver un espace confortable où courir ont ouvert une faille. Pour moi qui avais renoncé à tant de choses, changé d'environnement, de maison, de milieu, de métier, d'amis et même de langue, le footing constituait le fil rouge de mon identité. Quand il n'y a plus rien de pareil, quand plus rien n'est comme avant, quand plus rien ne semble familier, qu'est-ce qui fait qu'on est encore soi-même ?

*

Merv et moi nous marions au City Hall de New York après un an et demi de relation. C'est un moment heureux, même si tout n'est pas encore parfait dans nos vies. Après les événements récents, j'ai décidé de penser à moi et économisé suffisamment pour me payer une école de théâtre. C'est un nouveau souffle que je prends, et je suis fière de tenir bon dans mon job de serveuse – à temps partiel désormais – et de réaliser mon rêve. Merv en revanche semble avoir du mal à faire décoller son business. La banque appelle tous les jours pour qu'il rembourse son crédit étudiant. À lui maintenant d'agir : j'ai pris en charge notre ménage pendant plusieurs mois, j'ai fait le maximum. Il ne tient qu'à lui de trouver un salaire, même si cela suppose de mettre entre parenthèses son projet.

Je viens de souffler ma trentième bougie quand j'intègre le Terry Schreiber Studio, après avoir motivé ma candidature non par audition, mais au cours d'un entretien. Devant une classe composée de personnalités de tous horizons, je dois me présenter, en anglais. Mon niveau est excellent, mais je n'en suis pas consciente et j'ai décidé de révéler d'emblée cette faiblesse. Touché par mon aveu, l'auditoire m'encourage et me rassure.

Le professeur va même plus loin, en m'expliquant combien mes faiblesses peuvent tourner à mon avantage. Ses propos ont un écho puissant en moi : « Si tu butes sur certains mots, vois-le comme un bénéfice : tu n'as pas à t'attarder sur le sens profond, tu peux glisser dessus. C'est ton accent et ta singularité qui te confèrent la profondeur dont tu crois manquer. »

Cette école va faire tomber toutes mes barrières. J'ai troqué mes lacunes contre une longueur d'avance. Cette période si particulière de ma vie, encore convalescente, est devenue une sorte de madeleine de Proust. J'y repense chaque fois que je dois monter sur scène ou qu'une caméra tourne. J'aime définitivement jouer. C'est comme ça que je me sens la plus vivante.

*

À la maison, on ne voit pas d'un bon œil mon émancipation. Saida émet des réserves sur mes cours et m'accuse à demi-mot de ne pas fournir assez d'efforts, de ne pas me « sacrifier » suffisamment pour les autres. Elle passe ses journées à la mosquée avec une amie syrienne. Quand elles ne prient pas, elles ressassent leurs malheurs. Au fond, c'est leur façon de fonctionner, elles n'en auront probablement jamais d'autre. Peu à peu, cette femme que je croyais sage m'apparaît orgueilleuse. Prisonnière de schémas hérités, elle est seule et malheureuse. Il n'y a rien que je puisse faire, sinon la fuir avant qu'elle ne répande en moi le poison qui lui a été inoculé et qui la consume autant qu'il la maintient en vie.

Merv travaille désormais pour un fonds d'investissement et gagne très bien sa vie. Il a du mal à supporter la pression et je commence à me demander ce que le bonheur veut dire pour lui.

*

Voilà deux ans et demi que je vis aux États-Unis, mes papiers sont enfin validés mais je n'ai pas reçu ma pièce d'identité. Pour pouvoir rentrer en France, je dois justifier d'un motif impérieux auprès des services de l'immigration américaine. En croisant les doigts pour que le karma ne me le fasse pas payer, je prétends que ma mère souffre de problèmes de santé préoccupants et obtiens une dérogation.

J'atterris à Nice avec des yeux émerveillés, comme si je redécouvrais la beauté de mon pays. Quand le douanier me lance un « bonjour ! » en vérifiant mon passeport, je ris de plaisir, tant il me semble irréel d'être revenue ici. Nous avons organisé l'anniversaire surprise d'Oriane. Les quelques jours que nous allons partager dans la maison provençale louée pour l'occasion seront aussi intenses qu'insouciants. Ma joie de retrouver le soleil et mes amis est ineffable.

De l'autre côté de l'Atlantique, Merv vit très mal mon absence. Il estime que je ne lui donne pas assez de nouvelles. Que penser, si ce n'est qu'il est incapable de se réjouir pour moi ? La situation devient très tendue entre nous, au point que je commence à douter de l'aimer encore. L'orgueil, toujours, qui use et ronge les relations humaines…

De retour en Bourgogne auprès de ma famille, je profite du bonheur simple d'être ensemble. Le fait que rien ne change chez mes parents ne m'attriste plus ; au contraire, j'y trouve beaucoup de douceur. Ici, il n'y a pas de problèmes, seulement des solutions. La vie y est comme ailleurs faite d'épreuves, mais les surmonter tient beaucoup à la qualité du regard qu'on y pose.

Récemment hospitalisé pour recevoir un pacemaker, mon père est très fatigué. Nous lui installons une chaise dans la cour pour qu'il nous regarde jouer à la pétanque. Le sourire aux lèvres, il arbitre nos parties, nous prodigue des conseils. Il est heureux, tout simplement. Mon neveu Louis, quinze ans désormais, est devenu un jeune homme passionné de bricolage avec qui je partage des parties endiablées de frisbee. Le temps s'envole, et je dois déjà rentrer à New York, où je n'ai aucune envie d'affronter le courroux de Merv. Je pourrais décider de rester en France, mais j'ai conscience que le moment est beau aussi parce qu'il est fugace et qu'il a été nourri d'une grande période de manque. Vivre ici à temps plein ne serait pas pareil. Ce serait agréable au début, puis la vie comme ailleurs apporterait son lot de complications. Je me suis donné tellement de mal pour être heureuse aux États-Unis, je ne veux pas abandonner maintenant. Avec ou sans Merv.

Chassé-croisé

Juste avant mon départ, le médecin de mon père demande à le voir. Ma mère ne semble pas inquiète. Pourtant, dans la salle d'attente, l'ambiance est pesante. Nous n'avons pas eu le temps d'acheter le journal et patientons les yeux dans le vide, une chape de plomb sur la tête. Au bout d'une heure, je n'y tiens plus et me mets en quête d'un peu de distraction. J'aimerais que Doudou se change les idées, qu'il pense à autre chose. J'ai un mauvais pressentiment.

À mon retour, mes parents ne sont plus dans le couloir. Je panique, demande autour de moi où on les a emmenés et m'engouffre dans la direction qu'on m'indique, toquant à toutes les portes jusqu'à ce que j'entende la voix de ma mère derrière l'une d'elles. J'entre si brusquement dans la pièce que le docteur sursaute. Une infirmière est assise à côté de mon père et le médecin cherche ses mots. Ce qu'il va nous apprendre claque comme un coup de tonnerre : des cellules cancéreuses ont été retrouvées dans le foie de Doudou, dans son intestin, son pancréas, partout.

Une main invisible me secoue. Je dois me ressaisir pour mes parents, qui sont sous le choc. Malgré la douleur, je veille à tout bien comprendre de ce qu'on nous dit. Ma mère est en pleurs, mon père, abattu, a tourné de l'œil. Le désespoir qu'on ressent pour ceux qu'on aime a le goût de l'injustice et de l'impuissance. On aimerait donner son foie, donner tout ce qu'on a. À New York, durant mon *burn-out*, j'étais écrasée par la perte de sens. Ici et maintenant, j'ai une raison de me battre : mes parents.

*

Pour tenter une chimio, mon père doit d'abord se requinquer. On ne peut pas l'envoyer en traitement s'il est trop faible. Un infime espoir, c'est tout ce dont nous avons besoin. Ma mère, surtout, qui puise dans ses trésors d'optimisme pour remonter le moral des troupes. Je sais qu'elle va tenir la tête de mon père hors de l'eau et tout faire pour le garder auprès d'elle. En parfaite prestidigitatrice, elle s'anime avec l'énergie du désespoir. Malheureusement, mon père n'est pas dupe. Lorsqu'ils me déposent à la gare, d'où je dois rejoindre l'aéroport, je leur fais savoir que je ne ferai qu'un aller-retour à New York et serai de retour la semaine suivante. Mon père me sourit avec, déjà, le visage d'un ange tandis que je m'éloigne, le cœur en miettes.

J'ai informé Merv de mon projet. Lorsque j'arrive chez nous, il fait bonne figure, m'interroge sur ce qu'ont dit les médecins, conclut qu'on ne meurt pas d'un cancer en quelques jours, que j'ai bien le temps de m'organiser. Je ne vais tout de même pas laisser ma vie, mon mari, ma famille en plan à New York ! Je n'ai pas la force de débattre. Rien ne fera jamais le poids contre le souvenir atroce du rendez-vous à l'hôpital. Chaque fois que j'y repense, les mots du médecin me font l'effet d'une balle dans la tête. Il n'y a rien de rationnel à poser, pas de priorité à établir. Mon père, mes parents sont en souffrance et plus rien d'autre n'a d'importance.

Voyant que je ne changerai pas d'avis, Merv assène cette dernière phrase : « Cela t'arrange bien, n'est-ce pas ? » J'aurais été sous le choc, si je ne l'étais pas déjà. En un instant, je franchis un cap. Merv et moi, c'est terminé. Je m'arrête là.

Exiger un sacrifice par amour n'a aucun sens. D'ailleurs, le mot « sacrifice » va sortir définitivement de ma vie. Les compromis existent. Ils permettent de se rencontrer à mi-chemin. Ils sont bilatéraux, réciproques. Le sacrifice n'induit que renoncement et résignation. Il ne devrait pas y avoir de sacrifice par amour. Seulement des gens qui font de leur mieux.

*

J'ai relancé quelques contacts dans la mode à Paris en prévision de mon séjour en France. Je dois aussi payer de nouveaux billets d'avion. Un booker me propose une mission pour la semaine suivante, au salon de la Moto.

Je connais le job, il suffit de poser à côté d'un bolide tandis que des fans de tuning essayent de vous soutirer votre numéro de téléphone. Ça ne sera pas pire que le bar à vin de mes débuts. J'accepte. J'ai désormais de quoi rentrer.

L'événement se déroule de façon bien plus chaleureuse, humaine et professionnelle que je ne le craignais. J'ai pu porter les vêtements de mon choix, la seule exigence du client étant que nous soyons vêtues de noir. J'ai opté pour des bottines hautes confortables, un pantalon similicuir et une chemise à manches longues pour ne pas avoir froid sous la climatisation. J'avoue être soulagée de ne pas passer deux jours dans des chaussures trop petites et bas de gamme. Je ne comprendrai jamais ces entreprises qui investissent des fortunes dans un tapis ou dans l'éclairage, mais rognent sur le confort du personnel. Je ne demande rien d'exceptionnel, seulement d'être en condition pour donner le meilleur de moi-même. C'est pour cela que j'apprécie de travailler avec de jeunes entreprises. Tout le monde prend des risques, investit, construit, le shooting pour lequel j'ai été bookée consacre beaucoup de choses, une idée, un concept, une ligne de fabrication, des boutiques. Ces équipes cherchent toujours à me mettre à l'aise et, toujours, je parviens à les détendre. Mon métier a bien des aspects techniques, mais surtout de nombreux aspects humains.

Le courant passe particulièrement avec l'ambassadeur de la marque. Quand cet ancien nageur du Cercle de Marseille me propose d'aller prendre un verre avec des copains, j'accepte, ravie de cette virée nocturne avant de retourner en Bourgogne. Grâce à lui, je vais rencontrer l'homme de ma vie.

*

Un certain Camille Lacourt, que je ne connais que de nom – et encore, dans mon esprit il pratique le tennis –, nous a rejoints sur le stand où le client a organisé un pot de départ. Comme j'aime mettre les gens à l'aise, je vais le saluer. Il est si grand que, malgré mes talons, je dois lever la tête pour lui parler. Chose étrange, il semble mal à l'aise. Il se moque même de moi quand je déclare vivre à New York, comme si j'étais une mannequin idiote qui fait des trajets Paris-New York pour le plaisir de se cambrer sur des engins.

Les choses ne s'arrangent pas vraiment au cours de la soirée. Au bar où nous nous retrouvons, Camille me lance sur un ton péremptoire qu'il a réservé une table à l'étage, comme s'il m'intimait l'ordre de venir dîner avec lui et sa clique. Je le trouve glacial et n'apprécie pas vraiment la manière dont il m'aborde. Il est peut-être maladroit mais en ce moment j'ai d'autres chats à fouetter que d'approfondir avec un inconnu, célèbre ou pas. Je ne lui adresse plus la parole de la soirée.

Chose étrange, il n'y a qu'avec moi qu'il est désagréable. Pourtant, c'est chez lui, où tout le monde se retrouve pour un dernier verre, que je finis par m'endormir, sur un canapé, avant de courir attraper mon train le lendemain matin.

*

« Ma première soirée... Quand je lis ces lignes, je me replonge dans un passé qui me semble lointain. La personne que j'étais à l'époque était tout ce qui m'agace aujourd'hui. Avec le recul, j'ai compris que je vivais à l'abri d'une carapace, comme un soldat qui vient de gagner un tournoi, a renversé ses adversaires et fanfaronne devant la foule... Les gens préfèrent côtoyer cette représentation de la réussite, de la victoire et du courage, plutôt que de s'intéresser au chevalier caché derrière l'armure. À l'homme, avec ses faiblesses et ses failles... Cette situation superficielle me convenait parfaitement. Une semaine papa poule dédiée à ma fille et une semaine chevalier valeureux et arrogant, sans empathie ni discussions. »

*

Je n'ai pas vu mon père depuis dix jours et son état s'est dégradé. Trop faible pour tenir sur ses jambes, il se déplace maintenant en chaise roulante. L'annonce de son cancer lui a asséné le coup de grâce. Ma mère et moi nous concertons. Elle veut à tout prix tenter cette chimio, moi aussi, mais il faudrait faire hospitaliser Doudou pour qu'il reprenne des forces ce qu'il refuse catégoriquement. Je suis partagée. D'un côté, je ne veux pas le voir souffrir, je veux qu'il soit en paix. De l'autre, je veux tout tenter pour le sauver. Mes sœurs et moi prenons finalement le parti de laisser notre mère décider. Après tout, c'est elle son ange gardien. Nous devons les soutenir autant l'un que l'autre. Quand ma mère, cette lionne qui ne lâche rien, annonce à Doudou de façon assez froide, protocolaire, qu'il doit se battre et donc être hospitalisé, nous faisons corps avec elle. Il râle pour la forme mais se relève les manches. Ils se connaissent par cœur. Il a compris.

Mon père est admis à l'hôpital en médecine générale quelques jours plus tard. Ma mère et moi passons nos journées auprès de lui. Nous lui apportons tout ce qui est possible pour lui occuper l'esprit, mots croisés, journaux, livres. Constamment allumée, la télévision ne diffuse que des programmes où il est question de mort. Un bon feuilleton doit-il forcément démarrer avec la disparition d'un personnage ? Est-ce que c'est censé faire rêver les gens ?

Les journées sont longues, les médecins ne passent pas beaucoup nous voir. On dirait même qu'ils nous fuient. Alors que je vais me dégourdir les jambes, je croise l'un d'eux dans le couloir, qui me demande de le suivre dans son bureau. Une fois seuls, il me dit : « Avez-vous compris qu'il n'y a plus d'amélioration à attendre concernant votre père ? Son état se dégrade de jour en jour. Il est impossible de l'envoyer en chimio dans l'état où il est. Votre mère n'est pas prête à l'entendre, c'est pour cela que je m'adresse à vous. Nous devons lui parler tous les deux. »

Nous convenons d'un rendez-vous dans l'après-midi et, prétextant des obligations administratives, j'y entraîne ma mère. Le médecin lui répète ce qu'il m'a dit quelques heures plus tôt. Ma mère entend mais n'intègre pas l'information. Le médecin lui explique donc de nouveau : il est là pour l'accompagner elle aussi et pourra tout lui réexpliquer si besoin. Pour prendre en considération le bien-être de mon père, qui est malheureux à l'hôpital, il nous suggère de rentrer avec lui à la maison ou de le faire entrer en soins palliatifs, plus adaptés à sa souffrance. Ma mère n'intègre toujours pas, et c'est tout à son honneur. Non, elle ne peut pas se résoudre à la fin de vie de son mari. Non, elle ne peut pas baisser les bras. Elle va rentrer à la maison avec lui et lui faire reprendre des forces. Il ira faire cette chimio.

*

Sur Instagram.

« *Tiens, j'ai reçu ton profil en suggestion. C'était sympa l'autre soir, j'espère que l'on refera une soirée ensemble.* »

« *Hello, Camille. Tu peux aussi avouer que tu as passé une heure à chercher mon profil, ce n'est pas un problème. Oui c'était sympa, on se refera ça.* »

*

Je m'arrange pour travailler lorsque mes sœurs peuvent prendre le relais le week-end. Mon père est rentré à la maison depuis une semaine lorsque je m'absente deux jours pour Paris. Camille m'a proposé de le retrouver dans un bar, où il sera avec des amis. Je m'y rends avec Oriane après le travail.

Comme la première fois, chaque fois que je lui adresse la parole, Camille fait mine de m'ignorer. Je sens qu'il aimerait engager la conversation, mais il prend systématiquement le parti de l'arrogance. Il ne sait sans doute pas quoi penser de moi, comme s'il craignait que je lui plaise. De mon côté, je n'ai pas envie de faire d'effort, je n'ai rien à prouver. *Il faudra te débrouiller tout seul, Camille. Si tu veux me connaître, fais donc le premier pas.*

Je profite néanmoins de cette soirée comme d'une parenthèse. J'agis comme si tout était normal et que je devais vivre jusqu'à cent ans. Rire et parler de choses banales avec des inconnus est agréable. Je danse avec Oriane quand j'aperçois Camille seul, à table, désœuvré. Il semble gêné que je l'aie remarqué. Je vais le chercher et l'invite à danser. Il est content, même s'il reste mal à l'aise. Contre toute attente, j'ai fait l'effort de briser la glace qu'il avait dressée entre nous.

Au fur et à mesure, il se détend. Au point que, tout à coup, il se met à me parler sans arrêt. J'incarne son idéal féminin, il me trouve dangereuse, je suis tout à fait le genre de fille dont on tombe amoureux. Lui, c'est un bourreau des cœurs, un sale type qui brise celui des filles comme moi, dont il ne fait qu'une bouchée. Il dit tout et son contraire pour que je me livre moi aussi. *Non, Camille, je ne te donnerai pas ce que tu veux. Je ne suis pas un distributeur de réconfort, il va falloir faire mieux si tu veux que je m'intéresse à toi. Mon idéal à moi, il a des yeux gentils et une bouche pleine de mots tendres.*

*

Tout est en place pour accueillir mon père à la maison. Doudou n'est pas ravi de découvrir le lit médicalisé qui l'attend, mais il n'a plus le choix. Ma mère a tout organisé pour qu'il se sente à l'aise et pour préserver sa dignité. Mon père est de ces gens qui ne se plaignent jamais et refusent d'être assistés. Mais, là non plus, il n'a plus le choix. Il doit accepter d'être dépendant de nous et de tout ce matériel.

Ma mère a fait apposer un lit simple au lit médical et recouvert les deux matelas de leur couverture habituelle, si bien qu'on a l'impression qu'il s'agit d'un lit double. Je lis en elle comme dans un livre ouvert : elle sera à ses côtés jusqu'au bout. Rien, pas même un lit, ne les séparera.

Doudou dort très peu, car il est terrifié par l'idée de ne pas se réveiller. Allumée toute la nuit, la télévision le tient en vie comme d'autres un respirateur artificiel. La mission est claire et énoncée : nous devons tout faire pour qu'il aille mieux et entame la chimiothérapie. Dans un élan d'espoir, l'hôpital a accepté de programmer une première séance la semaine suivante. D'ici là, mon père doit manger et se reposer. En réalité, il ne dort que le jour, quand nous sommes autour de lui. Comme si la mort ne pouvait venir le cueillir que dans la solitude de la nuit.

Le début et la fin de la vie d'un homme se ressemblent. Comme un nouveau-né, Doudou se laisse gagner par le sommeil quand il est entouré de bruits familiers. Le silence l'effraie. Les gestes aussi redeviennent les mêmes ; il faut l'asseoir, le nourrir et bientôt le changer. Déjà, la parole n'y est presque plus, ne demeurent que les gestes. Le regard. On ne se figure pas qu'un jour, à notre tour, nous prodiguerons à nos parents les soins qu'ils nous ont eux-mêmes prodigués.

Ma mère, d'ordinaire peu dépensière, achète quotidiennement de nouvelles choses à mon père. Un rasoir électrique bien plus ergonomique que l'ancien, et garanti cinq ans ! J'ai du mal à comprendre où se situe la frontière entre ce qu'elle perçoit de la réalité et ce qu'elle veut laisser paraître. Peut-être elle-même ne le sait-elle pas vraiment. Sa lucidité est comme engourdie, anesthésiée par la part utopiste, idéaliste de sa personnalité. Acheter un rasoir garanti cinq ans comme on achèterait une extension de vie… cela coule de source !

Une cousine assistante dentaire vient à la maison remodeler le dentier de mon père. Il a beaucoup maigri et le perd. Voir son appareil tomber quand il mange ou parle nous serre le cœur, ce sont dans ces choses-là que se loge, au plus profond, la dignité. Une fois l'appareil réadapté, ma mère rayonne de bonheur. Comme si, mon père aussi, on pouvait le réparer.

Pourtant, plus le temps passe, moins elle parvient à se cacher l'inéluctable réalité. L'idée de la fin de la vie de mon père fait son chemin dans sa tête et la part d'elle-même qui semblait atrophiée commence à se réveiller. Elle a beau la bâillonner pour faire taire, ma mère se résout à profiter de chaque infime bonheur que la vie lui offre auprès de son époux.

*

Je travaille sur une séance photo lorsque Camille m'écrit pour m'inviter au théâtre le soir même. Comme à chacun de mes séjours parisiens, je loge à la « Coloco », un appartement où des amis internationaux posent un temps leurs valises. Oriane fait partie de ce nouveau cercle, et met un point d'honneur à m'accueillir comme je l'ai fait pour elle quelques années plus tôt à Hong Kong. Ce lieu grouille d'effervescence, de créativité. Nous avons grand plaisir à nous y retrouver pour un déjeuner ou une soirée.

Ce soir, nous avons prévu d'y dîner tous ensemble. Je n'ose pas proposer à Camille de se joindre à nous, j'ignore toujours quelle attitude adopter vis-à-vis de lui. Mais je lui promets de le rejoindre un peu plus tard pour un verre. Il me propose alors de le retrouver chez lui. Et j'accepte. Je veux savoir qui il est vraiment. Lorsqu'il n'y a pas de musique, d'alcool ni de fans autour.

Je veux savoir quelle personne il sera lorsqu'il devra me regarder dans le blanc des yeux et ne parler qu'à moi seule.

Et, précisément, c'est difficile. Entre nous, assis sur le canapé face à la télévision, une bière à la main, s'écoulent de longues minutes de silence. Je le sens mal à l'aise, comme réfugié derrière une façade sévère. Lorsque nous échangeons, ses réponses sont brèves, il ne s'encombre pas de détails. Tout le contraire de moi, qui ai besoin de développer les tenants et les aboutissants !

Je parviens tout de même à lui en faire dire un peu plus sur sa vie. Il a une petite fille, qui va fêter ses six ans dans quelques jours. Il est ce que l'on appelle un « retraité des bassins » après avoir été cinq fois champion du monde de natation. Aujourd'hui, il anime des séminaires où il trace des parallèles entre une carrière de sportif de haut niveau et le monde de l'entreprise. Il pose aussi pour des contrats publicitaires. Une semaine sur deux, il a une vie rangée de papa poule. Il s'est installé en septembre 2016 à Paris, pour partager la garde alternée de sa fille. Il est originaire de Font-Romeu, une petite ville en Occitanie.

L'essentiel est dit. Le reste, c'est à moi de le deviner, ou je devrai être patiente. Factuel dans son récit, Camille ne révèle pas le moindre état d'âme, la moindre fêlure. En retour, j'essaye d'être concise. Je ne veux pas me livrer aussi facilement, nous prendrons le temps de nous connaître. Son expérience, si riche, a piqué ma curiosité. Pourtant, il passe pour quelqu'un qui n'a rien d'intéressant à partager.

Ne me fais pas croire que tu es vain, Camille, je ne marche pas une seconde. Je pense que tu as beaucoup de belles choses en toi, enfermées à double tour. Tu as perdu les clés. Nous savons déjà tous les deux que je suis capable de les retrouver. C'est ce que tu as vu en moi, et cela te fait peur. Ça tombe bien, j'aime explorer les âmes et j'ai du temps pour briser les serrures. Finalement, ce silence entre nous me va bien. Lorsque nous n'avons rien à dire nous nous taisons, nul besoin de meubler le vide. Dans le mutisme s'entendent nos âmes.

*

« Alice m'intimide. Je ne suis pas un bavard, mes amis disent même que je suis un taiseux. C'est vrai, je mets peu de mots sur mes sentiments, mes actes sont des preuves suffisantes. Les seuls mots que j'analyse et décrypte sont pour ma fille, pour mieux les comprendre et ne jamais cesser d'évoluer. Le reste, je le vis au *feeling*. Alors, pourquoi cette gêne devant Alice ? Il y a son physique parfait, bien sûr, elle est belle, grande, fine et sportive. Mais ce n'est pas ça, c'est ce que je lis dans ses yeux. Elle me voit, elle ne s'intéresse pas à l'armure qui brille, mais bien à moi. Ça me flatte et m'attire. Cela m'effraye aussi.

Aujourd'hui, je sais que mon silence, ma distance et ma froideur étaient la conséquence de mon manque d'assurance. Je ne voulais pas qu'elle creuse et qu'elle découvre un vase vide. Je ne pensais pas pouvoir aimer Alice comme elle le méritait.

Ce soir-là, je suis divisé. Je sais que cette belle demoiselle peut changer ma vie, mais enlever pièce par pièce l'armure qui me colle à la peau depuis si longtemps va être une aventure longue et douloureuse. J'ai peur. Aller au combat sans armure provoque des blessures qui nécessitent une trop longue convalescence. »

*

Le jour de la chimio arrive. L'état de mon père ne s'est pas amélioré, au contraire. Les nuits sont terribles. Il est pris de crises de spasmes qui durent de longues minutes durant lesquelles nous retenons notre souffle. Je m'allonge à côté de lui et le serre dans mes bras en attendant qu'elles passent, il n'y a rien d'autre à faire. Attendre. Pendant ces crises impressionnantes pour lui comme pour nous, il est devenu compliqué de ne pas montrer son inquiétude. Je ne le regarde pas dans les yeux, je lui fais seulement des baisers sur les joues en lui disant que tout ira bien. Il ne se plaint pas, il est terrorisé et, dans ce jeu de rôle où chacun tente de préserver l'autre, il préfère se taire pour ne pas nous effrayer davantage.

Après chacun de ces épisodes, ses draps sont à tordre tant il transpire. Des litres de transpiration s'échappent de son corps, témoins de l'épreuve qu'il subit. Il est hydraté au moyen d'une perfusion et nous le redressons plusieurs fois par heure pour lui donner à boire avec une paille.

Le dernier soir à la maison, Maggie est avec nous. Maman nous réveille en panique. Elle dit avoir administré deux grammes de paracétamol à notre père, le double de ce qui lui est normalement donné. La pharmacie lui a donné des boîtes d'un gramme à la place des cinq cents milligrammes habituels et elle vient seulement de s'en rendre compte. Maggie et moi essayons de la rassurer, il ne s'agit que d'un antidouleur. Mais mon père dort profondément et ma mère redoute qu'il ne se réveille jamais. Pour la rassurer, j'appelle le centre de toxicologie et demande ce que nous devons faire. Rien, me répond mon interlocuteur compatissant. Deux grammes de paracétamol ne changeront rien à l'état de mon père. Je répète ses propos comme s'il s'agissait de gros mots. Mon père dort profondément, mais j'ai l'impression de le trahir en les prononçant à côté de lui.

*

Le lendemain, nous rejoignons l'hôpital en ambulance, mon père voyage alité. Le trajet entre notre petit village de Chitry-les-Mines et la ville de Nevers est périlleux et stressant. Pourtant, ces soixante kilomètres, nous les avons sillonnés des milliers de fois. Pour les courses de Noël, pour récupérer quelqu'un à la gare, pour des achats de la guinguette. Nous avons toujours une belle raison de prendre cette route. Mais aujourd'hui, elle n'a pas la même saveur. Le ciel est bleu mais le soleil ne s'est levé pour personne, il fait juste son job.

Je monte à l'avant du véhicule et ma mère à l'arrière, avec mon père. Le sourire collé aux lèvres, nous faisons comme si tout allait bien. Surtout, que Doudou ne se décourage pas, qu'il tienne bon, c'est tout ce que nous demandons. Un temps, je me dis que les ambulanciers marchent dans notre jeu. Jusqu'à ce que je me rende compte qu'ils sont complètement à côté de la plaque. Ils chargent mon père sans précaution, lui qui souffre de terribles escarres. Le véhicule cahote et, surtout, leur conversation m'afflige. Le type à l'avant me raconte sa vie, ses petits malheurs, à un moment j'ai même l'impression qu'il me drague. C'est désespérant.

Après une heure de route interminable, nous nous garons sur le parking de l'hôpital. Les ambulanciers déchargent mon père sur son brancard et le conduisent devant l'entrée, où nous patientons, devant tout le monde, comme un Caddie à la caisse du supermarché. Mon père nous fait signe qu'il a besoin d'uriner et ne peut pas se retenir. Je demande à entrer ou à nous dissimuler derrière l'ambulance pour pouvoir aider mon père, mais mon nouveau meilleur ami me répète qu'il faut attendre, ce ne sera plus long maintenant. J'en bafouille d'énervement, écartelée entre la nécessité de garder le sourire pour rassurer mon père et le scandale qui me dévore.

Enfin, ma mère sort un foulard de son sac et tente de cacher la scène tandis que, devant l'hôpital, devant le monde entier, je fais pisser mon père dans une bouteille. Nous n'avons même pas besoin de nous concerter, nous savons ce que nous avons à faire. Ces gens autour, ces ambulanciers qui ne sont pas des professionnels de santé, je ne les connais pas, je m'en fiche. Leurs regards, coupants comme des lames de rasoir, ne sont rien à côté de la dignité de mon père. On peut se remettre de la honte. L'amour-propre, lui, n'est pas inépuisable.

*

La chimiothérapie ne peut pas commencer, car mon père souffre d'une septicémie, effet collatéral du cancer, pour laquelle il doit d'abord être traité. Comprenant que nous ne pouvons pas nous résoudre aux soins palliatifs, l'hôpital l'admet en médecine générale. Il ne rentrera pas ce soir à la maison.

Le corps médical mesure notre impuissance et notre inaptitude à nous occuper correctement de lui. Nous ne savons pas comment soulager sa douleur et ses tourments ; nous ne sommes ni formées ni équipées pour le soulever aussi souvent qu'il le faudrait pour le changer. Je suis épuisée.

Pourtant, ma mère croit encore qu'une chimiothérapie sera possible après le traitement de la septicémie. Mes sœurs viennent au chevet de mon père pour le week-end et je me rends à une audition à Paris. L'idée de rester vivre en France fait son chemin dans mon esprit.

*

À la fin de ma journée de travail, je retrouve Camille chez lui où il a convié quelques amis à regarder un match de foot. L'ambiance est simple et détendue. J'ai apporté quelques bières et prends l'initiative de commander des pizzas. Je ne connais pas vraiment le foot mais tente de m'y intéresser. Après le match, je propose une partie de baby-foot. Nous nous lançons dans un tournoi. L'ambiance est agréable et me permet de décompresser quelques heures. Camille a revêtu un maillot de foot et une casquette à l'envers. Avec sa barbe de plusieurs jours et son grand sourire, il a l'air d'un gamin. Il ne s'encombre pas de chichis, les trois paquets de chips posés sur la table et son réfrigérateur vide en témoignent. Camille est un garçon modeste catapulté dans un monde qui n'est pas le sien. Son appartement est bien trop grand pour lui, sans aucune autre décoration que des objets posés là, au hasard, et jamais déplacés depuis.

Sa simplicité me touche, tout comme le fait qu'il soit entouré de personnes ordinaires. Pourtant, je sais que l'avenir avec lui ne le sera pas. Il y aura un long chemin à parcourir avant de le percer à cœur. Mais ses valeurs sont là, je les vois, je les reconnais car ce sont les mêmes que les miennes.

*

Nous nous croisons dans le couloir et Camille m'embrasse. Il n'a pas les mots, comme d'habitude. Mais je comprends qu'il est content de me voir. Il dégage maintenant de la douceur à mon égard, ce qui me réchauffe le cœur. Nous nous couchons tard. Avant de nous endormir, il prend les devants et me demande : « Alors, où est-ce que l'on va tous les deux ? »

Je lui réponds que j'ai préparé une place pour lui dans mon cœur. S'il peut attendre… Pour le moment, ma famille est ma seule priorité. Il me demande alors si je suis fidèle, il souhaite légitimement savoir si je saurai l'attendre moi aussi. La réponse pour nous deux est : oui.

*

J'arrive tôt le lendemain matin à la gare de Nevers. Des proches passent voir mon père tandis que le docteur nous convoque dans son bureau. Bientôt, explique-t-il, mon père risque de s'étouffer car il souffre également d'une pneumonie. Nous ne pourrons pas le laisser souffrir, il faudra l'endormir et le laisser partir durant son sommeil. Il demande à ma mère si les papiers de la succession sont prêts et, dans le cas contraire, de s'en occuper le plus tôt possible.

Ma mère n'a absolument pas réfléchi à ces questions. Elle n'a surtout aucune envie de s'en occuper, car cela signifierait baisser les bras. Elle aurait l'impression de trahir mon père. Je l'encourage à appeler le notaire pour s'assurer que tout est en ordre, mais elle a beaucoup de mal à s'y résoudre. On lui demande d'admettre que son mari va bientôt la quitter ; il lui faut ouvrir son esprit à l'idée qu'il est condamné.

*

Je me suis longtemps posé cette question : quelle est la mort idéale ? Il me semble qu'un départ brusque, suite à un accident de voiture, par exemple, est violent pour ceux qui restent, personne n'a eu le temps de se préparer. Une mort longue, lente et douloureuse, à la suite de plusieurs années de maladie, n'a rien d'enviable non plus. Voir ses proches souffrir est une damnation et laisse des séquelles. Partir en un mois, comme mon père ? Et envisager l'impensable en un claquement de doigts ?

La seule façon de se prémunir de la mort, c'est d'admettre qu'elle fait partie de la vie, tout comme la maladie. Elle peut faire irruption à tout moment. Et, quand elle vient cueillir ceux que l'on aime, plutôt que de la haïr de nous séparer, il faut remercier la vie de nous avoir réunis.

*

Ma mère, comme un automate, appelle le notaire, qui lui confirme que tout est en ordre. Mon père nous quittera le lendemain matin. Lui qui ne voulait pas partir dans son sommeil s'en est allé le jour levé.

*

On dit que, lorsqu'une personne vous quitte, une autre entre dans votre vie. Lorsque j'ai su que Camille serait celui avec qui je souhaitais passer le reste de mon existence, j'ai nourri le regret qu'il n'ait pas pu rencontrer mon père. Puis ma mère m'a dit : « Camille n'a pas connu ton père personnellement, mais il le connaît à travers toi. À travers tes souvenirs et ce qu'il t'a transmis. Quant à Doudou, il a forcément connu Camille. Il respectait les sportifs, il l'aurait beaucoup aimé, si ce n'était pas déjà le cas. »

*

Avec mes sœurs, nous avons fait le choix de célébrer notre père. De penser à lui avec le sourire aux lèvres plutôt que le cœur meurtri. Ce fut plus long et douloureux pour ma mère. Dix ans plus tôt, quand ma tante Gislaine avait succombé à un cancer du sein, une chape de plomb s'était abattue sur la famille. Nous n'en parlions jamais, de crainte de la déranger dans sa quiétude, voire de bafouer sa mémoire. Elle avait vécu une telle agonie et, avec elle, tous ceux qui l'entouraient… Je ne voulais pas que ce déni collectif se reproduise. Alors, nous n'avons jamais cessé de parler de notre père. Le soir de sa mort, en sa mémoire, nous avons ouvert les bouteilles de vin qu'il aimait et trinqué pour lui en racontant nos plus beaux souvenirs en sa compagnie.

C'est ce qu'il aurait voulu. Que l'on continue à l'aimer dans la joie et non dans le malheur.

*

Camille ne sait pas comment se positionner dans ce moment de ma vie. Il a conscience de n'être encore personne et d'avoir tout de même un rôle à jouer. Il m'écrit qu'il ne veut pas me déranger, qu'il souhaite me laisser tout l'espace dont j'ai besoin pour être avec ma famille, mais qu'il est là pour moi, à tout moment, et qu'il m'attend.

« *Est-ce que l'on ne se mettrait pas ensemble demain ? On est bien ensemble.* »

Ce message tout simple et qui m'a fait sourire a posé la première pierre de notre relation.

« *On ne m'a pas demandé d'être en couple de cette façon depuis le CM2, mais c'est d'accord, je veux bien être ton amoureuse.* »

Ni lui ni moi ne cherchons à aller trop vite, et définir un cadre nous rassure. Cette façon décomplexée d'aborder les choses me convient parfaitement.

Nous nous retrouvons au théâtre avec la singulière sensation d'entamer un nouveau chapitre de vie. Alors, il réitère : « C'est bon, tu veux bien sortir avec moi ? » J'aime cette sobriété décalée, sa douceur. Tout à coup, il me prend la main, m'embrasse à chaque occasion, il a envie de vivre spontanément ce qu'il ressent. Il ne ressemble en rien aux hommes que j'ai connus jusqu'à présent.

Pourtant, l'intuition que notre chemin ne sera pas un long fleuve tranquille ne me quitte pas. Mais ce soir-là, j'ai envie de faire taire cette petite voix et de profiter de la vue.

Le premier pas

À la minute où je l'ai rencontré, j'ai senti que Camille était différent de moi. Pourtant ce sont ces différences, que des âmes chagrines qualifieraient de défauts, qui m'ont permis de me lier si fortement à lui.

Des années de voyage et de séjour à l'étranger m'ont enseigné que, lorsqu'on débarque dans une nouvelle réalité, avec en plus la barrière de la langue, il faut redéfinir son rapport aux autres, son interprétation des signes. Il faut s'ouvrir, pas se refermer. En travaillant son indulgence, on perçoit autrui dans toute sa singularité – ou ses différences – et c'est ce qui le rend si intéressant. On est tous l'étranger d'un autre, et c'est aussi pour cela que les relations fonctionnent.

Pour être honnête, cela dit, je n'ai pas toujours tiré que des bénéfices de cette indulgence. Par amour, j'ai trop cherché à comprendre, sans m'écouter suffisamment. Je me suis forcée à la patience dans des histoires que je savais perdues d'avance. Avec Camille, je me méfie donc autant de lui que de moi-même. J'ai appris de mes échecs, à mes dépens, mais si chaque relation terminée contribue au succès de la prochaine, j'aimerais enfin tirer les fruits de mes erreurs.

Une chose me rassure sur mon état d'esprit : depuis mon retour en France, pour moi, le voyage continue. Je ne connais plus rien de mon pays, ou si peu. Aucune chanson qui passe à la radio ne m'est familière, aucun programme télé. Les gens utilisent des expressions nouvelles – « c'est malaisant » ! –, les jeunes, garçons ou filles, s'appellent « frère ». Je redécouvre ma culture avec un regard neuf. Les Parisiens et leurs pique-niques en bord de Seine. De Marseille à Lille, la pétanque. L'élégance, la diversité, le goût et le bon goût. Décidément, l'art de vivre est bien ce qui définit la France.

Le Français a la réputation, pas toujours usurpée, d'être un sacré râleur. Pourtant, c'est ce que la France leur a transmis qui permet à ses ressortissants de tirer le meilleur à l'étranger. L'éducation, l'accès à la culture et à la santé font de nous des individus faciles à intégrer. Certains Français retournent pourtant ces atouts contre leur patrie d'origine. Doués d'un libre arbitre patiemment cultivé, ils exigent toujours plus. Les plus acerbes sont d'ailleurs souvent ceux qui profitent le mieux du système. Combien sont-ils à s'échouer comme des poubelles sur des côtes tropicales ou américaines en vivant du chômage, pour revenir une fois qu'il faut intégrer sur place le marché du travail ou au premier gros pépin de santé ? Ces Français terrassés à l'idée de travailler six jours sur sept pour quelques centaines d'euros, ou de payer les 200 000 dollars que coûte le traitement de leur cancer ?

J'ai aimé chaque pays que j'ai visité ou dans lesquels j'ai vécu. J'ai apprécié de m'éloigner de la France pour mieux la connaître et finalement encore mieux l'apprécier. Chaque jour, j'essaie de garder les yeux ouverts, j'observe la beauté alentour et j'évalue ma chance. C'est un principe fondamental que je me suis donné.

*

Fin décembre, près de trois mois après notre rencontre, Camille me propose un week-end à Marseille. J'en profite pour l'inviter, au retour, à faire un détour par la Bourgogne pour lui présenter mon ami Philippe.

Notre relation n'a pas vraiment progressé depuis que nous avons décidé d'être en couple.

Bien sûr, Camille a rencontré mes amis parisiens, mais je n'ai pas vraiment apprécié. Il arborait cette façade arrogante que j'ai du mal à supporter, comme s'il n'était pas ma nouvelle moitié, mais en pleine représentation de Camille Lacourt. Lire l'admiration dans le regard des autres le rassure. Mais, dans ces moments-là, il perd toute humilité. Dès que l'occasion lui en est donnée, il aborde le sujet de sa carrière. Les mêmes anecdotes, les mêmes blagues se répètent, parfois graveleuses, souvent inappropriées. Le cliché de l'humour sportif assez macho qu'on imagine dans les vestiaires des footballeurs, où les filles sont reléguées au rôle de dindes.

Son auditoire se sent toujours flatté d'être mis dans la confidence. Qu'est-ce qu'il est drôle, ce Camille ! Un chouette type. Et quelle franchise !

Ce discours, qu'il répète en boucle depuis des années, Camille a fini par s'en persuader, au point de se contenter d'allumer des étoiles dans les yeux de ses amis d'un soir. Au fil du temps, il s'est caricaturé lui-même.

Je ne suis pas dupe, et plutôt agacée. Alors, je me méfie. Le bonheur n'a rien à voir avec ces échanges éphémères. Et puis, si Camille a réussi sa vie, moi j'ai tout à faire. Je dois travailler, avancer. Je dois être présente aux côtés de ma mère, si esseulée depuis la mort de mon père. Je sais qu'il aimerait me voir plus souvent, mais je n'accours pas à la première occasion et je refrène mon désir de l'aimer éperdument. Pas dans ces conditions. Notre relation en est restée au stade de ce qu'elle vaut : elle est superficielle.

Ces quelques jours à Marseille et en Bourgogne promettent donc d'être nos vrais premiers moments partagés. Nous n'avons jamais passé plus de vingt-quatre heures ensemble, je me suis arrangée pour que cela ne se produise pas. J'ai conscience de remettre à plus tard les choses qui me dérangent, de refuser, moi aussi, de m'aventurer pour de bon dans ce qui pourrait être mon avenir. Mon attitude presque fuyante, par certains aspects, doit dérouter Camille. En réaction de défense, il adopte une attitude hautaine qui me révulse.

Bref, c'est un cercle vicieux dont nous ne sortirons pas si aucun de nous deux n'accepte de faire le premier pas.

À Marseille nous attend le cabanon de pêcheur d'un de ses amis. Minuscule, sans confort, mais d'un charme exceptionnel, il est juché à même la calanque et offre une vue panoramique sur la mer. Les vagues montent presque jusqu'à nous dans un vacarme qui empêche de dormir. Une fois le canapé ouvert, on ne peut plus y circuler, et Camille avec ses deux mètres tout pile de hauteur est trop grand pour tenir dans le lit en mezzanine. Les toilettes ne sont séparées de la chambre que par un rideau, à deux mètres du lit. Si Camille avait en tête de faire progresser notre relation, c'est l'endroit idéal. Nous n'y aurons aucune autre intimité que la nôtre. Son choix témoigne d'une modestie teintée d'originalité qui me touche terriblement. C'est tellement mieux qu'une chambre d'hôtel guindée, chère et clinquante !

Nos affaires déposées, nous partons courir sur la corniche. Il fait beau, je n'ai pas couru depuis des semaines, je suis ravie. Camille a des jambes de nageur mais il est content de partager un moment sportif. Le lendemain, il m'emmène gravir une côte aussi difficile qu'épatante sur la route de Cassis. Il me prodigue des conseils bienveillants, en matière de récupération notamment. Son expertise d'athlète de haut niveau est incroyable et je découvre une facette de lui que j'adore. Pas d'anecdote, pas de gloire. Seulement un homme qui a repoussé plus loin que n'importe qui les limites de son corps et de son esprit. Nous nous tirons la bourre dans les côtes, animés d'une saine compétition. Ce moment demeure l'un des plus beaux que j'aie vécus avec lui. Nous nous sommes trouvé une passion commune, simple, qui nous permet d'avancer. J'en suis d'autant plus heureuse que c'est la première fois qu'un homme comprend mon amour de la course. Par le passé, soit on acceptait difficilement mon désir de courir seule, soit on s'improvisait coach sportif alors que je n'avais rien demandé. Pour moi, la course n'est pas qu'un sport, c'est une méditation. Un moment pour se retrouver avec soi-même. Je peux la partager avec quelqu'un s'il n'est pas question d'orgueil ni de performance. Pour le coup, je n'aurai jamais les aptitudes de Camille, mentales ou physiques. Il ne cherche même pas à m'impressionner et c'est ce qui le rend impressionnant.

Le dernier soir en Provence, nous retrouvons ses amis nageurs. Je suis la seule fille. Certains engagent la conversation, mais la plupart sont comme gênés de le faire. Ils sont entre eux, dans leur monde et leurs souvenirs de compétition. Ils sont le bel exemple d'une amitié qui dure. Mais, c'est assez étrange, cette amitié semble ne vivre qu'au passé, comme si rien de nouveau ne pouvait en émerger. Je me sens en décalage au milieu de ces extensions de Camille. Et, si cette soirée me permet de mieux comprendre qui il est, je suis un peu triste qu'il ne me témoigne pas davantage d'affection. Je bois plus que je ne devrais, comme pour mettre à distance toute cette testostérone.

La soirée se termine en club, jusqu'au moment où la tête commence à me tourner et où nous décidons de rentrer. Dans le taxi qui nous ramène au cabanon, je me concentre pour ne pas vomir tout en angoissant à l'idée du simple rideau qui sépare la chambre des toilettes. Arrivés à destination, Camille, tout heureux de sa soirée, entreprend de se préparer à manger tandis que, n'y tenant plus, je fonce régurgiter l'alcool que j'ai avalé. Tant pis pour le charme et l'intimité, je n'ai pas de plan B ! En riant, Camille me tient les cheveux au-dessus de la cuvette et tente de me remonter le moral. Parmi ses mots gentils, il me dit qu'il ne pensait pas que, de nous deux, je serais la première à vomir devant l'autre. Puis il m'aide à me coucher, m'apporte de l'eau, un gant de toilette. Je me souviens de tout, je suis consciente de tout, mais incapable de répondre. En m'endormant, je l'entends me dire qu'il m'aime.

Tant de fraîcheur et de spontanéité m'ont bouleversée. Je pensais que nous n'en étions pas encore à communiquer nos sentiments. Mais Camille n'a pas mis les petits plats dans les grands pour me dire ce qu'il ressentait. Il me l'a dit après m'avoir tenu les cheveux pendant que je vomissais. Ça tombe bien, je n'aime pas ce qui est surfait. Il a franchi ce pas de plus pour nous. Il m'a ouvert son passé, son cœur. Et je le connais : après un pas en avant, il fait parfois deux pas en arrière. Si je ne le rassure pas en allant dans son sens, son orgueil s'exprimera.

Est-ce que je l'aime ? Bien sûr que oui. Mais je cherche un morceau de lui, enterré sous des années de notoriété, de doute, de changement et d'errance sentimentale. Si je veux qu'il refasse surface, à moi de faire le prochain pas. Ma réponse ne tarde pas. Le lendemain soir, arrivés à Dijon, il vient de fermer les yeux lorsque je lui dis : « Moi aussi je t'aime. »

*

« Il était important pour moi de faire le premier pas, d'être à l'initiative du premier week-end, comme pour montrer que je voulais avancer et emprunter une route à deux. Je n'étais pas encore la personne que j'aspirais à être, mes vieux démons et mes peurs persistaient. Me cacher derrière "Camille Lacourt" était une solution de facilité, mais je sentais qu'à trop fuir je risquais de perdre Alice. Je me suis donc lancé.

Pour notre premier séjour et la présentation à mes amis, j'ai décidé de jouer à domicile. Mais où ? J'ai hésité un moment entre l'Hôtel-Dieu du Vieux Port, avec son spa luxueux et sa vue sur Notre-Dame, ou le cabanon de mon ami Ludo, une trentaine de mètres carrés de charme perchés au-dessus de la mer... Je voulais être moi-même ; fini, les faux-semblants. Mon choix s'est donc porté sur le cabanon, un lieu simple, sans artifice, vrai et intimiste. Un petit peu trop, même, j'avais oublié le détail du rideau des toilettes ! Peu importe, il suffira d'aller se poser sur le balcon pour profiter de la vue lorsque l'autre aura besoin d'un peu d'intimité.

Ces petits séjours face à la mer m'ont permis de faire le point sur notre escapade. En débriefant les heures écoulées, je sentais les pièces de mon armure tomber, sans bruit et sans douleur. Avec Al, je retrouve la légèreté que je ne partage qu'avec Jazz. Je me sens bien, je me sens heureux.

La vie dans notre cocon est douce. Le séjour est rythmé par les visites des meilleurs spots de Marseille, à moto ou en courant. Je n'ai jamais aimé courir, mais avec Alice, c'est une joie silencieuse. Ses écouteurs sur les oreilles, elle est concentrée sur sa foulée et moi, je vis le moment. Le soleil nous caresse la peau, les vagues me chantent un refrain apaisant, l'air iodé nous accompagne et mes yeux se posent sur elle. J'aime être à ses côtés, je me sens chanceux qu'elle m'entrouvre sa porte. J'ai toujours peur, mais je veux avancer. Dans quelques heures, je saurai que je veux faire ma vie avec elle.

Notre dernière soirée se passe chez mon ami Fred Bousquet, qui a fait partie intégrante de mes aventures en bassin. L'ambiance est très agréable, mais un peu trop arrosée et, de retour au cabanon, j'ose franchir le pas. Entre deux vertiges, je dis à Alice que je l'aime.

Je ne cherchais pas à être romantique - heureusement ! -, je voulais être honnête, sincère et surtout spontané. Je n'oublierai jamais ce moment où, dans ce flou total de fin de soirée, la seule chose claire et évidente était l'amour que je lui portais. »

Jazz

Je dois retourner à New York pour régler et récupérer quelques affaires. En quatre mois, je n'ai eu Merv au téléphone qu'une seule fois, après les obsèques de mon père. Il était choqué d'apprendre son décès, lui qui n'y croyait pas. Ce fut étrange de se parler. Nous avions tant fait pour être ensemble, et notre relation s'était éteinte en une seconde.

Ma capacité à autodétruire ce que j'ai mis tant de cœur à bâtir m'effraie. Je crains d'être incapable de construire sur le long terme. De préférer zapper, effacer en un claquement de doigts les personnes auxquelles je suis attachée. Comme mon père biologique. Est-ce vraiment la personne que je suis ? Quelqu'un qui fuit devant les difficultés ? Car il faut se rendre à l'évidence, chaque relation connaît son lot de problèmes. Il y aura toujours des déceptions, des complications. Aujourd'hui, j'ai peur de l'autre comme de moi-même.

Un ami hongkongais de passage à Paris m'apporte un début de réponse : « Tu as une haute idée de l'engagement envers à l'autre, mais qu'en est-il de ton engagement envers toi-même ? Tu veux tellement te persuader que tu es une personne fiable que tu restes dans tes relations même quand tu n'en as plus envie. Tu as le droit de te tromper, autant de fois que tu le souhaites, personne à part toi ne te juge. »

Je ne peux pas me construire uniquement sur la base de ce que je ne veux pas être. Cela m'y conduira inévitablement. J'ai observé si souvent ce schéma chez les autres. Construire en fonction de ses peurs est le meilleur moyen de les faire advenir ! Il existe tant de travers qu'on reproduit sans le vouloir, violence, avarice, égoïsme, infidélité. Mais il est plus facile de déceler ces schémas chez les autres qu'en soi-même…

*

Merv a fait en sorte de ne pas être présent quand j'arrive pour trier mes affaires. Moi qui n'étais arrivée à New York avec rien ou presque, je décide de ne rapporter en France que trois bagages. Depuis l'Amérique du Sud, j'apprécie de voyager léger, en toutes circonstances. En achetant deux grandes valises dans un magasin de mon ancien quartier, je prends conscience que je tourne une page. Je suis émue : ici comme à Hong Kong, je laisse une partie de mon cœur.

J'ai donné rendez-vous à Merv dans un café pour lui dire au revoir. J'ai choisi cet endroit pour éviter toute réaction intempestive. Étrangement, alors qu'il n'a jamais levé la main sur moi, plusieurs de mes proches m'ont demandé s'il lui arrivait d'avoir des accès de violence. Lorsque quelque chose lui déplaît, son regard change, on dirait que quelqu'un d'autre s'empare de son visage, ses yeux s'assombrissent, deviennent comme fous. Merv a grandi dans la violence, il la hait, pourtant sa première réaction, face à l'adversité, est instinctivement colérique. Il se contient pour ne pas ressembler à son père, qui a fait tant de mal à sa famille. Alors, là où d'autres lisent de la véhémence, moi je vois du courage. Je l'admire de se battre contre ses propres démons pour briser le cercle de brutalité dans lequel il est né.

C'est à ce regard pétri de contradictions que j'ai droit dès la première seconde. J'aurais aimé que nous nous quittions amis, ce ne sera pas le cas. Merv m'en veut et ne décolère pas. Il finit par se lever sans un mot ni un regard, et par franchir pour toujours le seuil de ma vie. Nous ne nous reverrons jamais.

À mon tour je me lève, embarque mes valises. Direction l'avenir.

*

Camille et moi nous sommes donné des nouvelles chaque jour, sans crainte que la distance nous sépare. Nous sommes proches, tout en pudeur. Cette séparation forcée de deux semaines n'a donné que plus de prix à notre amour.

Dès mon arrivée, il me propose de rencontrer sa fille. Ensemble, nous pesons le pour et le contre. Je n'ai aucune envie de bousculer Jazz, mais Camille a besoin, pour avancer dans notre histoire, que les deux femmes de sa vie se rencontrent. Pas trop tôt pour ne brusquer ni l'une ni l'autre, pas trop tard car il a besoin de savoir s'il peut s'autoriser, dans le respect absolu des sentiments de sa fille, à tomber amoureux fou de moi.

Ce raisonnement, qui fait inévitablement écho à mon passé, me convient parfaitement. Qu'un homme place sa fille au-dessus de tout représente à mes yeux une sorte d'idéal. Je préfère avoir le second rôle pour le reste de ma vie et être au bras d'un gentleman ! Je me rappelle une amie à Hong Kong qui pensait exactement l'inverse, au point de refuser de rencontrer la fille de son amant. Au fond, elle était jalouse de cette enfant. Construire une relation sur de mauvais sentiments ne présage rien de bon.

Nous décidons de me présenter comme une amie. J'ai des scrupules à dissimuler la vérité, mais cela rassure Camille. Un soir, je débarque donc avec une galette des rois et mon plus beau sourire. Jazz est assise devant *Le Roi Lion*, mais elle ne perd pas une miette de nos échanges. Nous avons le trac, forcément. Camille, de savoir comment les choses vont se passer. Moi également, avec en plus le sentiment de régler des comptes avec mon passé.

Une image restera gravée à jamais dans le grand livre de ma vie : Camille m'ouvre la porte et, derrière sa large carrure, me dévoile son enfant, fascinée par le roi Mufasa, l'orgueilleux au grand cœur, si protecteur avec son petit Simba. Il y a tout Camille et Jazz dans cette image-là.

Camille s'est éclipsé dans la cuisine pour me préparer un verre quand Jazz saute soudain sur ses pieds et me lance : « Tu veux voir ma chambre ? » Elle m'entraîne à l'étage et me présente fièrement son royaume, ses poupées, ses doudous. Quand il est l'heure pour elle de se coucher, elle glisse à son père qu'elle me trouve jolie.

Les enfants sentent tout, savent tout. J'ai dormi des dizaines de fois chez Camille sans, pensions-nous, qu'elle ne s'en rende compte. Un matin, la voilà pourtant qui se glisse dans notre chambre à pas de loup. Elle a tout compris dès la première seconde, à nous maintenant de lui dire toute la vérité. Rien n'est plus important à mes yeux que de la préserver.

*

Jazz est une enfant équilibrée qui ne connaît ni conflit, ni jalousie. Elle me donnera ce que je lui donnerai. Trouver ma place dans notre trio ne sera pas forcément simple, mais entre nous il n'y aura pas de malveillance.

Elle aime autant être entourée que passer du temps seule avec son papa. Quand je viens déjeuner, elle aimerait que je reste toujours. Je nous accorde ce plaisir quelques heures, mais je ne veux surtout pas m'imposer, et je dois moi aussi apprivoiser mon nouveau rôle. Je n'ai pas encore les codes, les règles, je fais à l'instinct. Je veux mettre le temps de notre côté.

Dès que je le peux, je ne manque pas de lui faire remarquer qu'elle est la priorité de son père. Je tiens à ne pas devenir sa concurrente. Au bout de quelques mois, je la sens tout à coup différente, comme effrayée par ma présence. Elle prend peu à peu conscience que je vais rester, elle teste un peu ma résistance, pour savoir si je tiens suffisamment à elle et à eux.

Toujours Camille me rassure. Patience, tout ira bien.

À cette époque, nous nous rendons ensemble à un événement sportif. Happé par la foule, Camille improvise une séance de dédicaces. Jazz fond en larmes. Je la rassure en lui expliquant que son papa doit travailler un peu, puis qu'elle l'aura pour elle toute seule. Confortablement installés dans le canapé, avec Simba et toute la bande, ils seront les rois de la savane, devant la télé.

Nous avons alors cet échange, boudeur d'abord, puis franchement gai :

— Mais ce n'est plus moi, son amoureuse, à papa, c'est toi !

— La première amoureuse de papa, c'est toi, et pour toujours. Tu sais pourquoi ? Parce que papa serait très triste de ne pas m'avoir mais il ne pourrait pas vivre sans toi. Quand il signe des autographes, il ne pense qu'à toi. Quand il fait la salade de pâtes, il ne pense qu'à toi, et même quand il fait caca, il ne pense qu'à toi.

Son rire a scellé à jamais notre famille recomposée.

*

« Cette dernière phrase représente exactement Alice. Son empathie envers Jazz n'a fait qu'accentuer l'amour que j'avais pour elle. La voir réfléchir à sa place tous les jours, sentir le poids du passé et son envie de bien faire...

J'étais assez convaincu que la rencontre des deux femmes de ma vie se passerait bien, mais je ne savais pas vraiment sur quel pied danser. Les voir ensemble me rendait euphorique, mais j'étais terrifié de faire souffrir Jazz et d'échouer avec Alice.

Maintenant, je sais que toujours, avec les hauts et les bas, je me battrai pour elles. »

Accident de parcours

Avant de me rencontrer, Camille avait entrepris la publication d'un livre. Il avait rencontré un auteur, à qui il avait confié sa vie sans synthèse ni message, à l'instinct, pour qu'il rédige un ouvrage avec lui. Tout ne s'est pourtant pas passé comme il l'avait imaginé.

En tant qu'athlète de haut niveau, Camille a vécu pendant des années au cœur d'un cercle vertueux constitué de gens de confiance, agent, coach, kinés, préparateurs mentaux, qui se chargeaient de gérer pour lui son image, ses revenus, son planning, son alimentation, sa récupération. Son job à lui, c'était de nager et de viser la performance. S'il gagnait, tout le monde gagnait avec lui. Pour remporter la première place, le conditionnement à la réussite est primordial et l'effort exigé particulièrement rigoureux et intense. Focalisé sur son objectif de médailles, Camille n'avait pas vraiment conscience de ses prouesses. La victoire ne pouvait que lui appartenir, elle lui appartenait même déjà avant qu'il ne plonge dans l'eau. Il est sorti des bassins avec l'idée que tout, dans la vie, fonctionnait de cette façon. Chacun sait ce qu'il a à faire et agit en expert.

Passé de l'ombre à la lumière un jour d'été 2010 en décrochant sa première médaille de champion d'Europe, le jeune homme mal à l'aise avec les femmes s'était retrouvé propulsé au rang de sex-symbol. On lui proposait des contrats publicitaires plus élevés qu'un salaire de facteur sur toute une vie – et facteur, dans sa famille, on l'était depuis trois générations avant lui –, on le trouvait drôle où qu'il aille, intéressant. Aux yeux de Camille, le plus épatant n'était pas d'être quintuple champion du monde et d'Europe de natation, mais d'avoir épousé une Miss France, que ses fans se jettent à ses pieds en lui tendant leur numéro de téléphone ou que le président Sarkozy prenne des nouvelles de sa fille, dont il se rappelait le prénom.

Voilà ce qu'il raconte à celui qui tient la plume. Ses milliers d'heures passées à nager vite et fort sont soporifiques, à côté des paillettes que ses médailles lui ont valu. L'éditeur ne s'y trompe pas, qui préfère orienter le récit vers les aspects croustillants de sa vie et survoler ce qui aurait pourtant pu donner lieu à une vraie réflexion sur la discipline sportive, l'effort, le don de soi. Pour parfaire le produit, le texte est emballé dans une couverture digne d'un magazine people, bardé d'un titre tapageur. De quoi faire tourner les rotatives des tabloïds !

Empreint d'une réelle simplicité et habitué depuis toujours à faire confiance, Camille n'y voit que du feu.

Après tout, la maison d'édition connaît son travail, elle sait ce qui est bon pour lui. La première fois qu'il m'en parle, le projet est très avancé. L'auteur lui envoie les chapitres au fur et à mesure pour qu'il les valide. Je lis les premiers, qui évoquent son enfance, et les trouve réussis. La couverture et le titre, en revanche, me laissent perplexe. Nous nous connaissons depuis trop peu de temps pour que j'ose lui donner mon avis – qu'il ne me demande pas, d'ailleurs. Je me permets tout de même de lui demander s'il est conscient de l'impact que ce livre pourrait avoir sur nos vies.

Quelques semaines plus tard, mes craintes se réalisent, et je comprends pourquoi Camille ne m'a pas fait lire la seconde moitié de *Cinquante Nuances de bleu*. Mais il est trop tard pour faire machine arrière, le livre est à l'impression et Camille a déjà donné une interview pour « Sept à huit » sur Tf1.

Les premiers retours sont mitigés. Seul l'agent de l'époque de Camille est dithyrambique. Les autres, plus modérés, reconnaissent que c'est « un pari osé ». Je demande à Camille d'être honnête et de me dire ce que contient son livre. Il me répond de façon évasive. Au pire, plaisante-t-il, nous n'aurons qu'à serrer les dents quelques mois !

Trois jours avant la sortie de l'ouvrage, il me transmet l'intégralité du texte, que je ne lis pas tout de suite : nous partons en week-end et, de toute façon, il est trop tard pour y changer quoi que ce soit.

*

À notre retour, nous sommes plus proches que jamais. Nous avons abordé le sujet des enfants et, timidement, nous sommes mutuellement avoué notre désir d'être parents. Nous sommes sur le point de sortir dîner quand je reçois un texto, qui m'invite à regarder l'interview de Camille, à la télévision. Nous nous installons ensemble sur mon canapé.

Le sujet s'intitule « Camille Lacourt, les femmes, la notoriété, l'argent », et tout y passe : vanité, révélations intimes, humour approximatif. À peu près aucune allusion à sa carrière sportive, rien que de la surface, et pas des plus brillantes.

Pour la première fois, je me demande si Camille est aussi profond que je l'imagine. Peut-être derrière la façade n'y a-t-il qu'un grand vide. J'ai honte que ma famille et mes amis, qu'il a rencontrés, aient visionné un tel portrait de l'homme qui partage ma vie. J'ai honte pour moi : je ne suis que la centième poule pendue au bras de ce serial dragueur. J'ai honte pour mon père, qui ne serait pas fier de sa fille. J'ai honte pour ma mère, qui nous a élevées avec des valeurs féministes et qui doit s'inquiéter. Je suis aussi très choquée par les dégâts que peut causer une mauvaise gestion de carrière.

Camille a manifestement fait le choix de la personne qu'il désire être. Ce choix ne me convient pas. Nous nous séparons sans un mot sur le pas de la porte alors que je lui demande de partir.

*

Les jours suivants, nous sommes malheureux tous les deux. Entre nous s'est installé un dialogue de sourds. Camille tente de m'expliquer que ce n'est pas l'image qu'il souhaitait donner de lui, ce que je refuse d'entendre. À mes yeux, il est seul responsable de ce qui s'est produit.

Un ami journaliste m'explique un peu mieux le fonctionnement de l'édition. Selon lui, il n'est pas le premier sportif à se faire avoir à ce jeu : dire ce qu'on ne souhaite pas révéler, puis se laisser convaincre par une équipe de pros que les gens vont adorer. L'éditeur ne cherchait pas un prix Goncourt, il veut vendre. Peu importe si c'est au détriment de la personnalité qui signe. Mon ami me rassure, cependant : dans quelques semaines, tout sera oublié.

Cette expérience m'a fait prendre conscience qu'il faut garder un œil vigilant sur les médias. Une mer d'huile peut cacher un tsunami et votre notoriété se retourner contre vous. Heureusement, une fois que la déferlante se retire, le soleil revient, le plus souvent, et les mouettes se remettent à crier. Chacun reprend le cours de sa vie, vous laissant choqué par ce qui vient de se produire.

La publication du livre de Camille m'a aussi permis de reconnaître mes limites. Comme d'autres, j'ai tourné les talons, je ne l'ai pas soutenu dans ce moment difficile.

Lorsqu'on aime quelqu'un, on ne l'abandonne pas dans l'épreuve, tout comme on le prévient, autant que possible, s'il file un mauvais coton. J'aurais dû m'ouvrir plus clairement de ce que je pensais du titre et de la couverture de son livre. Je lui en veux de ne pas nous avoir mieux protégés. Je nous en veux de ne pas nous être mieux préparés ensemble.

Pourtant, malgré notre chagrin et nos blessures, il flotte entre nous comme une évidence : ni Camille ni moi ne souhaitons nous séparer. Pour avancer, nous devons mieux communiquer, rester soudés et nous faire mutuellement confiance. Je peux, je veux devenir cette personne pour lui. En retour, il doit apprendre à mieux me rassurer. La fuite n'est une solution pour personne.

De nouveau complices, nous nous faisons la promesse d'essayer de devenir, à chaque instant, la femme et l'homme exemplaires que nous souhaitons être pour nos enfants.

*

« J'ai commencé à travailler sur ce livre au cours de l'été 2018, à une époque où je me sentais seul et perdu. Je n'avais qu'une boussole, et seulement une semaine sur deux. Le reste du temps, je remplissais un vase percé. En publiant ce livre, je voulais montrer la dimension humaine du champion, mes failles, ma vulnérabilité. Je rêvais que mon parcours inspire d'autres gens. Pendant des jours entiers, j'ai parlé de ma vie, de mes victoires, de mes doutes, de mes peurs, de la folie de la notoriété qui était en train de me submerger, de bassins et de compétition. Le résultat n'a pas été à la hauteur de mes ambitions.

Ce livre, je l'ai dédié à ma fille et à mes futurs petits-enfants. Aujourd'hui, j'espère qu'ils ne tomberont jamais dessus. Avec le recul, j'ai compris que j'avais vendu un personnage de chevalier imbuvable comme pour me jeter à la figure qu'il fallait que ça s'arrête. J'avais besoin de me salir, pour mieux rebondir après avoir touché le fond. Je ne veux pas me justifier, j'assume ma bêtise, et je m'investis désormais bien davantage pour devenir une meilleure personne.

Alice a craqué. En vérité, je la comprends. Pourtant, le soir où l'interview a été diffusée, je lui en veux terriblement : à ce moment-là, je n'ai ni la force ni le courage de m'en vouloir à moi-même... Ça viendra, mais là, c'est trop violent. Car, en plus de me faire larguer et dégager de l'appartement d'Alice, en plus de la tristesse d'avoir tout gâché, je me rends compte que la personne que je viens de voir à la télé m'est détestable. C'est un sentiment que je n'avais jamais connu, profond et tranchant. Moi qui ai été un champion, je suis mon plus grand échec.

Il faut que ça change. Je me le promets. Pour les gens que j'aime, ma fille, Alice et ma famille, je dois arrêter de faire semblant et devenir qui je veux être. Première étape : le savoir.

Heureusement, Alice est là et je peux lui faire confiance. Je dois avancer pour ne pas la voir partir sans moi. »

Sois belle et tais-toi

À Paris, j'aimerais qu'on me confie des rôles, mais n'ayant pas encore de contacts dans l'audiovisuel, je me cantonne à des contrats de mannequin. Je suis contente, à trente-deux ans, de pouvoir continuer à travailler dans le domaine. Pour que cela dure, je dois me montrer plus rigoureuse et persévérante que jamais. Je dois bouger, prendre soin de mon corps, de ma peau. Y investir beaucoup d'efforts, de temps et d'argent. Les traitements contre l'acné, dont je souffre depuis toujours, les crèmes, les soins sont affreusement coûteux.

Mon corps est mon outil de travail et je n'ai de cesse de relever mon niveau d'exigence. En Asie, on aime les filles minces à la peau parfaite et, comme bien d'autres, je me suis laissé tenter par la chirurgie esthétique. Un soir, en sortant avec des copines, un médecin avec qui je discutais m'a montré l'envers du décor : à telle fille installée plus loin il avait effacé les pattes d'oie, à telle autre il avait injecté les pommettes… Je n'en revenais pas, et le résultat était plutôt probant ! Après m'avoir inspectée comme un acheteur qui visite un appartement, il m'a expliqué qu'à mon âge, vingt-sept ans, il était temps de prévenir le relâchement cutané. Puis il m'a proposé de venir à son cabinet, il m'offrait une consultation. Ce n'est qu'après avoir reçu la première injection de toxine botulique dans le front que j'ai compris l'effet pervers de la chose : la toxine botulique n'agit qu'entre trois et six mois. Tout ce temps-là, la peau est parfaite, les rides effacées. Ensuite, il faut recommencer. Je n'en ai jamais abusé, mais j'ai cédé aux sirènes une fois par an.

À mon retour en France, les standards ont commencé à changer, surtout depuis le décès de Karl Lagerfeld, le pape de la mode. On n'en est plus tout à fait aux années Kate Moss, où la maigreur faisait figure d'idéal esthétique. Kate Moss, la femme rock, indépendante, féline, émancipée des joutes masculines alors qu'elle en était le fruit. Avec ses vestes portées sans soutien-gorge et ses jeans troués aux genoux, elle faisait mine de se moquer des codes, alors qu'elle en établissait de nouveaux. Moi aussi, j'ai œuvré aveuglément pour cette dictature et, même si les lignes bougent, même si le naturel redevient une tendance de fond, il est difficile de s'extraire des modèles qu'on a soi-même contribué à forger. D'autant qu'en fréquentant Camille, je m'expose à la critique et à la jalousie. Camille n'a pas que la réputation d'être un bel homme, il l'est réellement, et ma place à ses côtés est convoitée.

*

En ce mois de mars 2019, je n'ai donc pas renoncé à ma quête de perfection esthétique. J'ai besoin d'assurer mon indépendance financière, et donc de travailler dans les meilleures conditions possible, et je veux plaire à Camille.

Tous les deux, nous avons trouvé un rythme de croisière, plus apaisé, où chacun dispose de la liberté d'entreprendre et de devenir qui il souhaite. Libéré de ses complexes, Camille est plus beau chaque jour et, même si nous nous vouons une confiance absolue, je dois reconnaître que j'ai peur de le perdre. Mais je dissimule mes craintes et mets la barre très haut : à la hauteur de l'admiration que je lui porte.

C'est là que je franchis le pas de trop. Sur la recommandation d'une amie, je prends rendez-vous chez un chirurgien esthétique pour faire combler mes rides. J'ai hésité, car le procédé est assez mal vu dans le cinéma. Mais, tant que c'est le mannequinat qui me fait vivre, je m'astreins à un standard élevé. Je ne parle pas à Camille de ce jardin secret et de la contradiction dans laquelle je me trouve : prôner l'indépendance et le naturel, mais céder à des diktats féminicides. Pour faire taire mes tergiversations, je coupe la poire en deux : OK pour cette injection, mais c'est la dernière.

Hélas, en rentrant de Bourgogne à la fin du weekend, je m'endors sur l'épaule de Camille. Le lendemain matin, je me réveille avec l'impression étrange d'avoir les yeux collés. J'ai les paupières lourdes et gonflées, comme si j'avais encore besoin de douze heures de sommeil. Dans le miroir de la salle de bains, je constate que mon œil gauche est presque totalement fermé. Sans doute un orgelet ou un bon début de conjonctivite, me dis-je en me recouchant. Mais, la tête sur l'oreiller, je me mets à cogiter. Et si c'était dû à l'injection de Botox ? Une heure plus tard, sans la moindre amélioration, je décide de me présenter au cabinet dès l'ouverture.

Le médecin est très embêté. Il me demande si j'ai touché à la zone injectée, si j'ai bien fait attention en me démaquillant. Et soudain, cela me revient : je me suis endormie, le front contre l'épaule de Camille ! Ce qui m'arrive est très rare, ce n'est vraiment pas de chance. D'autant que le produit, dans le front ou dans ma paupière, va mettre plusieurs mois à se résorber.

Je suis effondrée. Comment ai-je pu mettre ma vie professionnelle, mon couple, mon estime de moi-même à ce point en danger ? Je vais devoir annuler tous mes contrats à venir. Je ne peux rien faire d'autre qu'attendre. Que vais-je dire à mes clients ? Et à Camille ? Il va me quitter, c'est certain. Il va me rire au nez, moi qui lui prodigue tant de conseils et parle à tout bout de champ de confiance et d'authenticité. Je voulais être parfaite, voilà le résultat. Par vanité, je vais tout perdre, copain, travail et argent. Je m'en veux tellement…

Je rentre chez Camille qui m'attend pour déjeuner et prétends souffrir d'une conjonctivite sévère. Heureusement que ce n'est que ça, me lance-t-il en plaisantant, parce que j'ai vraiment une drôle de tête !

Ma honte est si grande que je prends un train l'après-midi même pour retourner en Bourgogne. Je vais passer trois semaines chez ma mère, sans grande évolution. Mon œil reste fermé, affaissé, je suis défigurée. Un soir, alors que Camille s'inquiète et s'impatiente, je dois tout lui avouer. En larmes, je lui explique tout d'un trait au téléphone, Hong Kong, le travail, la pression, le niveau de rigueur que j'essaie de maintenir, l'envie de lui plaire. Il m'écoute en silence puis, lorsque c'est son tour, lâche dans un long soupir :

— Tout ça pour ça ? Et moi qui pensais que tu me cachais quelque chose de grave ! Ou, pire, que tu ne m'aimais plus, tu étais si fuyante… J'aimerais te dire que tu n'as pas besoin de ces injections pour être belle et pour travailler, mais ce n'est pas le moment. Je suis surtout déçu de constater qu'on en est là, tous les deux. Tu pensais vraiment que j'allais te quitter pour un truc pareil ?

Sa réponse est cinglante de bon sens. Je suis confuse et me sens encore plus bête de n'avoir pensé qu'à moi, sans envisager les choses sous cet angle. J'étais tellement obnubilée par ma peine que je n'ai pas imaginé une seconde que mon attitude pourrait le vexer ou le blesser. D'un autre côté, je suis fière de le savoir si ferme dans notre relation, et soulagée d'un grand poids.

— Allez, rentre à la maison, reprend-il, tu me manques. On ne dira rien à personne si c'est ce que tu veux.

Quelle chance… Les personnes qui me sont le plus chères ne m'ont pas jugée un instant. J'ai pu compter sur le soutien indéfectible de ma mère et de mes sœurs, j'étais bien assez punie par moi-même pour qu'elles aient besoin d'en rajouter. Et mon homme est si présent ! Oui, quelle chance d'être ainsi entourée, aimée d'un amour inconditionnel ! Voilà ce que je souhaite insuffler à mes enfants : « N'aie pas peur, accomplis ce que tu souhaites même si cela paraît fou, je serai toujours là pour te rattraper si tu tombes. »

Les deux mois qui suivent, incapable d'honorer mes contrats de mannequin, je travaille comme baby-sitter et comme serveuse. J'en profite pour faire beaucoup de sport afin d'être en bonne condition physique pour reprendre le travail dès que ce sera possible. Je compense ma beauté lésée par un surplus d'humour. Camille me renvoie la balle systématiquement et se montre très tendre. Il ne s'est pas engouffré dans la brèche, il a compris à quel point j'ai eu honte. Je ne pouvais pas trouver meilleure preuve de son attachement. Il est l'épaule sur laquelle je peux me reposer – et je me promets, évidemment, de ne plus jamais faire d'injection de toxine botulique !

Cette douloureuse expérience m'a permis de prendre conscience que mon physique, que j'aimais tant mettre en avant, m'est inutile pour retenir un homme auprès de moi. Alors que je n'avais pas d'autre choix que d'assumer d'être laide, effrayante même, j'ai été aimée pour ce que je suis. Camille ne cessera, par la suite, de m'en donner de nouvelles preuves.

Je suis encore affublée de mon œil borgne quand il me demande de poser pour de bon mes valises chez lui. Une nouvelle vie commence à trois.

Découverte fortuite

J'ai gardé de son duplex haussmannien des souvenirs presque amoureux. Effluves de vieux parquet, de repas et de lessive, grands volumes et lumière, premiers souvenirs de couple et de famille… Quand nous en sommes partis, j'ai mis un point d'honneur à le quitter la dernière, comme pour rendre hommage aux lieux où s'était jouée une partie essentielle de ma vie. Trop grand, trop cher, au-dessus de mes moyens en tout cas, je ne m'y sentais pas vraiment chez moi. J'avais envie d'un appartement à notre mesure, qui nous ressemblerait à tous les trois, Camille, Jazz et moi.

Aborder les questions financières n'est pas forcément évident quand on entame une relation, mais Camille et moi sommes issus du même milieu social, ce qui nous a facilité les choses. J'aspire à une vie simple où l'on se déplace en métro et s'autorise quelques virées shopping, quelques restaus, un taxi parfois. Tant de couples explosent lorsqu'ils rencontrent des soucis d'argent ! Moi, je veux une famille solide, dont la survie ne dépende pas des conditions financières. Camille est prêt à renoncer à la vie très confortable à laquelle il s'est habitué. Il me fait confiance, il a envie d'avancer. Je dois pourtant avouer que, la première fois que nous avons lancé une machine et étendu le linge ensemble, j'ai craint de passer pour une mégère castratrice ! Mais non, il a accepté avec intelligence de renouer avec des occupations terre à terre.

Ce jour d'août 2019, nous faisons une pause au milieu des cartons. Nous devons emménager dans quelques semaines dans un appartement plus modeste et chaleureux du XVIIe arrondissement. Allongés tous ensemble dans l'immense canapé, nous regardons *Le Roi Lion* pour la vingt-cinquième fois. C'est l'été, il fait chaud, ma tenue est légère et je prends mes aises. J'ai passé le bras gauche derrière ma tête et, du bout des doigts de la main droite, je joue distraitement avec le galbe de mon sein. Soudain, je crois déceler une petite boule et suspends mon geste. Je dois vérifier, mais je n'ai pas envie de me livrer à un examen intime en règle dans le salon. On verra ça plus tard, quand le film sera fini.

N'y tenant plus, intriguée par cet indice incongru, je me lève pourtant au bout de quelques minutes et m'isole dans la salle de bains pour en avoir le cœur net. Je palpe et palpe encore, sans rien trouver. Je reprends la position qui était la mienne dans le canapé, bras derrière la tête pour bien étendre le muscle, et sens de nouveau la boule sous mes doigts. Une forme ronde et dure, grosse comme une bille. S'agit-il d'un kyste ? Dois-je m'inquiéter ? Mon amie Oriane a eu la même chose récemment, une mammographie l'a complètement rassurée… Et si c'était un cancer ? Je me tempère : je viens d'avoir trente-deux ans, c'est un peu jeune pour un cancer… Mais ma copine Lola n'avait que vingt-huit ans quand on lui a diagnostiqué un « triple négatif », je ne sais pas vraiment ce que cela signifie, mais ce n'était pas bon du tout… Bon, de toute façon je dois prendre rendez-vous chez un gynécologue pour un frottis, j'en profiterai pour lui montrer cette boule et je serai vite rassurée. Une chose pareille ne peut pas m'arriver.

Dans les jours qui suivent, Oriane me donne les coordonnées de son gynéco et me félicite d'avoir écouté ses conseils. En ce moment, après avoir essayé de convertir tout le monde à la cigarette électronique et aux baies de goji, elle est à fond sur l'autopalpation mammaire et me rappelle chaque mois de le faire. « La prévention, c'est important ! » répète-t-elle à qui veut l'entendre. Je souris, mais la présence de cette boule s'est logée dans un coin de mon esprit.

Prise par la douceur de l'été et de mon amour avec Camille, je tarde un peu à prendre rendez-vous. Le médecin ne peut pas me recevoir avant la rentrée. Au fond, me dis-je, tout cela peut attendre, on a toute la vie.

*

Je me présente au cabinet, dans le XVIe arrondissement, un peu surprise de trouver l'endroit si guindé. Il me faut un moment pour comprendre que la moitié de la salle d'attente a rendez-vous avec le chirurgien esthétique qui partage les locaux. Je rencontre un gynécologue charmant, qui prend soin, tandis qu'il procède au frottis, de m'expliquer chaque étape pour me mettre à l'aise. J'apprécie son attitude bienveillante et me sens à l'aise pour lui parler de la boule dans mon sein gauche.

Il procède à une palpation, ne sent rien et je dois la lui faire toucher moi-même car elle est plutôt profonde. Sans s'émouvoir, il m'interroge sur mes antécédents familiaux et me prescrit une mammographie en ville. Je ressors, rassurée par son attitude calme et posée, après m'être délestée de 110 euros auprès de sa secrétaire. La note est salée ! J'envoie une vidéo à Oriane pour la faire rire : « 110 balles, ma vieille ! Pour un coton-tige dans la foufoune ! À ce prix-là, j'espère qu'ils vont au moins me trouver un cancer ! » Je ne croyais pas si bien dire…

*

Camille m'emmène à la mammographie. Nous sommes tellement convaincus que cette boule est bénigne que nous sommes parfaitement détendus. Il patiente en salle d'attente pendant que je subis l'examen. La radiologue doit s'y reprendre plusieurs fois pour obtenir un cliché interprétable. Pendant ce temps, je patiente, torse nu. Plus le nombre de clichés augmente, plus mon inquiétude grandit. On est loin du kyste que j'espérais… Mais la radiologue se veut rassurante : pour dissiper les doutes, elle me recommande de pratiquer une biopsie.

Je reste optimiste. Tout ira bien.

*

Philippe et Maxime, son fiancé, séjournent à la maison quelques jours. Camille et moi avons concocté un super planning pour leur faire découvrir nos endroits préférés. Traverser Paris en trottinette, s'arrêter pour avaler un milkshake ou prendre des photos de la tour Eiffel, j'en oublierais presque que j'ai rendez-vous pour la biopsie.

Après le déjeuner, nous abandonnons nos amis au soleil, au bord de la Seine. Mon rendez-vous me paraît anachronique dans cette atmosphère de vacances. C'est un mauvais moment à passer qui sera bientôt oublié. Mais mon insouciance s'envole dès que je franchis le seuil de la clinique. En m'habillant ce matin, j'avais envie de me faire jolie, j'ai mis un jean blanc et un débardeur corail, des boucles d'oreilles dignes d'une soirée sur la plage, des sandales à talon.

Tandis que je patiente, debout, dans la salle d'attente, une femme attire mon regard. Quel âge peut-elle avoir ? Elle a l'air épuisée. Elle a coiffé tant bien que mal les rares cheveux qui lui restent. N'a-t-elle pas conscience que c'est affreux ? Pourquoi ne porte-t-elle pas un chapeau ? Personnellement, je ne pourrais pas assumer ce physique… Elle est assise, stoïque, comme si tout était normal. Soudain, je prends conscience qu'elle est malade et que ses préoccupations sont tout sauf esthétiques. Je frissonne dans mon débardeur estival. Cette femme, ce pourrait être moi.

Une dame vient à notre rencontre et nous propose un siège dans une pièce isolée. Ce traitement de faveur me met mal à l'aise, d'autres personnes mériteraient ce confort bien plus que nous. Mais elle a l'air si contente de nous avoir reconnus que nous acceptons sa proposition. Les choses se poursuivent ensuite sur le même ton. Le médecin, affable et chaleureux, me parle tout de suite de son admiration pour Camille. C'est une chose à laquelle je me suis habituée, même si chaque fois j'en garde une légère impression de malaise. Le rapport aux autres est biaisé et la légèreté des échanges mondains parfois déplacée. C'est le cas ici, j'ai l'impression que le médecin s'intéresse plus au palmarès de mon homme qu'aux raisons qui m'amènent. Puis soudain, une blague fuse : « Vous êtes courageuse d'être venue en pantalon blanc ! » Je ne la comprendrai qu'une fois allongée sur la table d'examen.

La biopsie est un acte invasif intense et sanguinolent. On m'administre un anesthésiant et le praticien enfonce à plusieurs reprises une sorte de longue tige dans ma poitrine. J'ai envie de vomir et me rassure comme je peux. Des milliers de gens subissent ça tous les jours, dans quelques minutes ce sera fini. Je ferme les yeux pour tenir et respire aussi calmement que possible.

Je les rouvre en entendant le médecin qui me lance :

— Ma collègue s'est montrée bien zélée. À sa place, je ne vous aurais pas fait perdre votre temps. Au vu des informations dont je dispose, vous n'avez pas le profil pour un cancer. Je suis sûr de moi, à 99 % !

Je suis agitée par des sentiments contraires. Si je n'ai pas le profil, qu'est-ce que je fais ici ? On ne s'inquiète pas pour rien, si ? Mais le médecin poursuit :

— Dans le cas d'une suspicion de cancer, le protocole veut que je laisse un clip de repère à l'endroit où j'ai effectué le prélèvement, qu'on retire après analyse. Comme je suis certain que la biopsie ne révélera rien, êtes-vous d'accord pour que je ne laisse pas de témoin ? De cette façon, vous n'aurez pas à revenir pour l'enlever.

Sa question achève de me soulager. Bien sûr que je suis d'accord ! Je n'ai aucune envie de revenir, approchez, que je vous serre dans mes bras ! Je n'ai pas le profil, je ne serai jamais un épouvantail en chimio qui s'accroche à ses cheveux. Je vais retourner en terrasse avec mes amis, profiter du soleil et de ma tenue de plage. Mon Camille m'attend dans la pièce à côté, merci de votre accueil, nous, on file faire du shopping.

Il faut encore, cela dit, passer à la caisse : la clinique refuse l'attestation que m'a fournie la Sécurité sociale. Après plusieurs années à l'étranger, mes droits sont ouverts mais je n'ai pas encore récupéré de carte Vitale. Je dois m'acquitter sur place du montant total de la prestation, soit près de 2 000 euros de ma poche. Je repars confuse, aussi accablée qu'énervée, avec mes pansements et une boîte de Doliprane.

*

Nous déménageons quelques semaines plus tard avec l'aide de nos deux familles qui trouvent l'occasion rêvée de se rencontrer. Commence une joyeuse période de camping : nous dormons par terre sur des matelas, mangeons des pizzas à même la boîte, c'est l'aventure, Jazz est ravie. Elle aime le monde, s'endormir et se réveiller dans le salon qui a pris des allures de dortoir, et répète à longueur de journée les mots de son père : « Nous changeons de maison parce que nous allons écrire une nouvelle page ensemble ! »

Je crois n'avoir jamais connu un tel bonheur. Je ne ressens aucune crainte. Bien sûr, rendre Camille et Jazz heureux me met un peu la pression, mais c'est une exigence positive. Et je n'ai pas vraiment le temps de réfléchir : il faut aménager notre nouvel appartement et trouver des solutions. Jazz a troqué un étage entier pour une simple chambre d'enfant. Son père et son grand-père lui fabriquent un lit en mezzanine sous lequel ils installent un bureau. La mère de Camille et moi lui préparons une décoration avec des lampes à pompons et des cœurs. Avec ses yeux d'enfant, Jazz ne voit qu'une chose : sa chambre est près de la nôtre.

Les meubles trouvent peu à peu leur place. Nous en peignons certains en « bleu papa », notre couleur préférée, celle des yeux de Camille. Bientôt, nous contemplons la première version de notre salon, ouvert sur la cuisine. Nous touchons du doigt un rêve : vivre ensemble et tout partager dans cette grande pièce, les devoirs, le baby-foot et les fléchettes, la préparation des repas. Il reste des cartons partout mais peu importe : nous avons la vie devant nous, une maison de famille et la certitude que tout ira bien.

*

« Cet été-là, rien ne peut ternir notre bonheur. Je n'ai plus peur de te perdre, notre couple est solide et se renforce chaque jour. Notre amour a besoin d'être nourri et nous ressentons, toi et moi, le besoin inextinguible de rendre l'autre heureux. Nous sommes si bien que cette petite boule, dans ton sein, n'est pour moi qu'un détail à régler. Le plus tôt sera le mieux, laisser traîner serait anxiogène. Alors, optimiste, je te rassure avec un aplomb qui m'étonne moi-même. J'y crois si profondément ! Ce n'est qu'un détail et on va l'oublier. Les examens sont des moments un peu difficiles, ils nous tirent sans tendresse de notre quotidien plein d'amour. Pourtant, face à la maladie, l'enthousiasme et l'envie d'y croire sont plus forts. L'espoir l'emporte au point que, pas une seconde, je ne me prépare au pire. Le ciel est bleu, aucune tempête à l'horizon... »

Ce n'est pas bénin

Je reprends le travail très vite, avec des essayages dans le Xe arrondissement. Je me régale de la promenade à travers les rues, mon vieux casque que je traîne depuis Hong Kong et New York sur les oreilles. J'aime marcher, engloutir des kilomètres de ville. Aujourd'hui, j'ai rendez-vous pour une séance de « *fitting* ». Mes mensurations correspondent à la taille Small de la marque et la préparation de la nouvelle collection bat son plein. Mon rôle consiste à enfiler les prototypes d'atelier, à bouger avec et à commenter ce que je ressens pour que les stylistes puissent les corriger. Il ne faut rien oublier, car un vêtement mal conçu ne se vendra pas.

J'ai travaillé en *fitting* en France et à l'étranger. Je me rappelle un client particulièrement intransigeant à Hong Kong, chargé de la fabrication pour une marque américaine de standing. Pour une question de proportions et de morphologie, les mannequins d'essayage devaient absolument être européennes ou américaines. Nos rémunérations dépassaient souvent de beaucoup celles des stylistes locaux, qui en retour se montraient d'une exigence presque impossible à satisfaire. J'ai passé des heures immobile, perchée sur des talons hauts, pour leur laisser tout le loisir d'observer chaque pli du vêtement que j'avais enfilé. Ils me tournaient comme si je n'existais pas, me demandant d'adopter une posture toujours plus droite, idéale pour eux mais pas du tout confortable pour moi. Je me suis longtemps demandé pourquoi ce client ne faisait pas ses essayages sur un mannequin en plastique.

Personne n'est droit dans la réalité, le corps est fait d'asymétries qui s'accentuent avec le temps et la fatigue. Les femmes, en particulier, ont tendance à avoir une épaule, celle sur laquelle elles portent leur sac à main, plus affaissée que l'autre. Chacun a un bras, une jambe plus musclée, des postures préférées, etc. qui disent beaucoup de la personnalité. Un vêtement est fait pour vivre, il doit être le contraire de l'uniformité. Certaines maisons l'ont compris et cultivent ces différences, sans se fonder sur l'idéal d'un bassin en 36.

La créatrice avec qui j'ai rendez-vous respecte une charte de mesures propre à l'identité de la marque mais n'hésite pas à raccourcir une robe ou à ouvrir un décolleté. Je porte encore les pansements de la biopsie et des hématomes sont apparus autour des trois points où j'ai été prélevée. Impossible de les cacher quand on essaye des prototypes printemps/été. J'ai hésité à prévenir l'équipe, voire à annuler la mission, mais finalement décidé de faire comme si de rien n'était. Il suffira de prendre un ton léger et de prétendre que je me suis fait retirer des kystes, une simple formalité. Pas question de les inquiéter, de semer le doute ou de susciter la pitié. Je dois être fiable, disponible. De toute façon, les résultats de la biopsie seront négatifs.

Je suis dans la cabine d'essayage lorsque je reçois une notification d'e-mail. C'est le cabinet médical. Ce n'est ni le lieu ni le moment de l'ouvrir, mais je ne peux pas résister. Le message est formel et m'invite à reprendre rendez-vous. Je suis perplexe : quand les analyses ne montrent rien d'anormal, est-il d'usage de faire se déplacer les patientes et de leur demander 110 euros pour le leur annoncer ? Et si, au contraire, c'était l'indice que mes résultats sont mauvais ? C'est impossible, le médecin qui a pratiqué la biopsie m'a assuré que tout irait bien. Bouillante d'inquiétude, je décide de répondre sur-le-champ, en proposant de venir dès le lendemain matin et en demandant des précisions, si possible.

D'habitude, je range mon téléphone dans mon sac quand je travaille et je m'efforce de me consacrer entièrement à ma tâche. Beaucoup de mannequins sont scotchées à leur écran, je déteste ça. De toute façon, j'ai du mal à faire plusieurs choses à la fois ! Ma réponse envoyée, je sors de la cabine. Mon cerveau tourne à toute vitesse. Si les résultats étaient bons, le message n'aurait-il pas été plus explicite ? À moins qu'il s'agisse d'un problème bénin nécessitant une opération…

Quelques minutes plus tard, de retour dans la cabine, je constate que la secrétaire du cabinet m'a répondu :

« *Venez au cabinet demain matin à 9 heures, le docteur veut vous voir en consultation.* » C'est tout. Froid, sec, sans explications. Cette réponse me rend folle. Ce n'est pas possible, pas moi. On ne peut pas me l'annoncer comme ça. Non, non, non. J'ai plein de projets et aucune envie d'être malade. Cette secrétaire devrait apprendre le savoir-vivre. En plus, elle fait du zèle avec ce rendez-vous à 9 heures, comme s'il y avait le feu ! Quand je vais lui raconter ça, Camille ne va pas en revenir.

À la fin de la séance, je me rhabille presque à contrecœur, consciente que le moment d'appeler le cabinet approche. Pourtant, quand le styliste me rattrape avec des derniers modèles, je botte en touche et préfère remettre au lendemain, avant de sortir en affichant un sourire excessif. J'ai réagi un peu vite : demain, j'ignore de quoi ma vie sera faite.

Sur le trottoir, je relève les messages de mon répondeur téléphonique. Le premier me propose une isolation à 1 euro – je suis à deux doigts de porter plainte pour harcèlement thermique ! Le deuxième me serre le cœur : « *Coucou Alice, c'est maman. J'appelais pour prendre de tes nouvelles. Bon, on se rappelle bientôt, bisou, je t'aime.* » Depuis des années, ma mère enregistre le même message. Chaque fois que je l'entends, j'ai l'impression d'avoir manqué une occasion de lui parler et qu'un jour je n'aurai plus cette chance. C'est plus fort que moi, je me fais du mal mais je l'aime trop. Et aujourd'hui en particulier, maman, si tu savais à quel point cela me brise le cœur ! Le troisième message provient du gynéco.

Il n'y a plus de doute possible. Le ton qu'il emploie pour me demander de le rappeler est beaucoup trop formel, pas du tout rassurant, je dois m'attendre au pire.

Mes mains tremblent comme des feuilles quand j'appuie sur la touche de rappel. Il décroche rapidement. Je le presse de questions. Il bafouille une réponse dont je ne comprends qu'une chose : ce n'est pas bénin. Parcourue d'une sorte de courant électrique, je le supplie de me dire s'il s'agit d'un cancer. Le médecin me répète qu'il m'expliquera tout au calme dans son cabinet le lendemain. Les lésions, ça se soigne.

*

« Ça se soigne. » Super ! Mais comment ? Avec une chimio ? Ou pire encore ? Et c'est censé me rassurer ? Je suis abasourdie. Non, non, non. Ce n'est pas possible, pas ça, pas moi. On m'avait garanti que tout irait bien, il doit y avoir une erreur. J'avance dans la rue sans savoir où je vais, j'ai envie de courir, de fuir.

Je compose le numéro de Camille. Réponds-moi, mon amour, enfin non, ne réponds pas, tu n'es pas prêt à entendre ce que je vais te dire. D'ailleurs, que vais-je te dire ? Je ne sais rien d'autre que : « Ça se soigne. » Tu mérites d'être heureux, pas que je t'appelle pour t'annoncer de mauvaises nouvelles. Camille décroche. Sa voix que j'aime tant m'enlace.

Camille, Jazz et moi nous sommes donné un surnom affectueux : « Doudou ». Ce surnom que je donnais aussi à mon père, il signifie « je t'aime », tout simplement. J'aurais pu choisir « mon ange » ou « mon chéri », mais « Doudou » est le mot d'amour le plus fort de ma langue. Camille l'a bien compris et Jazz en est très fière, il a fondé notre tribu, soudé notre trio. Il nous met sur un pied d'égalité et pour ça je le trouve formidable. Et puis secrètement, chaque fois que je l'entends, je prends un shoot d'amour. Quand Camille décroche et lance « Coucou, Doudou ! », mon cœur explose et je lâche le peu d'informations dont je dispose dans un flot entrecoupé de hoquets. Il écoute, silencieux, encaissant l'uppercut.

Je ne me fais pas d'illusions, je suis certaine d'être atteinte d'un cancer. Mais je vais poursuivre ma journée, je l'appellerai plus tard pour qu'il vienne me chercher. Pour le moment, j'ai besoin de rester seule. De faire le point avec moi-même. Alors je marche. Pendant quelques heures, je tente encore de fuir la réalité. Mais je suis comme un zombie dans un film sur pause. À la caisse du magasin où j'achète un soin pour les cheveux, je reconnais la caissière. Aujourd'hui a l'air d'être un jour comme les autres pour elle. Pour moi, tout a basculé.

En m'asseyant un peu plus loin sur un banc, j'envoie un message à Camille : « *Je suis au métro bonne nouvelle.* » Je ne peux plus fuir, je suis face à moi-même. Le cancer, je connais, mon père en est mort. Je sais ce qui va arriver. Je n'ai pas envie d'y aller. Pas envie d'embarquer Camille et Jazz là-dedans, ils ne méritent pas tout ce malheur. Bientôt, je ressemblerai à cette femme dans la salle d'attente. Je n'ai pas envie de me montrer faible, diminuée. Je comprendrai si Camille veut me quitter, il a sa fille à s'occuper. On vient de fêter la première année de notre amour, la prochaine étape c'était le bébé. Pas le cancer !!

Peu à peu, les digues lâchent. Je pleure toutes les larmes de mon corps. Et si je ne devenais jamais maman ? C'est la première fois que je ressens autant de peine pour moi-même. Des personnes s'arrêtent, me demandent si j'ai besoin d'aide. Je secoue la tête, en résistant à l'envie féroce de tout déballer.

Au bout d'un moment, mon téléphone vibre. Camille me demande où j'en suis, il est impatient de connaître la nouvelle. La nouvelle ? De quoi parle-t-il ? Et soudain je comprends. Je suis au métro « Bonne Nouvelle » ! Oh, mon amour, comme j'aimerais te l'annoncer, celle que tu attends, te dire un jour que je suis enceinte de notre enfant. Mes larmes se remettent à couler de plus belle. Je suis ravagée.

Puis, n'en pouvant plus d'être assise sur ce banc, j'appelle un taxi pour rentrer. L'angoisse a laissé place à la fatigue, sur fond d'infinie tristesse. Dans le véhicule qui me ramène chez nous, je reçois ce message : « *On va surmonter ça ensemble, main dans la main, unis comme chaque épreuve du reste de notre vie.* »

Je me mords les lèvres. Ce n'est pas mon Camille qui a écrit ça. Mon Camille ne s'épanche pas. Notre relation change déjà et bientôt il me regardera avec les yeux de la pitié. Merci pour tes encouragements, mon amour, ton plan paraît cool, en théorie. Mais attends que je perde mes cheveux et commence à me pisser dessus. Tu es naïf au point de croire que tu m'aimeras encore ?

*

« Sans aucun doute, je me sens terriblement bête. « Bonne nouvelle », ces mots m'ont sauté au visage. Je me suis raccroché à ce que j'aurais voulu lire. Alice est forte et veut me le prouver encore, même si ce n'est pas utile... Quand je prends conscience de mon erreur, je m'en veux terriblement. Elle a besoin de moi et je ne comprends rien ! J'ai l'impression de mal commencer, de ne pas être assez présent pour elle. Je sais au fond de moi que c'est un cancer, l'information a explosé comme un pétard qui éclate quand on ne s'y attend pas : on sursaute, on a le souffle coupé, les oreilles qui sifflent, on voit flou.

Quand Alice m'a appelé, j'étais sur notre terrasse avec mon ami Carta. Le temps était agréable, on partageait un café, on parlait de nos vies, de nos amours, de nos projets. Carta a compris tout de suite que les nouvelles n'étaient pas bonnes. Lui qui parle tout le temps, il n'a rien dit et, en voyant mes yeux briller, a posé une main sur mon épaule. Les mots sont dérisoires dans des moments pareils et son geste a suffi à me faire comprendre qu'il serait là.

Lorsque Alice me prévient qu'elle rentre en taxi, Carta me laisse seul. J'ai besoin d'encaisser avant qu'elle arrive. Je serai toujours un peu perdu, mais plus complètement KO. Les yeux dans le vide, je laisse mon cerveau récupérer comme un ordinateur recharge après un bug. Au redémarrage, j'ai les réponses à des questions que je ne m'étais encore jamais posées. La plus évidente, c'est que j'aime Alice. Je serai toujours là pour elle, quoi qu'il arrive. Je sais aussi que je suis prêt à aimer Alice chauve. C'est violent, mais pas péjoratif, je suis juste prêt au pire. Assis sur le canapé devant la télé éteinte, je sais que je serai un roc qui résistera aux vents et marées… Je ne sais pas où l'on va, ma Doudou, mais je suis prêt, convaincu comme jamais je ne l'ai été. »

Un petit cancer

Étrangement, j'ai réussi à dormir, comme si j'avais voulu profiter de ce dernier sommeil avant de savoir à quelle sauce je serais mangée. J'étais bien dans les bras de Camille. J'ai chéri chaque minute, comme si c'étaient les dernières.

Oriane doit nous rejoindre à la clinique. Elle est la seule de mes proches que j'aie prévenue. Je lui ai demandé de m'accompagner dans le bureau du docteur, pour ne pas imposer à Camille d'avoir à le faire. Je veux lui donner la possibilité de s'écarter s'il le souhaite et je préfère qu'il le fasse maintenant plutôt qu'il reste sans oser partir, ce serait pire que tout. Nous ne sommes ensemble que depuis un an, c'est peu à l'échelle d'une vie, et j'ignore encore que je pourrai vraiment compter sur lui. Oriane est mon amie depuis dix ans, elle est un des piliers de mon existence, de ces amis qui n'ont plus rien à prouver. Je peux me reposer sur elle.

Sur le chemin, je demande à Camille si sa présence le dérange. Il me répond avec un aplomb qui me scie :

— Je veux t'accompagner, il me semble inenvisageable de ne pas être présent. Mais si tu préfères voir le médecin avec Oriane, je n'ai rien à dire, c'est ton choix.

Lui qui me laisse d'ordinaire prendre les décisions pour deux m'informe qu'il n'est pas d'accord. Il a l'air sûr de lui, il ne cédera pas sa place. Alors c'est bien toi, Camille, l'homme de ma vie ? Est-ce que tu as conscience de ce dans quoi tu te lances ? Je t'ai offert une porte de sortie que tu n'as pas prise, au contraire, tu as l'air décidé à entrer dans ce terrier sombre dont on ne connaît pas l'issue. L'amour que je ressens pour toi à ce moment est si fort qu'il me fait peur. Il me donne tellement envie de croire en nous, tant d'espoir. Or, l'espoir, ça peut être dangereux quand on a une si belle chose à perdre. Tu ne sais pas, toi, ce qui risque d'arriver. Tu ne sais pas ce qu'est la maladie, ce que c'est de voir dépérir les gens que l'on aime. Mais comment te le reprocher ?

*

— C'est un cancer. Un petit cancer.

C'est à peu près tout ce dont je me souviens. Je vis un cauchemar. Camille serre ma main et nous nous adressons un regard. Le même que j'ai jeté à mes parents un an plus tôt lorsqu'on nous a annoncé le cancer de mon père. Un regard de circonstance, pas pour se sourire ou se soutenir, juste un regard pour voir la tête de l'autre, pour observer sur son visage l'effroi qu'on ressent soi-même. L'histoire se répète.

« Un petit cancer. » Je repense à un brave monsieur en Bourgogne quand j'étais adolescente, qui venait chaque jour acheter de la 1664 à la guinguette de ma mère. Il se postait au comptoir et demandait « une p'tite bière », comme il aurait dit : « Je suis pas alcoolo, je prends juste une p'tite bière. » Je ne suis pas malade, j'ai un p'tit cancer. Un cancer gentil, super sympa, prénommé Chucky et qui tue des enfants.

Le docteur fait des dessins, me montre des exemples. On va opérer sans retirer le sein. Pas la peine, c'est un cancer gentil. En revanche, on va quand même faire des rayons pour être sûr qu'il ne se réveille pas.

— On retire quelques centimètres autour de la zone cancéreuse grâce au clip laissé à cet effet.

Les fameux clips dont le médecin qui a pratiqué la biopsie m'a dit qu'ils étaient inutiles. Ce médecin sûr de lui à 99 %...

Le gynécologue grommelle dans sa barbe, embêté, et poursuit ses explications auxquelles je ne comprends pas grand-chose. Je réitère mes questions jusqu'à l'agacer. Puis je demande qui va m'opérer.

— Eh bien, moi ! lance-t-il comme une évidence. Nous programmerons cela en clinique.

— Là où vous m'avez envoyée pour la biopsie ? Combien cela va-t-il me coûter, cette fois ? J'ai dû payer beaucoup de ma poche là-bas…

Il semble atterré. Et me rappelle qu'il s'agit de ma santé. Soudain je me sens bête, bête et pauvre en plus.

— Quand souhaitez-vous être opérée ?

J'ai l'impression de jouer à qui posera la question la plus absurde. Comment ça, j'ai le choix ? C'est un cancer de luxe ! Dans deux ans, c'est possible ?

— Le plus tôt sera le mieux, répond Camille, très concentré.

Le chirurgien feuillette son agenda, annonce qu'il part en vacances mais qu'à son retour il sera disponible. Je comprends, on a tous besoin de vacances. Si Chucky ne me tue pas d'ici là, pas de problème.

— Vous devez rencontrer un cancérologue avant l'opération, c'est le protocole. J'en connais un très bien à l'Hôpital américain, vous me permettez de prendre rendez-vous pour vous ?

J'acquiesce comme un automate. Il décroche son téléphone.

— Bonjour, comment ça va ? Dis-moi, j'ai une patiente pour toi, elle est avec moi, un carcinome intra-canalaire. Quand est-ce que tu peux la voir ? Mercredi ? C'est bon pour vous, mercredi ? Parfait.

Un carci-quoi ? Je ne comprends rien à tout ça, je vais faire confiance et me laisser guider. Merci pour le suspense, cela dit, je ne suis pas déçue. Je paye 110 euros en sortant. Ça se fait de vendre un rein pour soigner son cancer ?

*

Quelques jours plus tard, direction l'Hôpital américain. Nous avons vu des amis durant le week-end mais je ne leur ai rien dit. Je n'arrive pas à admettre ni à comprendre ce qui se passe, alors en parler aux autres sera pour plus tard. Camille et Oriane prétendent que ce que j'ai n'est pas grave. Pourtant, je dois être opérée et faire des rayons. L'histoire se répète, je ne vais pas m'en sortir, ce n'est qu'une question de temps. Au début on se rassure, on ouvre presque le champagne d'être passé à deux doigts de la mort. Mais le sablier se retourne. Pas grave aujourd'hui, mais peut-être demain…

Le cancérologue régurgite la même liturgie que le chirurgien. Sur un ton très doux, trop même, il s'adresse à moi comme si j'étais débile pour m'expliquer encore. Puis passage à la caisse, 110 balles, merci et au revoir.

J'envoie un e-mail au chirurgien pour programmer l'opération. Non, répond-il, il faut effectuer une IRM mammaire préopératoire d'abord. « Revenez vers moi quand ce sera fait. » Merci pour cette information ! N'aurait-on pas pu en parler la semaine dernière ? Je sais que mon gentil cancer peut attendre mais tout de même, le délai pour l'IRM est d'un mois ! Le chirurgien me dégote un rendez-vous en urgence, toujours dans le XVIe arrondissement. Que je travaille ou pas, on s'en fiche, non ? Il s'agit de ma santé, pas de mon portefeuille, je vous le rappelle.

Lundi matin, 9 heures, Camille et moi sommes au rendez-vous. La femme à l'accueil ôte ses écouteurs pour s'adresser à nous :

— C'est pour ?

— Bonjour, j'ai rendez-vous pour une IRM mammaire, mon nom est Alice Detollenaere.

— Vous n'êtes pas notée, non. Nulle part.

— Mon chirurgien a pris rendez-vous pour moi. Regardez, c'est écrit dans ce message.

— Je ne connais pas ce médecin et ce message ne veut rien dire, vous n'êtes pas sur le planning.

J'insiste et parviens à la convaincre d'appeler pour vérifier. Elle s'exécute de mauvaise grâce et me tend l'appareil.

— Ah oui, nous avions rendez-vous ! Eh bien... je suis dans les bouchons, lance-t-il du fond de sa baignoire. Je jette un coup d'œil. Mercredi matin, ça vous va ?

Je fais l'économie d'un mois d'attente et l'erreur est humaine. Mais j'ai perdu ma journée.

*

Ces changements de planning permanents compliquent ma vie professionnelle. Je dois trouver des excuses, mentir de façon crédible. La seule raison valable est bien sûr la vérité, mais à l'époque, j'ai très peur que cela me desserve. Pourquoi embaucher une mannequin malade, alors qu'il y a tant de filles sur le marché ? Et puis, je ne me vois pas revenir sur la version que j'ai servie. Passer de kystes sans gravité à cancer, ce n'est pas bon pour la crédibilité et la carrière. En un mot, je commence à m'enfermer.

Je mets un point d'honneur à être irréprochable, à l'heure et fiable, et j'ai du mal à honorer mes engagements. Mercredi, mes clients comptaient sur moi pour une présentation de la collection devant des acheteurs. Annuler est très embêtant, mais je n'ai pas vraiment le choix. La veille, je décide pourtant de rappeler la clinique avec l'infime espoir qu'ils puissent modifier la date. Après avoir vérifié le planning, la secrétaire s'exclame :

— Votre rendez-vous est aujourd'hui, dans une heure !

Est-ce moi qui débloque ? Non, je suis sûre de ce que le docteur m'a dit au téléphone. Bon, de toute façon, cela m'arrange. Je vais devoir trouver une excuse pour décaler mon arrivée aux essayages aujourd'hui mais c'est mieux que d'annuler demain. Camille est parti au golf avec des copains. Il a eu du mal à me laisser seule mais je l'ai convaincu de le faire, il a besoin de respirer et de penser à autre chose. Je vais passer cette IRM sans lui. Je l'appelle tout de même pour le prévenir.

Quand je me présente à l'accueil, on me demande le produit de contraste.

— Pardon ? Le produit de contraste ? On ne m'en a pas parlé…

— C'est indispensable pour l'examen.

— Très bien, mais on ne m'a pas prévenue, je n'ai même pas d'ordonnance.

— Votre médecin vous en a forcément remis une en programmant le rendez-vous.

Les larmes me montent aux yeux. Cette femme me regarde comme si j'exigeais un traitement de faveur. Pardonnez mes privilèges, madame, on a appelé pour moi. Devant mon état, elle ajoute :

— Nous vous avançons le produit, vous irez en racheter après l'examen et nous le rapporterez, c'est d'accord ?

Je hoche la tête en silence. J'ai l'impression de m'être fait gronder à l'école. J'ai très envie de tourner les talons mais je n'ai pas d'autre choix que d'obéir.

On me fait remplir une longue fiche d'information où je dois signaler si j'ai été opérée avec des vis ou des tiges, si j'ai des piercings sur le corps et renseigner notamment la date de mes dernières règles. Puis on vient me chercher. En entrant dans la salle d'examen, je suis presque soulagée d'avoir été prévenue à la dernière minute. Au moins, je n'ai pas eu le temps de stresser.

La machine est énorme, étouffante, bruyante. Une fois installée dans le tube, je dois prendre sur moi pour ne pas paniquer. Le personnel m'explique que moins je bougerai, plus vite je serai libérée, il ne dépend donc que de moi que tout se passe bien. Allez, courage, Alice, pense à Camille dans l'eau, ses championnats du monde, ça, c'était du vrai stress. Toi, tu n'as rien à faire, juste à attendre. Tu as une sonnette au cas où tu te sentirais vraiment mal, un masque sur le visage et un casque sur les oreilles, et cette position sur le ventre qui t'empêche de respirer ne va pas durer. Combien de temps, on ne te l'a pas dit, mais ne bouge pas, ils auront leurs images. Non, tu n'as pas envie de vomir, ça va aller.

Renvoyée en salle d'attente, je dois encore patienter. Je vais être bien plus en retard que je ne le pensais. C'est ça, décroche ton téléphone, explique tu es avec un autre client qui n'a pas terminé. Tu fais le maximum, bien sûr, oui tu es consciente que tu les mets dans la panade… Mon nom, lancé par une jeune doctoresse que je ne connais pas, m'oblige à raccrocher.

*

Elle m'invite à m'asseoir devant un écran où sont affichées les images de l'IRM.

— Voici votre sein droit, ici c'est le gauche, où l'on a trouvé les cellules cancéreuses. Vous voyez la différence ? Il y a un rehaussement de plusieurs centimètres. Ça ne devrait pas être comme ça. Je suis plutôt inquiète pour votre sein gauche, il va falloir le retirer. Une tumorectomie ne sera pas suffisante. Mais on fait des reconstructions superbes aujourd'hui ! Ne vous inquiétez pas, on va vous soigner.

Elle me déballe cela de façon très clinique, sans compassion et avec beaucoup d'énergie. Je suis sonnée, je ne m'attendais pas à ça. On va me retirer tout le sein gauche ? Je nage en pleine incompréhension, entre un « gentil cancer » et une ablation totale. À quoi jouent donc ces médecins, en tout cas ceux qui cherchent à me rassurer ? Entre celui qui était sûr à 99 % que je n'avais rien, l'autre pour qui l'opération n'était qu'une formalité et celle-ci qui n'y va pas par quatre chemins, qui dois-je croire ?

Je ressors munie d'une ordonnance pour une nouvelle biopsie, prioritaire cette fois, pour le lendemain. L'urgence ne fait qu'alimenter mes doutes. Est-ce que l'on me dit la vérité ?

Je m'apprête à régler la consultation quand la secrétaire me rappelle que je me suis engagée à fournir ce satané produit de relief que j'ai complètement oublié. Je cours dehors à la recherche d'une pharmacie et rallume mon téléphone, saturé de messages impatients. Je trouve ce qu'il me faut, retourne en vitesse à la clinique, règle 300 euros et fonce, direction le travail. Enfin, j'écris à la styliste que je suis en chemin et, parce que j'ai peu de temps et aucune envie de l'alarmer, j'envoie à Camille une note vocale sur le ton de l'humour : « *À ton avis, je les fais plus petits ou plus gros ? Apparemment, je dois me faire retirer tout le sein, qu'est-ce qui te ferait plaisir ? On m'a prescrit une autre biopsie demain matin, au moins on sera vraiment sûrs. Je file au travail, bisous. Je t'aime.* »

Au travail, difficile de faire bonne figure et l'ambiance est électrique. J'aurais dû parler franchement. Ou arrêter de travailler et demander de l'aide à mes proches. Ou me reposer sur Camille. Mais nous avons beaucoup trop de dépenses, pas question de me laisser aller. Et je ne veux pas devenir dépendante. J'ai envie que cette affaire de cancer soit vite réglée. Pourtant, pour le moment, j'ai une mauvaise intuition. Depuis le début, les nouvelles sont plus mauvaises les unes que les autres. J'ai très peur de ce que me réserve la biopsie de demain. Ma première expérience ne m'a pas laissé que de bons souvenirs et je sais que je vais angoisser pendant deux semaines, le temps de recevoir les résultats. Mais après tout, j'angoisse déjà. Soir, matin, à tout instant de la journée, sans prévenir, je ressens des montées de panique et d'épouvante, je suis très agitée. Je suis obnubilée par ma terreur, omniprésente, sourde, inévitable. Aucune opération n'y pourra jamais rien. Désormais, j'ai peur de l'avenir.

*

Cette fois, Oriane m'accompagne. J'ai demandé à Camille de ne pas venir : il est d'un tel réconfort lorsque je rentre à la maison que je préfère ne pas l'assimiler à tous mes tracas médicaux. Il est mon plus grand soutien, mon énergie solaire. Si j'use toutes ses batteries, on sera tous les deux dans le noir. Je tiens aussi à me préparer un peu avant de partager avec lui les nouvelles. Oriane et moi, en revanche, on se connaît par cœur, je n'ai pas besoin de garder la face devant elle.

La doctoresse de la veille procède à une échographie de ma poitrine pour déterminer où pratiquer la biopsie. Elle observe durant quinze minutes sans rien dire, embêtée. Je redoute le pire.

— Je vais demander à un confrère de venir car je ne retrouve pas à l'échographie ce que j'ai vu à l'IRM, explique-t-elle. Je vous laisse patienter quelques instants.

À sa place réapparaît Docteur « 99 % ». Extrêmement gêné, il se confond en excuses. Il voulait me rassurer et en a bien trop fait. Il est si contrit qu'il me fait de la peine. Après tout, si j'en crois les statistiques, j'avais en effet à peine 1 % de chances d'être touchée par le cancer.

Il reprend l'examen et ne détecte rien d'anormal non plus. Pourtant, les clichés de l'IRM montrent une grosseur évidente, mon sein gauche est plus épais d'au moins deux centimètres. Tout comme sa collègue, il échoue à faire coïncider les images. Alors, j'ose une question :

— C'est peut-être idiot, mais hier était le premier jour de mes règles, et ma poitrine était très gonflée. Cela a peut-être eu une incidence ?

Le médecin ouvre des yeux stupéfaits. On attend généralement la fin du cycle pour pratiquer une IRM mammaire et personne n'a songé à vérifier ma fiche d'information ! La conclusion est simple : sa collègue a constaté un sein gonflé et vascularisé, et s'est affolée pour rien.

J'hésite entre sauter de joie ou casser la figure à tout le monde. C'est pour cette raison toute bête que je me fais un trou à l'estomac ? Que j'ai passé la nuit à cacher mes larmes à Camille ? Je suis très reconnaissante de recevoir enfin une bonne nouvelle, je savoure, mais tout de même !

Le médecin propose de profiter de ma présence pour procéder à de nouveaux prélèvements sur le sein gauche, mais aussi sur le droit, pour vérifier qu'on ne trouve pas d'autre zone cancéreuse. J'acquiesce, autant se montrer prudent, cette fois.

Et c'est reparti pour une nouvelle séance. Deux ponctions à gauche, une à droite, cette envie de vomir qui commence à devenir familière et la sensation terrible d'être atteinte dans ma chair.

Sortir du silence

Je suis à fleur de peau. L'attente est douloureuse, elle met notre vie littéralement sur pause. De courte durée, l'euphorie a laissé place à l'angoisse et au doute. J'avais attendu les résultats de la première biopsie dans une forme d'insouciance. Ceux-là m'angoissent terriblement. Chaque appel, chaque e-mail déclenche en moi une alarme. Je sais maintenant ce que « choc post-traumatique » veut dire. Je sais aussi qu'il me poursuivra longtemps.

Camille et Oriane ont beau répéter que tout ira bien, j'ai un mal fou à prendre le bon côté des choses. Le positif attire le positif, quelle belle théorie ! Il me semble normal, voire tout à fait sain, d'envisager le pire. De toute façon, c'est plus fort que moi, j'opte pour un pragmatisme défaitiste.

Camille finit par le comprendre et par accepter de m'accompagner dans l'élaboration de divers scénarios. Il a lui aussi besoin de se projeter dans les effets collatéraux du cancer. Oriane en revanche ne cesse de positiver, à un point que je trouve presque naïf, voire empreint de déni. Alors, plutôt que d'exploser, je préfère parfois mettre un peu de distance. J'ai tant de chance de n'être pas seule face à la maladie, ou confrontée à l'indifférence et à la peur…

*

Si j'ai donc décidé de parler, je ne suis pas prête à tout dire. Pas à tout le monde, en tout cas. Il me semble cependant essentiel à présent d'informer mes proches, au moins ma sœur. Sophie est si forte, je sais qu'elle comprendra. Sa réaction, d'ailleurs, est à la hauteur de mes espérances : à l'écoute, pragmatique, elle me suit dans mes choix.

Je lui demande son avis à propos de maman, comment puis-je aborder le sujet ? La nouvelle sera forcément terrible pour elle. J'ai imaginé lui donner, pour le moment, une version très édulcorée de la situation, que j'adapterai au fur et à mesure. Je dois la préserver, lui épargner les montagnes russes que je traverse. Oui, c'est bien, une tumeur bénigne pour commencer. Si je ne lui ai pas parlé de la première biopsie, c'est parce que le médecin s'est montré très rassurant. Lorsque les résultats sont tombés, je n'ai pas trouvé le courage, ni la façon de lui en parler. J'étais si choquée. J'avais tant de mal à réaliser moi-même… Ce n'est pas dans l'ordre des choses d'appeler sa mère pour lui dire qu'on est malade. Contre-nature. Infaisable.

Pourtant, s'il est quelqu'un à qui je peux tout dire et auprès de qui j'aimerais m'épancher, pleurer, me confier, c'est ma mère. Ma maman, une vraie de vraie. À ma mère je peux livrer toutes mes peurs, tous mes doutes. Elle peut tout entendre, tout comprendre. Cela s'est toujours vérifié. Je n'ai jamais eu à faire bonne figure comme je le fais parfois avec Camille pour l'économiser.

Je suis fatiguée d'avoir à me cacher, même auprès de l'homme que j'aime. Fatiguée de signaler à Oriane que je trouve son obstination égoïste, qu'il ne s'agit pas d'elle, dans son rôle de meilleure amie parfaite, optimiste à toute épreuve. Il s'agit de moi, putain. Je me sens mal et j'aimerais tellement pleurer un bon coup sur l'épaule de quelqu'un sans avoir à me soucier de savoir si je lui fais de la peine. Mais je ne peux pas, il n'existe personne pour ça. Il faut se blinder et avancer. Se jeter à l'eau et nager.

*

J'attends les résultats depuis dix jours et marche dans un centre commercial lorsque je remarque un message vocal sur mon téléphone. Je ne réfléchis pas longtemps et déclenche ma messagerie. Cette fois, pas d'isolation à 1 euro, pas de message de ma mère, on entre directement dans le vif du sujet. Mon cœur menace d'exploser quand j'entends la voix du médecin qui a pratiqué la biopsie. Mon cerveau aux aguets tente d'interpréter chacune de ses intonations. Est-ce bien une pointe d'appréhension dans sa façon de dire bonjour ? À moins que ce ne soit de la retenue ?

« *Bonjour mademoiselle, nous avons reçu vos résultats de biopsie. Comme je m'en doutais, ils n'ont rien révélé d'anormal cette fois. C'est plutôt une bonne nouvelle ! J'ai envoyé une copie à votre gynécologue, vous pouvez programmer votre opération maintenant.* »

Le soulagement est total. On vient de me retirer un poids énorme. Je me sens légère et me surprends à penser que toute cette histoire sera bientôt derrière moi. Définitivement. Mon sein ressemble à un gruyère, mais au moins, maintenant, je sais où nous allons.

J'appelle Camille pour lui annoncer cette bonne nouvelle dont il a besoin autant que moi. J'appelle Oriane, puis ma mère, heureusement à peu près au courant, puis Philippe, bien sûr. Quel plaisir d'inoculer le bonheur aux autres !

Dans la foulée, je prends rendez-vous chez le gynécologue pour programmer l'opération. Tous ces rebondissements l'ont retardée d'un bon mois et demi. Six semaines que ma vie est sur pause, que je perds des kilos, souffre de bouffées d'angoisse, perds mes cheveux. Six semaines que je ne cours plus, me couche en pleurant et me réveille dans le même état.

*

Rendez-vous est pris deux jours plus tard. Camille viendra avec moi. Durant ces quarante-huit heures, je réfléchis à ce que je viens de vivre. Je repense à la doctoresse qui m'a parlé d'ablation totale. Je ne l'ai jamais revue, elle a tout bonnement disparu. Mesure-t-elle les dommages que son diagnostic trop rapide a provoqués en moi ? Est-il normal, légal, de donner un avis médical si grave sans vérification, avant de refiler la patate chaude ? Je n'aime pas me plaindre, au contraire, je connais ma chance d'être soignée en France par des médecins compétents. Le fait que, pour l'instant, je paye tout de ma poche n'y change rien. Je ne suis pas procédurière et les médecins ne sont pas des dieux, ils font de leur mieux. Mais, depuis le début de ma prise en charge, il n'y a pas de cohérence dans mon suivi. J'ai perdu foi en la médecine, alors que j'étais vraiment confiante. À partir de maintenant, je ne me laisserai plus faire. Si les médecins ne sont pas des dieux, ils ne sont pas non plus nos maîtres.

Deux mois après notre premier rendez-vous, Camille et moi nous retrouvons donc assis à la même place, devant mon gynécologue. Ce que j'ai perdu en poids et en confiance, je l'ai gagné en endurance. Camille est plus aguerri lui aussi, moins perdu que la première fois.

Je résume les dernières semaines avec mes mots, le gynécologue garde le silence, même à propos de l'IRM, comme si tout lui semblait normal. Puis il lance, content de lui :

— De toute façon, les analyses sont bonnes, tout va bien. Pour l'opération, nous sommes donc d'accord, on s'arrête sur la date du 5 décembre ! C'est bon, on est contents ?

Et il se lève, ravi de sa prestation.

Camille est tendu mais, par respect pour moi, il n'ose rien dire. Il n'a qu'une envie lui aussi : qu'on en finisse. N'empêche, en sortant, la question du gynécologue nous tourne en tête. Contents ? Mais de quoi ? Je ne viens pas de faire une super affaire ou de gagner le gros lot ! J'ai partagé mon ressenti, balayé d'un revers de manche, et ce médecin nous demande si « on est contents » ?

Il ne s'agit que d'une formule, mais je la trouve complètement inappropriée. Et à bien y réfléchir, les tics de langage ne trompent pas. « On » me prend pour une idiote, manifestement, et pour une tirelire pleine. Camille partage mon sentiment. Pourtant, il veut y croire – croire, en tout cas, que ce médecin sait ce qu'il fait, et que cette mésaventure sera bientôt derrière nous.

*

J'ai réussi à obtenir un devis quelques jours seulement avant l'intervention. Les honoraires s'élèvent à 2 500 euros, que je devrai encore sortir de ma poche. Je réfléchis. Est-ce que je peux me permettre de dépenser cette somme, après les milliers d'euros que m'ont déjà coûtés les examens ? Après tout, n'en déplaise à mon chirurgien, il s'agit de mon portefeuille ! Et surtout, ai-je envie de les donner à une personne en qui je n'ai pas confiance ?

Trois jours avant, je décide d'annuler l'intervention. Camille fait tout pour m'en dissuader. Tout ira bien, nous paierons les honoraires, retarder l'échéance est une mauvaise idée. N'ai-je pas tout simplement peur d'y aller ?

Je tiens bon. Évidemment j'ai peur, peur de ne pas prendre la bonne décision. Mais je veux suivre mon intuition. Depuis deux mois, je ne l'écoute pas suffisamment. Maintenant, j'en suis sûre : je refuse d'aller dans une direction qu'on m'impose.

J'envoie donc un e-mail au cabinet et, sur l'avis d'un médecin généraliste, décide de me rendre dès le lendemain, mon dossier sous le bras, à l'institut Curie.

*

« Je suis perplexe, incapable de valider le choix d'Alice. Pourtant, ce médecin cupide me met moi aussi très mal à l'aise. Pour être honnête, je le méprise et me surprends à le détester alors que je ne suis jamais dans cette énergie. Il n'articule pas quand il parle, s'exprime dans un jargon scientifique comme pour nous jeter à la figure ses années d'études en médecine, partage les bénéfices avec ses collègues en clinique privée... Il n'a rien d'humain et nous donne le sentiment de n'être que des produits, du chiffre d'affaires. Je ne lui demande pas d'être mon ami, ni même une bonne personne, je lui demande d'être compétent et de sauver ma femme. Il n'en a pas pris le chemin. Dès le lendemain, Alice partira dans le public. Elle veut s'assumer seule. Avancer. »

L'institut Curie

— Bonjour, je viens vous voir car on m'a trouvé un cancer. Je voulais savoir si vous pouviez me soigner.

Voilà une phrase qu'on prononce rarement dans la vie. La secrétaire qui me reçoit n'a pourtant pas l'air surprise, elle doit l'entendre à longueur de journée. Elle est aimable, sans en faire trop. Après avoir programmé plusieurs rendez-vous pour moi auprès de spécialistes la semaine suivante, elle ajoute :

— Prenez votre journée, ça risque d'être long. Une infirmière-conseil vous aidera à remplir votre dossier, puis vous verrez le radiologue, qui vous fera repasser des examens si besoin. Ensuite, en fonction de ce qui sera préconisé, vous rencontrerez un chirurgien. Les temps d'attente entre deux rendez-vous sont longs, il faudra être patiente.

En ville, j'ai mis des semaines à relier tous les points, alors une journée à Curie, si longue soit-elle, ne me fait pas peur. Je suis contente d'avoir annulé l'opération dans le privé. Une semaine de plus ou de moins ne changera rien à ma situation. D'ici là, la maladie n'aura pas migré partout dans mon corps. Du moins, je l'espère !

J'ai décidé d'entamer ce parcours de soins sans Camille. La tristesse et l'inquiétude dans ses yeux sont presque plus difficiles à supporter que d'attendre seule dans un couloir d'hôpital. J'ai subi une batterie d'examens, Curie ne va rien me trouver de plus. On va me répéter ce que je sais déjà, programmer l'opération et je pourrai enfin reprendre le cours de ma vie. Inutile d'y aller à deux. Il s'agit de retirer quelques millimètres de cancer, on ne va pas s'affoler.

En assumant seule mon choix d'être suivie dans le public, je me prouve à moi-même que je suis forte. J'en ai besoin, en ce moment, quitte à me montrer un peu égoïste. La popularité de Camille n'est peut-être pas non plus pour rien dans ma décision : dans un hôpital grouillant de milliers de personnes, je n'ai pas envie qu'on nous observe ou qu'on nous offre un traitement de faveur. Je veux que l'on s'occupe de moi, et de moi seule. J'aime mon Camille, plus que tout, mais j'ai envie que l'on me foute la paix avec Camille Lacourt.

*

Nous sommes en décembre 2019. En Chine émerge une nouvelle maladie qui semble à des années-lumière de notre réalité française : bloquée par une grève massive des transports, Paris s'est changée en capharnaüm. Bouchons, deux-roues partout, piétons par milliers qui marchent parfois plusieurs heures pour aller travailler… Traverser une piste cyclable est devenu presque aussi dangereux que de traverser l'autoroute. Par miracle, je dégote une trottinette en libre-service. Je ne suis pas rassurée, la voie est bondée, les gens sont agacés. Dans mon sac à dos, j'ai fourré tous mes résultats d'analyse.

Dès mon arrivée, je rencontre l'infirmière-conseil, qui entreprend de les trier. Elle me demande de remplir des formulaires, fait des photocopies, remet tout d'aplomb et m'indique que je vais pouvoir rencontrer le radiologue. C'est la première fois que quelqu'un prend le temps de faire le point avec moi. J'en suis d'autant plus reconnaissante et soulagée que la dimension administrative de la maladie me stresse. J'ai toujours peur de me tromper ou d'avoir égaré un papier. L'attente a beau être un peu longue avant le rendez-vous en radiologie, je me sens bien ici. En sécurité, dans cette énorme machine dont même les retards sont calculés.

Je suis reçue par un jeune médecin qui n'a pas le temps pour les courbettes, et c'est tant mieux. Après avoir consulté mon dossier, il m'annonce qu'il va procéder à de nouveaux examens. Je ne vois pas vraiment l'intérêt, il a déjà tout sous les yeux. J'ai gardé un souvenir désagréable de mes dernières mammographies, mais il insiste.

Devant son écran, il ne tergiverse pas longtemps.

— Il y a un rehaussement visible sur votre sein gauche, cela ne trompe pas. Le cancer a infecté la zone sur plusieurs centimètres.

Étonnée qu'il commette la même erreur que la doctoresse qui m'avait prédit une mastectomie, je lui explique, sûre de moi, que j'ai passé l'IRM le premier jour de mes règles, d'où la grosseur qu'il constate sur l'image.

Il me lance un regard surpris.

— En effet, répond-il, vos deux seins sont très vascularisés à l'IRM, mais cela n'a rien à voir. On voit très clairement une zone anormale, on ne peut pas passer à côté. Vous allez rencontrer le chirurgien et nous verrons ensemble ce que l'on peut faire.

Nouvelle claque, nouveau choc. L'impression d'avoir été prise pour une idiote. Je ne comprends plus rien. Que se passe-t-il à la fin ? Quelqu'un pourrait-il enfin me dire ce que j'ai ? Les médecins en ville sont-ils à ce point incompétents ? Ceux que j'ai rencontrés sont-ils des charlatans ? Ce jeune docteur a l'air si sûr de lui.

L'attente du rendez-vous suivant me met au supplice, jusqu'à ce qu'une infirmière me prévienne que la chirurgienne plasticienne est disponible pour me recevoir. Je comprends aussitôt ce qui se trame : on va me retirer le sein.

*

J'ai quelques minutes pour me rendre à l'évidence et accepter cette idée. La radiologue à l'IRM avait raison ! J'ai peur, mais cette fois j'ai confiance. Je ne suis pas venue trouver refuge ici par hasard. Je savais que quelque chose n'allait pas, j'ai écouté mon intuition et elle m'a menée jusqu'ici, je dois aller au bout de ma démarche.

On appelle mon nom et j'entre dans un bureau où une jeune femme solaire me reçoit avec un regard franc et me demande de lui retracer mon parcours médical, ainsi que mes antécédents familiaux. Je lui parle surtout de ma tante Gislaine et de son cancer du sein. Pour expliquer que j'ai annulé l'opération prévue dans le privé, j'avance l'aspect financier, sans évoquer mon mauvais pressentiment. Pas question que cette chirurgienne s'imagine avoir affaire à une patiente contrariante. Je n'ai pas besoin d'affect, je veux seulement qu'on se montre honnête avec moi et qu'on me soigne.

— D'après votre IRM, une zone semble infectée sur sept centimètres. Une tumorectomie ne sera pas suffisante, on risquerait de ne pas tout enlever. Ce serait mieux de retirer toute la glande, qu'est-ce que vous en pensez ?

Je retiens les larmes qui me montent aux yeux. Je dois faire face et ne pas m'effondrer. En me tendant une boîte de Kleenex, la chirurgienne me demande si je pense à ma tante. Stupéfaite qu'elle me témoigne tant d'empathie, je confirme d'un hochement de tête. Comme moi, ma tante a dû affronter seule le diagnostic.

Et, comme elle, je suis seule face à moi-même. Mais entendre la vérité, aussi douloureuse soit-elle, fait du bien. Merci, j'en avais besoin.

— La bonne nouvelle, reprend la praticienne, c'est que vous portez déjà une prothèse mammaire. On peut donc envisager une reconstruction immédiate. Je dois en décider avec mes confrères, mais il me semble possible de préserver la peau car l'infection est profonde, pas localisée en surface. Après avoir retiré la glande et votre prothèse actuelle, je placerai, juste sous la peau, une prothèse plus grosse, équivalente à votre sein droit. De cette façon, vous n'aurez pas à vivre plusieurs mois sans un sein.

Je commence à mieux respirer. Cette solution me semble un bon compromis et la chirurgienne a l'air confiante, cela me rassure.

— Durant l'opération, reprend-elle, nous ferons un prélèvement de ganglions pour savoir si l'infection s'est répandue ailleurs. Cela ne devrait pas être le cas, mais je préfère ne pas me prononcer. Il faudra que je gratte sous la peau pour retirer le maximum de glande, vous aurez des hématomes et des croûtes durant plusieurs semaines. Après l'intervention, nous analyserons tout ce qui a été retiré et déciderons ensuite s'il faut envisager une chimiothérapie.

Devant ma mine déconfite, elle ajoute :

— Le cancer que l'on a trouvé chez vous n'est pas agressif, c'est une chance. S'il ne s'est pas répandu aux ganglions, vous n'aurez pas besoin de traitement.

Je ne dis plus un mot pendant plusieurs minutes. J'ai besoin d'un peu de temps pour assimiler toutes ces informations. L'analyse des ganglions, c'est la première fois que j'en entends parler, par exemple. J'ignore si, en ville, on a oublié de l'évoquer, ou s'ils comptaient en faire l'économie.

— C'est le protocole de l'hôpital public, m'explique la chirurgienne. Cette vérification est indispensable.

Diplomate, elle ne s'aventure pas à critiquer son confrère et reste factuelle. C'est tout à son honneur.

— C'est mieux de tout retirer, croyez-moi. Une fois que vous l'aurez fait, vous serez soulagée. C'est une procédure bien plus lourde mais vous serez probablement tranquille pour le reste de votre vie. Faire une mammographie tous les six mois, avec le stress que cela induit, au moindre doute refaire une biopsie, est-ce que vous avez envie de vivre ça ? Là, vous serez suivie, bien sûr, mais ce sera différent : nous laisserons peu de chances à une récidive.

Cette fois, je pleure presque de joie. Je me sens entre de bonnes mains. J'ai envie de programmer l'opération dès maintenant, inutile de réfléchir plus longtemps. Mais la chirurgienne préfère ne pas me bousculer : l'idée doit faire son chemin dans ma tête, je dois me donner le temps de m'y préparer.

— Je vous réserve une place au bloc opératoire dans tous les cas, conclut-elle, comme ça vous pourrez vous projeter. Je peux vous prendre le 7 janvier, qu'en dites-vous ?

J'en dis que, le 7 janvier 2020, une nouvelle page se tournera pour moi.

*

Je rentre à pied à la maison et j'ai l'impression de voler. Durant l'heure et demie qu'il me faut pour regagner mon appartement, j'appelle ma mère, qui adhère immédiatement au protocole qu'on vient de me proposer, puis Oriane et Philippe. J'attends d'être arrivée pour tout expliquer à Camille. Pour la première fois, mon instinct me dit que je vais dans la bonne direction. Bien sûr, j'ai peur pour la suite, mais j'ai rencontré des personnes en qui j'ai confiance et c'est un énorme soulagement. C'est tout ce dont j'avais besoin.

Camille m'attend chez nous, impatient que je lui raconte. Au cours de mon récit, je le vois passer par les mêmes émotions que moi un peu plus tôt. Mais il ne comprend pas que j'envisage de perdre un sein de façon si sereine.

Moi, j'ai besoin de me réjouir de cette nouvelle. De toute façon, je ne peux pas garder mon sein et je refuse de vivre avec une épée de Damoclès au-dessus de la tête. Mon petit stage d'observation à l'hôpital, aujourd'hui, m'a remise à ma place. Comme cette femme et sa fille, qui tentaient de se réconforter à côté de moi dans la salle d'attente, comme ce vieux monsieur en chaise roulante qui répondait à l'infirmière que, pour lui, c'était sans doute trop tard, je suis une patiente qui a son lot, ni plus ni moins, mais je suis entre de bonnes mains. Je n'ai plus envie de me plaindre. On me propose une solution, je dois la saisir et avancer. Arrêter de regarder en arrière, de m'accrocher à ce sein. Ma chirurgienne a vu des cas bien plus graves, dans son regard j'ai compris que je pouvais être confiante. Si je le décide, il y a des solutions à mon problème, et c'est ce que je veux.

J'ai enfin trouvé la sortie du terrier.

*

« Je vois dans les yeux d'Alice qu'elle est apaisée. Elle a fait le bon choix en écoutant son instinct. Elle est enfin au bon endroit, avec les bons médecins. Mais je suis inquiet. Après tout ce que l'on vient de vivre, je redoute que nous n'en soyons qu'au début d'un long et difficile voyage. Je suis prêt, même si je ne sais pas encore à quelle sauce nous allons être mangés. »

*

Le 6 janvier 2020, veille de l'intervention, je me fais injecter un produit traceur, qui permettra à l'équipe médicale d'identifier le ganglion sentinelle qui doit être prélevé et analysé. Une nouvelle date a été posée, le 27 janvier, à laquelle reviendront les résultats d'analyses. À ce moment-là, nous saurons si je dois suivre un traitement pour éradiquer ce cancer pour de bon.

Paris est toujours paralysée par les grèves et je me déplace souvent à pied, mon casque sur les oreilles.

Sur le chemin du retour, mon amie Lola m'envoie un message. Elle sait par Oriane ce qui m'arrive et tient à me témoigner son soutien. Elle a vécu un cancer il y a quelques années et est maintenant suivie de près. Je n'ai pas osé l'appeler pour lui demander conseil. Je suis toujours à couteaux tirés avec ma maladie, j'ai tellement envie de l'envoyer paître et de ne plus y penser ! Lorsque j'en serai sortie, je doute d'avoir envie qu'on me prenne pour l'encyclopédie du cancer du sein !

Finalement, Lola m'appelle et, pendant une bonne heure, nous échangeons, avec la plus grande simplicité du monde, sur ce que j'ai traversé et sur ce qui m'attend. Cette conversation me fait beaucoup de bien. Lola ne semble nourrir aucune amertume envers la maladie, comme si elle n'en avait gardé aucun stigmate. Elle prononce notamment cette phrase, que je répéterai moi-même plus tard à d'autres, tant je la trouve juste :

— La douleur après l'opération est gérable, et on s'en remet vite, ne te focalise pas dessus.

Puis elle pose une question qui m'interpelle :

— Et sinon, est-ce que tu parles de ta maladie ?

Qu'est-ce qu'elle entend par là ? J'en ai parlé à mes proches, bien sûr, à ma mère, à mes sœurs, à mes meilleurs amis et à Camille. Lola précise : elle veut savoir comment je me positionne, si j'assume socialement d'avoir un cancer. Il n'y a pas trente-six réponses possibles, c'est oui ou non. Et, me concernant, c'est non.

— Tu devrais en parler, m'encourage Lola. Toi qui travailles avec ton corps, tu peux devenir une source d'inspiration pour d'autres femmes qui vivront la même chose que toi.

Cette phrase agit comme un révélateur : le cancer du sein n'est pas une honte, on peut en faire une fierté.

Si je ne parle pas de ma situation publiquement, c'est parce que je ne veux pas être stigmatisée. Moi, je suis le cliché de la pin-up en maillot de bain, pas celui de la femme à qui on a retiré un sein. Naïvement, j'ai pensé qu'en taisant ce chapitre de mon existence, je pourrais revenir à ma vie d'avant, comme si de rien n'était. C'est un leurre. Rien ne sera plus comme avant. Et à y réfléchir, ce serait même un déni de le croire.

Cette aventure que je n'ai pas demandée, à moi de décider maintenant ce que je souhaite en faire. Comment assumer de ne pas partager mon expérience avec celles qui suivront ? Cela ne serait pas seulement égoïste, ce serait irresponsable de ne pas les aider à identifier le bon parcours de soins.

D'abord, l'opération. Ensuite viendra le temps de l'engagement.

Mon âme sœur

Camille et moi nous présentons au bureau des admissions. Nous sommes venus à moto, ravis de goûter la sensation de liberté que ce mode de transport nous procure. Pour ne jamais oublier combien il peut être dangereux, Camille a accroché un élastique à cheveux de Jazz sur le guidon. Nous sortons toujours munis d'un casque, d'un épais blouson et de gants adaptés. Jazz n'est pas peu fière d'arriver le matin à l'école avec son casque rose. Et moi, j'adore admirer le paysage, traverser Paris la nuit quand tout dort, surtout la tour Eiffel briller de mille feux. C'est une de mes joies simples préférées. C'est par là que passe le bonheur, pour moi comme pour lui. Continuer à s'émerveiller, c'est si important !

Le voyage est dans nos yeux, et il continue. Aujourd'hui, il nous mène à notre opération, que nous attendons aussi fébrilement l'un que l'autre depuis trois mois.

*

Conduite en chambre, je me change et remets mes affaires à Camille. Je n'enfile pas tout de suite la charlotte, car il va y avoir un peu d'attente, on nous a prévenus. Nous nous installons tranquillement pour regarder un épisode de *La Casa de papel*. Durant cette parenthèse dans ses bras, je ne ressens pas la moindre nervosité, je suis infiniment bien. J'en profite même pour prendre une photo afin de ne pas oublier ma chance d'être accompagnée par le meilleur des hommes. De la chance, j'en ai tellement autour de moi ! La chance d'être soignée, celle d'être épaulée.

*

Un brancardier vient me chercher et je dois dire au revoir à mon amour. J'espère qu'il ne stressera pas trop. Pour nous rassurer, l'infirmière a pris son numéro et nous a promis qu'elle le préviendrait dès mon retour, prévu vers 16 heures. J'enfile ma charlotte et embrasse Camille. Il me renvoie un regard si plein de tendresse que j'oublie en un instant ma tenue. Attifée de la sorte, je dois être parfaitement ridicule !

Calme ta peur, mon amour, je reviens. Je n'ai qu'une hâte, c'est vivre la suite de l'aventure à tes côtés. Nous ne faisons qu'une escale ici. Elle ne change rien au voyage, elle en modifie juste un peu la saveur. J'ai déjà tant appris. Un jour je porterai notre enfant, Camille. L'enfant de l'homme de ma vie.

*

En salle de préparation au bloc opératoire, chaque personne qui passe se présente. Thomas, l'anesthésiste, me prévient qu'il va pratiquer une injection dans mon dos. Pour me détendre, il a ajouté un étourdissant, qu'à l'hôpital on appelle la « coupe de champagne ». Je suis tellement sereine que ce n'est pas une coupe, mais la bouteille entière que j'ai l'impression d'avaler. Des infirmières avec des masques de toutes les couleurs me demandent comment je me sens. Cinq sur cinq, mon capitaine.

Enfin, je passe la porte du bloc. Je n'ai plus qu'une hâte, maintenant, qu'on m'enlève ce sein pour que je puisse continuer ma vie, mes projets, mes rêves. Ma chirurgienne plasticienne se penche vers moi et me demande, à son tour, si je ne suis pas trop nerveuse. Plus que l'opération, à vrai dire, j'appréhende surtout les résultats des analyses. D'un geste, elle m'apaise : on verra bien quand on y sera.

Le chef du service me demande de m'asseoir sur le bord du lit et de lui présenter ma poitrine. Se dénuder devant quelqu'un dont on ne voit pas le visage est étrange, mais son approche est si délicate que je m'abandonne aux mains de ceux qui me prennent en charge dans cet autre monde où tous les codes sont absous sitôt qu'on en a franchi les portes, sortes de frontières entre la vie et la mort. Ici, on vous découpe pour mieux vous sauver. Il y a quelque chose de très humain à s'allonger dans cette pièce pour remettre son sort entre les mains d'autrui.

Avec un feutre, le chirurgien commence à tracer la cicatrice qui m'accompagnera toute ma vie. Déjà, elle a la forme d'un sourire. Plus il sera grand, mieux ce sera. Je m'endors dans un sommeil chimique en tenant la main d'une infirmière au masque bleu.

*

Je me réveille dès la sortie du bloc et, à moitié dans les vapes, demande l'heure. Il est 17 h 20. Camille doit s'inquiéter, j'espère qu'on lui a donné des nouvelles. Si tu savais, mon amour, comme je vais bien ! J'espère que tu ne t'impatientes pas trop, que tu ne t'ennuies pas non plus. Que tu es confortablement installé et que tu as pensé à prendre ton chargeur… L'infirmière qui m'accompagne rit presque à m'entendre divaguer. Elle me rassure et je me rendors aussitôt.

Quand je retrouve Camille, il a l'air fatigué, tendu, stressé. Comme s'il avait absorbé pour nous deux toute l'anxiété que je n'ai pas ressentie. Mon air serein l'autorise à souffler. Il a besoin de recharger ses batteries, si je veux qu'il continue à éclairer ma vie !

Je meurs de soif et le supplie de me donner un peu d'eau. Mais les infirmières ont été catégoriques : rien à boire ni à manger en sortant du bloc. Je parviens malgré tout de même à lui soutirer deux gorgées au fond d'un verre. Les meilleures de ma vie.

Après le départ de Camille, qui me manque dès qu'il a passé le seuil de la chambre, je profite de me sentir en forme pour appeler ma mère et mes proches, puis pour engloutir un plateau-repas digne d'un cinq-étoiles. Purée, poulet, carottes râpées, yaourt, c'est le Pérou quand on n'a rien mangé depuis la veille. Incapable de fermer l'œil, je regarde la télévision et reçois régulièrement la visite des infirmières et des aides-soignantes, qui viennent vérifier le niveau de liquide qui s'écoule des drains posés dans mon sein gauche pendant l'opération. Pour le moment, je produis peu de sécrétions, ce qui est bon signe. Mais la douleur a fait son apparition, localisée autour de ces petits tuyaux. Je retrouve des sensations connues, qui remontent à mon opération esthétique à Bangkok, quelques années plus tôt.

Pendant la nuit, je papote avec une infirmière adorable, qui prend de mes nouvelles et des nouvelles de Camille. D'après elle, c'est un « bonhomme », un vrai pilier. Tous les jours, elle voit des femmes obligées de rassurer leur conjoint, voire des femmes seules : 30 % des conjoints se séparent à l'annonce du diagnostic ou pendant la maladie. Cette proportion me semble si énorme que j'ai du mal à y croire. Et puis, je repense à Lola. Son compagnon l'a quittée, elle aussi, malgré plusieurs années de relation.

On ne peut juger personne, chaque réaction est humaine. Il vaut mieux un homme qui part qu'un homme qui pèse le poids d'un âne mort. Dans un couple, on est deux à porter le fardeau. Tantôt on économise l'autre, tantôt on le charge. Je suis fière que tu sois mon « bonhomme », Camille. Tu as refusé de prendre la porte de sortie que je t'indiquais, et accepté de jouer le match sur le banc de touche. En réalité, tu es mes jambes lorsque je ne peux plus courir, ma tête lorsque je ne peux plus penser, ma voix lorsque j'ai besoin de rire.

*

« Alice a voulu vivre beaucoup de ses rendez-vous sans moi, « pour ne pas éteindre son soleil », dit-elle. Ça m'agace, j'ai envie d'être là, à ses côtés. Surtout, crois-tu que ton soleil soit si fragile ? Tu te trompes, je peux éclairer fort, pendant une durée illimitée, je serai pour toi une source d'énergie infinie, mais tu ne veux pas courir le risque. Je te le fais savoir, mais j'accepte aussi, parce que je sais que tu as confiance.

Tu m'as souvent interrogé sur ma vie de champion, sur le stress des compétitions, pensant qu'il doit être ingérable avant une finale mondiale ou olympique. Crois-moi, je n'ai jamais été aussi stressé que lorsque tu es partie sur ton brancard, ta charlotte sur la tête. Je me rappelle avoir songé en souriant que tu étais superbe. Les minutes qui ont suivi ont été dures. Le stress négatif vient de ce que l'on ne peut pas prévoir, pas gérer. Je ne savais pas où t'attendre, j'ai eu peur, j'ai failli remuer tout l'hôpital pour leur dire de bien prendre soin de toi, que tu le méritais…

Heureusement, Carta est venu me changer un peu les idées. Ensemble, nous nous sommes posés en terrasse. Il me parle de ses problèmes de couple, les blagues fusent entre nous, on se charrie gentiment, ça fait un bien fou.

Dans ma hâte de te retrouver, je regarde mon téléphone toutes les deux minutes. Le Coca, le café, la Badoit, rien n'a soigné mon angoisse.

Quand mon téléphone sonne enfin, l'infirmière m'annonce que tout s'est bien passé et que tu m'attends dans la chambre. Je suis moins soulagé qu'énervé. J'aurais dû être là à ton retour, je l'avais demandé ! J'ai appelé quatre fois en trois heures pour ça… Bon. C'est fait maintenant, et puis tu vas bien, c'est l'essentiel.

J'enfourche ma moto et, cinq minutes plus tard, débarque à l'hôpital. Une dame, à l'accueil, m'explique que je ne peux pas monter, les visites sont terminées. Je souris. Cette dame ne fait que son travail, mais je vais lui annoncer gentiment que je ne compte pas respecter les règles. Avec un sourire en retour, elle me souffle d'être discret. Merci, madame, d'être humaine et de ne pas oublier ce que l'on vit.

En sortant de l'ascenseur, ta chambre est la deuxième sur la gauche, une porte orange foncé, lourde comme une porte coupe-feu qui protège du danger. Quand je pose les yeux sur toi, tu es si belle, si apaisée, ton sourire déborde de tant d'amour et de bienveillance que je suis à deux doigts d'exploser en sanglots. Si tu savais combien je suis heureux, combien je t'aime, ma Doudou.

Il reste vingt jours. Dans vingt jours, nous aurons les résultats des analyses et nous serons fixés. Mon seul but d'ici là, et pour le restant de notre vie, c'est d'être solide, inébranlable. Même pas peur, je suis à l'image de l'amour que je te porte, infaillible. »

*

Le lendemain, les effets de l'anesthésie se sont dissipés et je ne me sens plus aussi bien. Je n'ai pas encore appréhendé mon nouveau sein, j'ai voulu me laisser du temps. J'étais déjà si heureuse d'en avoir un à mon réveil ! Mais je n'ai pas osé le toucher, sous ses bandages. En me levant cette nuit pour aller aux toilettes, j'ai pris mille précautions pour éviter que les drains ne s'arrachent. En me redressant, j'ai pris conscience que mon point d'équilibre avait changé. Pour le moment, ce nouveau sein me pèse sur le diaphragme comme une enclume. Il me faudra sans doute du temps pour m'habituer à cette nouvelle composition de moi-même.

*

J'appréhende un peu le retour à la maison. J'espère que les soins vont bien se passer et que je n'aurai pas de complications. Les premiers jours, Camille doit tout faire : m'aider à enfiler une culotte, à me chausser, préparer les repas. Il est volontaire et fait de son mieux.

Quand l'infirmière me retire les drains, c'est une délivrance. Enfin, je peux bouger un peu, juger de mes sensations et de l'amplitude de mes mouvements. La cicatrice tire beaucoup, c'est normal. L'enclume pèse toujours autant. Pour l'instant, c'est tout ce que je ressens. Car lorsque je touche ma peau, il ne se passe rien. Mon sein ressemble à ce qu'il était avant, en plus ratatiné sous les ecchymoses. La cicatrice est longue, propre, impressionnante.

Je vais devoir m'armer de patience avant de pouvoir juger du résultat final. La meilleure chose à faire est encore de reprendre le cours de ma vie et le reste suivra.

*

Quelques jours après notre retour, Camille doit s'absenter pour un déjeuner d'affaires. C'est la première fois que je vais rester seule à la maison et j'angoisse terriblement. Je me sens incapable de rester seule sans lui. Il me propose d'inviter une amie pour me tenir compagnie, mais là n'est pas le problème. C'est de lui dont j'ai besoin. Lui, le seul qui sache tout de moi, qui me connaisse par cœur, lui mes jambes, ma tête et ma voix. J'ai besoin d'un peu plus de temps, rien de plus.

Il me fait alors cette proposition superbe :

— Ma Doudou, fais-toi jolie comme tu aimes, je t'emmène déjeuner avec moi. J'ai prévenu que je serais accompagné, il n'y a aucun problème.

Jamais je ne me suis sentie si dépendante de quelqu'un et je l'assume. Mon envie de fuir qui me taraudait a complètement disparu. Il m'aura fallu un cancer.

*

Jusqu'au 27 janvier, où l'on doit nous annoncer les résultats des analyses, nous vivons un jour après l'autre. Je suis comme accrochée à Camille, incapable de m'en libérer. Consciente que rester à la maison n'est pas très drôle pour lui, j'accepte toutes ses propositions de sortie, mais assez vite je me rends compte que je n'arrive pas à faire comme si. C'est trop tôt. Je n'arrive pas à reprendre le cours de ma vie comme si rien ne s'était passé. Jusqu'au 27, je ne veux plus voir personne. Je n'ai besoin que d'une chose : ses bras et notre réalité à deux. Camille m'avoue qu'il s'était donné pour mission de me divertir, de m'aider à penser à autre chose qu'à ces résultats d'analyse. Mais comment puis-je, ne serait-ce qu'une seconde, cesser d'y penser ?

Au fond, il n'est pas mécontent que je lui demande de nous confiner jusqu'à la fin du mois, il a besoin d'être au calme, lui aussi. Nous parlons peu, complices dans le silence, et passons nos soirées blottis l'un contre l'autre à regarder des films. J'espère tant que les résultats seront bons, j'y crois tellement fort. Je te promets que si c'est le cas, notre vie reprendra de plus belle, mon amour, et que je ferai de toi l'homme le plus heureux du monde.

Faire le deuil

Les propos de Lola me sont restés en tête. Ils m'ont d'autant plus marquée que, depuis quelques semaines, avec Camille, j'interroge les raisons qui m'ont poussée à dissimuler ma maladie. Au début, il ne s'agissait pas vraiment d'un mensonge, plutôt d'une omission. On ne dit pas franchement la vérité, jusqu'à ce qu'on la déforme pour se protéger et protéger les autres. Mais lorsqu'on met le doigt dans l'engrenage, c'est fini, la fiction vous happe. Et vous fatigue. Car, si dire la vérité ne nécessite pas d'effort, mentir suppose qu'on se souvienne de tout et qu'on calcule son prochain coup. On a beau se sentir malhonnête, le mal est fait et il est compliqué de revenir en arrière. Plusieurs fois, j'ai songé à rebrousser chemin, au travail comme dans ma vie personnelle, avant de me raviser. Que dire ? Avouer que je n'étais pas rassurée et que j'avançais à tâtons ? Je me serais effondrée et c'est exactement ce que je voulais éviter.

En lisant ces lignes, certains d'entre vous doivent se dire : « Mais, au contraire ! Il faut parler ! Qui aurait pu se montrer indifférent à ta détresse ? » La réalité est bien plus cruelle. Peu de gens vous tendent à la main quand les choses vont mal. C'est un trait purement humain. A posteriori, une foule de gens se seraient apparemment bousculés pour me venir en aide, voire pour se raser la tête avec moi si cela avait été nécessaire. Mon Dieu, qu'ils se taisent ! Je n'ai de rancœur envers personne, il n'y avait pas de situation ou de réaction idéale. Mais celui à qui je dois mon bonheur entier, mon salut, c'est Camille. La seule et unique personne auprès de qui je n'ai jamais senti la moindre gêne. Il est resté près de moi les soirs d'angoisse, entre ses bras j'ai pu évacuer mes craintes et mes larmes. Sur son épaule j'ai pu m'appuyer chaque fois que j'en avais besoin. Nous n'étions que tous les deux et ça nous suffisait.

Lorsque j'ai émis l'hypothèse d'assumer au grand jour ce cancer, il a tenté de m'en dissuader de façon bien légitime. Parler marquerait un point de non-retour. Étais-je assez solide pour en assumer les retombées ?

*

Maintenant que l'opération est passée, quelque chose a changé. J'ai accepté que je ne serai plus jamais la même et j'en ai tiré un profond sentiment de paix intérieure. Je me sens assez forte.

À Camille, j'exprime le simple fait que je n'ai plus envie de me cacher.

Dès le lendemain de l'intervention, je poste un message sur les réseaux sociaux. Je le rédige d'une traite, sans hésitation et sans grande effusion. Le soulagement fait taire toutes mes appréhensions.

Camille, qui ne s'attendait pas à ce coming out, verse des larmes. Car ce coming out, c'est aussi le sien. En me libérant, je le libère.

J'étais la seule à pouvoir parler. On ne peut changer les choses qu'en s'y engageant. Ce que Lola m'a donné, à mon tour maintenant de le transmettre. Cela tombe sous le sens, fait écho à qui je suis, à l'éducation qu'on m'a donnée, à l'amour que j'ai reçu. Aux expériences les plus fortes de mon existence. À la promesse que je me suis faite en Amérique du Sud de rendre ce qui m'avait été offert. À ces mains tendues dans les moments de galère. À Mass. À mon cousin Thomas. À ce contrôleur du métro qui ne m'a pas mis d'amende. À la chance que j'ai de t'avoir à mes côtés, toi Camille, mon amour.

Ce chemin, je ne l'ai pas choisi mais je l'ai accepté. J'en ai fait ma responsabilité, mon affaire personnelle. Maintenant, les dés sont jetés.

*

« Je n'ai jamais été réellement contre le fait qu'Alice officialise sa maladie, mais je redoutais que les retombées provoquées par cette annonce ne la dépassent. À tort, je pensais que les retours l'épuiseraient et déchargeraient sur elle une énergie négative. C'est tout l'inverse qui s'est produit.

Quand je découvre son post sur mon téléphone, je me mets à pleurer. Je n'étais pas au courant, Alice ne m'a rien dit. Elle assume désormais sa maladie et n'a plus le moindre doute sur ma présence à ses côtés.

Elle a posté une photo sobre, sa main équipée d'un cathéter posé dans la mienne. Le texte m'a bouleversé : « C'est fait. Après des mois de recherche, de doutes et d'aléas médicaux, on m'a finalement retiré ce sein malade. Des mois que l'on retient notre souffle. J'écris "on" car une maladie ne se porte pas seule et impacte inévitablement nos proches. J'ai la chance inouïe d'avoir auprès de moi un vrai cercle et surtout le meilleur des hommes. Un "bonhomme" comme m'a dit cette infirmière. Tu m'as soutenue depuis le début et continues de le faire avec force et courage, je suis fière et chanceuse de t'avoir auprès de moi. Parce que personne ne devrait se sentir isolé dans cette situation, parce que ce ne doit pas représenter ni une honte, ni un tabou, allez faire vérifier vos seins les filles. Prenez soin de vous #breastcancer. »

Je verse des larmes de fierté. Je te savais forte, mon amour, mais tu me bluffes. Ton message n'a rien d'une plainte, c'est un hymne à la tolérance. Tu n'es pas encore sortie de l'hôpital, tu portes des drains dans le corps, et tu dis « merci » à ceux qui t'ont entourée et « courage » aux autres malades.

Le courage, c'est toi qui l'as eu, en décidant seule de parler de ta maladie et de t'exposer pour aider les autres. Nous sommes deux à être fiers et chanceux. »

*

Depuis le mois d'octobre, ma vie est entre parenthèses. Incapable de me projeter, j'ai même cessé de courir. Je ne suis plus au rendez-vous, je n'ai plus de projets à nourrir. Ma seule échéance est la date du 27 janvier.

Mon agent me contacte et me demande si je suis toujours partante pour défiler au Salon de la lingerie, qui doit se tenir les 18 et 19 janvier. Je ne suis prête ni physiquement ni mentalement, mais je suis heureuse qu'on me propose du travail. J'ai besoin de remettre un premier pied à l'étrier et, cette année, le salon propose la première édition de Body Positive, qui met en scène des femmes de tous âges aux morphologies variées. Pas seulement des mannequins au corps parfait, mais des filles aux formes voluptueuses, des très maigres, des très musclées.

Je ne suis pas une mannequin de défilé. Plus jeune, il m'a fallu du temps pour maîtriser l'exercice. La clef, peu importe à quoi on ressemble, c'est la confiance en soi. La démarche doit être fluide, assurée. Un pas impeccable et décidé, et la prestation est assurée. Ma confiance en moi n'est pas au top et, contre toute attente, me retrouver dans la position de la fille sympa bourrée de cellulite ne me facilite pas vraiment la tâche.

Mais cette année est celle du changement et je me suis débarrassée de mon orgueil. Il y a un an encore, j'aurais refusé de monter sur un podium en n'étant pas prête physiquement. Aujourd'hui, je le prends comme un appel du pied. J'ai amorcé la construction d'une Alice plus authentique, autant prendre le train en route. Terminé, la super-héroïne plus forte, plus belle, plus tout ce que je suis en réalité. Je veux assumer mon ambivalence, mes défauts, ma beauté. Je suis fragile et invincible. Amoureuse et libre. Inquiète et assurée. Au fond, j'ai juste envie d'être la bonne version de moi-même. Fuir, prétendre, faire comme si, c'est fini.

*

Camille n'est pas favorable au fait que je recommence à travailler si tôt, mais prêt au moindre effort pour me soutenir, il me dépose à moto Porte de Versailles. L'ambiance en coulisses est agréable. Il n'y règne pas la compétition habituelle où les filles se jaugent et se classent intérieurement de la plus maigre à la plus belle. Au contraire, elles se complimentent entre elles. Cela fait du bien. Je note tout de même que les habitudes ont la vie dure car plus elles se rapprochent des canons traditionnels, plus elles sont compliquées, difficiles à gérer. Certaines se croient même tout permis et on tolère de la part de ces filles parfaites ce que les autres ne pourraient se permettre.

La première journée est consacrée aux répétitions et aux essayages, nous perdons un temps précieux à attendre ces quelques reines de beauté. Nous devons changer de lingerie plusieurs fois durant le show et ni mon agent ni moi n'avons révélé que je me suis fait opérer. La cicatrice et les ecchymoses ne seront visibles à aucun moment et, pour dissimuler mon téton, devenu noir depuis l'opération, je porte des cache-tétons en silicone très fins, de couleur chair. Le silicone adhère plusieurs heures sans bouger.

En les retirant au bout de douze heures, ce soir-là, avant de me coucher, la peau de mon téton gauche reste collée. Je n'ai encore retrouvé aucune sensation sur ce sein et ne me suis rendu compte de rien pendant la journée. Il est maintenant à vif et suppurant. Je n'ose pas trop me plaindre devant Camille et le charge d'aller m'acheter en pharmacie du sparadrap couleur peau et des compresses. Après les avoir imbibées de Bétadine, j'en fais des pansements que je découpe en rond pour donner l'illusion d'un cache-téton et pars travailler comme cela le lendemain.

C'est le premier jour du show. Pendant les répétitions, j'avais pu faire illusion, mais lorsque c'est mon tour de m'élancer sur la scène devant le public, je perds toute confiance en moi. Le podium me semble long, interminable. Je sens ces milliers d'yeux braqués sur moi, sur mes cuisses, sur mes fesses, sur mes seins, sur mon sein. Est-ce que sous le pansement il va bien, au moins ? Je me fais violence pour arriver jusqu'au bout, poser une demi-seconde, opérer un demi-tour et marcher de nouveau. Soyons honnêtes, qui regarde la lingerie pendant le show ? On cherche la plus belle fille, celle à cause de qui on va se réinscrire à la salle de sport. Celle qu'on a envie de détester autant qu'on voudrait lui ressembler. Elle est forcément bête et superficielle. Je connais ce public exigeant, le même qui regarde les élections de Miss France et critique de jeunes et ravissantes femmes de vingt ans. On dirait qu'à l'entrée du show, on confisque le cerveau des gens. C'est justement pour eux que je veux défiler aujourd'hui, pour leur montrer que ma cellulite, je l'assume, et mon opération avec.

À mon retour en coulisses après mon premier passage, la chorégraphe me demande si j'ai bu, parce que je ne défile pas droit du tout ! Je lui sers un petit mensonge en prétextant avoir été malade pendant la nuit, mais lui dirai la vérité à la fin du défilé.

Je suis rentrée épuisée. Incrusté dans la peau, le pansement ne se décolle plus de ma poitrine. Je suis obligée de le montrer à Camille. Après quelques larmes, avec un peu d'eau chaude et de douceur, il m'aide à le dégager. Sans me faire de reproches.

*

J'ai toujours cette sensation de lourdeur sur la poitrine. Je me sens comprimée, étouffée. Je n'ose pas toucher ce sein que je vois changer, devenir bleu, noir. Les ecchymoses se sont muées en plaies. Je veille à ce que la cicatrice encore suppurante guérisse bien. Un matin, alors que Camille dort, j'observe ce sein d'un peu plus près, le touche, le palpe. La peau abîmée a séché mais ne se reconstruit pas de façon ordinaire. Désolidarisé de sa glande, le mamelon ne repose plus sur des tissus richement vascularisés, mais directement sur la prothèse. Il a perdu sa fonction nourricière.

Soudain, je comprends que mes sensations ne reviendront pas. Ce sein n'est plus le mien, il est autre chose. Lorsque je le touche, c'est comme si je touchais celui de quelqu'un d'autre. Et ce sera comme ça pour toujours. Pourtant, même différent, il est là. Mais il ne m'appartient pas.

L'absence de perception, je ne m'y attendais pas. J'avais anticipé la douleur, mais pas ça. Il n'y a plus rien, je ne ressens plus rien et je vais devoir apprendre à vivre avec.

Ce matin-là, je comprends aussi d'où vient la sensation d'écrasement sur mon diaphragme. Mon cerveau ne reconnaît pas cette pièce rapportée et la rejette, d'où ce rapport de résistance. Comment vais-je m'y habituer ? Je pleure en pensant au morceau de moi-même qui est parti sans ménagement, sans un au revoir de ma part. J'étais tellement pressée de me débarrasser du problème, tellement contente de me réveiller « complète », que je n'en ai pas amorcé le deuil. Aujourd'hui, ça me tombe dessus.

On se préoccupe beaucoup de la douleur lorsque l'on va se faire opérer, c'est normal. Mais la douleur est un indicateur de vie. L'absence de douleur, de sensations, est une autre forme de souffrance. Psychologique. Une gêne permanente, irrationnelle. Que l'on traîne partout, la nuit, le jour, et qu'aucun médicament ne peut atténuer.

*

En découvrant ma triste mine, Camille me demande ce qui ne va pas.

— Mon sein est mort, lui dis-je.

Pour la première fois depuis l'opération, je connais un moment d'abattement. Je sais aujourd'hui que c'est un cheminement normal, un passage obligé. La plupart des femmes vivent cette étape à l'hôpital.

Camille a l'idée de demander conseil à son ami Ludovic, un préparateur mental d'une bienveillance rare. Je suis surprise qu'il soit si averti sur ce qui m'arrive. Moi qui d'ordinaire prévois tout, je n'ai pas anticipé cette réalité tangible, évidente : ce sein n'est plus mon sein. Je doute un instant de moi-même, de mon intuition à laquelle je tiens tant. Ludovic me rassure : personne ne peut brûler les étapes, je dois les vivre l'une après l'autre.

— Il faut que tu recrées ton sein, m'explique-t-il. Pour le faire exister de nouveau, il faut y assimiler un maximum de sens. Aspect, couleur, odeur, poids, musique même, si tu veux. Plus il y en aura, plus il s'ancrera dans ta réalité. Ça n'a pas besoin d'être logique, seulement agréable.

Telle est la première étape de ma reconstruction. Munie de crayons invisibles, je commence de tracer les contours de ma poitrine idéale. Du « bleu papa » pour la couleur du ciel et de l'espoir, un toucher de soie pour la volupté, le parfum de ma sœur Maggie pour le réconfort. Le bruit du vent pour la légèreté qui contraste avec la lourdeur sur mon diaphragme. De la brillance, beaucoup de clarté pour la joie. Chaque matin au réveil j'y pense, redéfinis, ancre cette forme en moi. Pour joindre le geste à la représentation, je pose ma main sur cette poitrine inerte face au miroir. En assimilant toutes ces synesthésies agréables, j'essaye de recréer un sens, de relier des connexions rompues. Pour accepter ce poids qui écrase ma cage thoracique, j'ai imaginé qu'un petit koala s'est enroulé autour de ma poitrine. Je dois prendre soin de lui avec amour. Il m'accompagne dans chacun de mes mouvements, je ne peux pas faire abstraction de sa présence. Ce petit animal, je le porte en écharpe comme je porterais un enfant. Il grandit au rythme où je le nourris d'affection. La tendresse que je lui prodigue finira par le rendre autonome. C'est ce qui se produit : un jour, plus de koala. Il s'est évanoui sans même que j'y pense, sans ménagement ni au revoir.

*

« Ce travail est une étape indispensable pour réapprendre à s'aimer. J'ai fait le même cheminement. Il serait naïf de penser que le partenaire ne doit pas adopter ce nouveau sein, j'ai même compris très vite que, dans un premier temps, je devrais l'aimer pour deux. J'ai travaillé sur la façon dont je voulais me le représenter. Ce sein, c'est un chouia de ténacité, un chouia de courage, de la bonne folie (annuler la première opération trois jours avant et se faire admettre dans un nouvel hôpital), et un grand sourire. Chaque fois que mes yeux se poseront sur la cicatrice, je verrai le sourire d'Alice sur son lit après l'opération, celui qui représente sa bienveillance, sa gentillesse et notre amour.

Il est un peu plus gros que son sein droit et elle le trouve lourd. Aussitôt, j'associe ce poids à sa future maternité. Oui, au fond de moi je le sais, nous aurons des enfants.

Son téton souffre, il se reconstruit doucement sous l'hématome. Il est comme notre amour, il va traverser des épreuves, mais il en sortira gagnant et grandi. On dit que l'on aime les personnes pour leurs imperfections. En seulement quelques jours, j'aime ce sein, il est notre histoire, notre combat, notre victoire. Je l'aime, je t'aime, Alice. »

Remporter la partie

Le 27 janvier est un jour pluvieux mais nous nous rendons tout de même à moto à notre rendez-vous. Je connais bien l'hôpital maintenant et sais exactement où me présenter. Je me rappelle ma première visite, je me sentais complètement perdue. Pourtant, il y a des lignes de couleurs vives au sol, qui guident les visiteurs vers les lieux stratégiques. Facile comme un jeu d'enfant. Quand on a l'esprit bouleversé, c'est important, et il doit y en avoir tous les jours, dans ce panthéon du cancer, des âmes perdues, des destins sens dessus dessous, des vies éclatées. En fonction de ce que l'on nous aura annoncé dans quelques minutes, je me perdrai peut-être moi aussi en suivant la ligne bleue qui mène à la sortie.

Cela fait des jours que je cogite sans arrêt. Je prie pour que l'on nous annonce une bonne nouvelle. Dans la salle d'attente où nous patientons, je lutte pour ne pas revenir au jour où, mes parents et moi, avons appris le cancer de mon père. Je ne lâche pas la main de Camille. Non, l'histoire ne se répétera pas. Je ne le permettrai pas. J'ai compris la leçon, merci, je vais reprendre le contrôle de ma vie. J'ai la forte intuition que c'est possible, mais une peur viscérale, incontrôlable, me souffle de ne pas nourrir trop d'espoir.

Ma chirurgienne a du retard, or aujourd'hui une minute me semble aussi longue qu'une année. Quand elle appelle enfin mon nom, Camille et moi nous levons comme un seul homme. Je suis si contente de la voir que j'en oublie presque mes craintes.

À l'examen, elle confirme que la cicatrisation se passe bien. Contente du résultat, elle se rassoit derrière son bureau pour aborder le point clef de nos retrouvailles. Elle marque une pause, plonge les yeux dans les miens, Camille prend ma main dans la sienne.

— Le prélèvement du ganglion sentinelle a révélé qu'il n'avait pas été infecté, c'est ce que nous espérions et c'est une bonne nouvelle.

Je redoute que cette première annonce ne soit suivie d'un « mais ».

— Pour ce qui est des cellules cancéreuses, elles étaient bien situées dans la zone du rehaussement de sept centimètres que nous avions localisée. Il ne s'agissait pas d'un cancer intra-canalaire comme on vous l'avait annoncé, mais d'une forme plus invasive. Heureusement, il a été traité à temps. Comme il ne s'est pas répandu dans l'organisme et que toute la glande a été retirée, nous ne jugeons pas nécessaire d'avoir recours à une chimiothérapie ou à un autre traitement. Concrètement, nous allons nous arrêter ici avec vous.

Je souffle un grand coup pour reprendre ma respiration, bloquée depuis de longues secondes, et me tourne vers Camille, qui m'adresse un sourire victorieux. Nous y sommes arrivés.

La conclusion de la chirurgienne, j'ai dû la lire sur le compte rendu opératoire et Camille a dû me la répéter plusieurs fois avant que je ne l'intègre. Je ne me rappelais que la dernière phrase, celle qui était venue mettre un terme à des mois d'attente. Tout du long, j'étais suspendue aux lèvres de la chirurgienne, focalisée sur ses intonations, son regard, tenter d'y déceler ce que les mots ne disaient pas ou n'avaient pas encore dit. La vague de stress passée, j'ai du mal à redescendre. Je me sens agitée, je peine à former des phrases cohérentes. Je remercie l'équipe en balbutiant, de toute façon mes mots ne seront jamais à la hauteur de ce que je ressens et de ce que l'institut Curie a fait pour moi. Je suis tellement émue que des sanglots remontent dans ma gorge.

Puis rendez-vous est pris dans six mois afin de contrôler l'évolution du sein et de décider d'une intervention esthétique. Six mois, cela me paraît tellement long ! Mais chaque chose en son temps. Pour le moment, ce sein doit continuer à guérir.

Enfin, j'aimerais savoir ce qu'il en est maintenant de la possibilité d'avoir un enfant. Lors d'une précédente consultation, j'avais abordé notre désir, à Camille et moi, de devenir parents.

— Vous pouvez commencer dès aujourd'hui si vous le souhaitez. Seul votre sein droit évoluera au fil de la grossesse. Le sein gauche n'en sera pas altéré ni déformé, il ne bougera pas, puisqu'il n'a plus sa glande.

C'est presque trop beau, j'ai du mal à y croire !

Nous repartons sur un nuage et nous perdons dans l'hôpital malgré la ligne bleue peinte au sol. Il n'y a pas que les mauvaises nouvelles qui choquent. Incapables de remonter tout de suite sur la moto, nous appelons nos proches. Un peu comme si nous avions besoin de rester sur place pour prendre conscience de la réalité. Camille et moi nous enlaçons plusieurs fois, sans savoir quoi dire ou quoi faire d'autre.

De retour à la maison, nous nous retrouvons dans le canapé, en silence, à nous regarder comme deux idiots. Voilà, fin de l'histoire, c'était aussi bête que ça. Le film des quatre derniers mois repasse à toute vitesse devant nos yeux. Et maintenant, qu'est-ce qu'on va faire ?

*

Ça y est, d'après la médecine et la Sécurité sociale, je ne suis plus malade. Je ne me suis jamais vraiment sentie comme telle, à vrai dire. J'ai été malade de stress, malade de peur, malade des effets postopératoires. Mais je ne me suis jamais sentie physiquement mal en point.

Ce qui m'a rendue le plus malade, c'est ce mot : « cancer ». Il tombe comme un couperet. Il tranche votre vie en deux. Il dessine un gros point d'interrogation dans le paysage, pourtant si beau, que vous aviez perdu l'habitude de regarder. Ce point d'interrogation qui fait basculer la vie dans la dimension du doute, vous vous mettez à le voir partout, il est omniprésent. Dans les armoires, dans le frigo, à côté de vous en voiture, dans le métro, quand vous allumez votre téléphone. Il n'y a que vous qui le voyez, vous et tous ceux qui sont atteints de cette maladie.

On s'imagine que le diagnostic déroule un scénario. Acte I : vous avez un cancer. Acte II : on vous opère. Acte III : chimiothérapie. Acte IV : vous êtes guéri. Si on connaissait dès le début la fin de l'histoire, le stress serait moins envahissant. À la limite, le cancer serait presque une maladie idéale. Mais la réalité est bien plus vicieuse et nous ne sommes pas dans un film. Une fois le diagnostic posé, on élabore des hypothèses, vraies ou fausses, bonnes ou mauvaises, en fonction des examens et de l'appréciation des médecins. Elle est là, la vraie souffrance, celle qui vous ronge le bide. Avancer seul dans le noir sans savoir ce que l'on cherche. L'attente et le doute sont la vraie torture. Le point d'interrogation dans votre plat de pâtes.

Parmi les femmes atteintes du même mal qui m'ont écrit sur les réseaux sociaux, beaucoup avaient connu un parcours plus dur que le mien. Des traitements lourds, des attentes interminables avant la reconstruction. Je n'ai pas écopé de la pire version de la maladie. Je n'ai pas subi de traitement, mon sein a été reconstruit immédiatement et s'est conclu rapidement de façon positive. J'ai conscience de ma chance, si tant est qu'on puisse utiliser ce mot.

La meilleure version du cancer, c'est la guérison. Peu importent les étapes par lesquelles il faut passer, il n'existe pas de grades dans le malheur. Tous les malades du cancer vous le diront : ce qui les ronge, c'est l'incertitude et le regard des autres. Voilà pourquoi on se tait, souvent, pourquoi la maladie devient un tabou.

Il n'y a pas de réaction idéale. Certains s'inquiètent au point de vous faire complètement flipper. Or, la première chose dont vous avez besoin, c'est d'être rassuré. D'autres, paralysés par la maladie, s'enferment dans le déni, rejettent l'information. Ces réactions, je peux les comprendre, tout le monde est démuni. Ce que je ne peux tolérer, en revanche, c'est de s'inquiéter pour soi-même : « Ah bon ? Tu as un cancer ? Et moi qui suis en retard sur ma mammographie. Tu crois que ton radiologue aurait une place pour moi ? » Mesdames, faites-vous dépister, et le plus tôt possible, il n'y a pas d'âge. Ne laissez pas traîner, mais n'étalez pas vos craintes infondées devant celles qui sont pieds et poings liés. Rien que le fait de ne pas deviner la peur ou la gêne dans le regard de l'autre est, en soi, réconfortant.

La maladie ne disparaît que lorsque le point d'interrogation s'efface. Le moment n'est jamais le même. Pour certains, cela coïncide avec la fin des traitements. Pour d'autres, il faudra plus de temps. D'autres, enfin, ne guériront jamais vraiment du traumatisme ; le point d'interrogation restera marqué dans leur champ de vision comme une persistance rétinienne. S'estimer guéri, c'est en être arrivé au point où le chemin qu'on a parcouru apparaît comme une chance et non plus comme une malédiction. Quand, en regardant en arrière, on estime avoir eu de la chance d'être diagnostiqué, puis soigné, et que ce chapitre de l'existence représente un atout, une corde en or à son arc. Il faut du temps pour le comprendre et l'accepter. Il m'a fallu des mois pour y parvenir.

*

Qu'est-ce qu'on fait, quand on a la vie devant soi ? L'après-midi du 27 janvier, après l'annonce des résultats, Camille et moi l'avons passée devant la télévision. En pareilles circonstances, d'autres auraient débouché le champagne, couru chez leurs proches ou fait une folie. Acheté des billets d'avion de dernière minute, un bijou ou se seraient fait tatouer. Nous, on a fini *La Casa de papel* et, le soir, nous avons pris un verre avec un ami, qui m'a demandé ce que j'avais ressenti à l'annonce de la chirurgienne. Il voulait savoir ce que cela faisait d'entendre la meilleure nouvelle d'une vie. Pourtant, en obtenant ce que j'attendais depuis si longtemps, il ne s'est à peu près rien passé. Il m'avait fallu des mois pour admettre ce cancer, il m'en faudra autant pour qu'il sorte de ma tête.

Les jours suivants, je n'avais même pas vraiment le moral. Puis, je me suis forcée à refaire des choses. Après tout, l'appétit vient en mangeant. Je suis retournée travailler, courir, j'ai repris mes activités. Peu à peu, ma vie est redevenue celle d'avant, si ce n'est que maintenant tout le monde était au courant.

Rebondir

Camille et moi ne parlons plus du projet de grossesse. Pourquoi se précipiter, puisque nous avons toute la vie ? Je profite du premier confinement, que nous passons en Bourgogne, pour jeter en vrac le récit de mon histoire, destiné au site Internet que je prépare, No taboobs. Depuis que j'ai communiqué sur mon intervention médicale sur les réseaux sociaux, de nombreuses personnes me contactent pour recevoir conseils et soutien. J'essaye de répondre à tous comme je me l'étais promis lorsque Lola m'a ouvert les bras. Notaboobs.com fait partie de ma réponse.

Écrire est une formidable thérapie. Seule, je m'autorise à revivre chaque moment. Je replonge dans mes peurs, peur de la mort, peur de perdre Camille, peur de perdre ma féminité. Certaine que la maladie est derrière moi, je peux y retourner en sécurité, comme on identifierait un assassin derrière une vitre teintée. Je m'autorise même à ressentir ce qu'une partie de moi avait bloqué à l'époque pour me protéger. Sans le savoir, je viens de déclencher un feu.

L'été arrive et tout le monde a envie de revivre. On revoit des amis, on prévoit les vacances, c'est l'effervescence. Moi, quelque chose me consume, je suis incapable de me projeter.

Un matin, alors que je trie du linge, je m'arrête. Je suis en train d'admettre que je ne vais pas bien. Pas bien du tout. Camille est au golf. À cause du Covid, nous travaillons moins que d'ordinaire et, dès qu'il en a la possibilité, il va frapper des balles. Depuis sa retraite des bassins, c'est sa nouvelle passion. Pourquoi ai-je l'impression qu'il m'abandonne ? J'ai besoin d'être rassurée, mais je dois être vigilante, Camille déteste qu'on lui mette la pression. Et puis, n'a-t-il pas déjà largement fait ses preuves ? Pourtant je m'entête, quelque chose ne va plus, je le sens au fond de moi.

Les semaines qui suivent nous conduisent au bord de la rupture. La communication est impossible, rompue. L'amour est présent mais il est devenu un explosif que nous ne maîtrisons pas. Mon orgueil et un profond sentiment d'insécurité sont remontés à la surface. Camille et moi jouons à qui vaincra l'autre, sans pour autant, heureusement, perdre de vue la valeur de ce que nous pourrions perdre. En désespoir de cause, je lui propose de nous faire aider pour déchiffrer ce que nous avons sur le cœur. Nous nous rendons chez une thérapeute main dans la main, avec l'envie de continuer à nous aimer. Même perdus au milieu d'un désert d'incompréhension, Camille me fait confiance et me suit.

Cette femme, que nous ne verrons qu'une fois, nous fait parler des raisons qui nous ont amenés devant elle. Nous parlons à tour de rôle, c'est très tendu. Elle me demande ce qui ne va pas de mon côté. Ce qui ne va pas ? C'est simple, je suis avec un homme célèbre. J'en ai assez de ces gens qui nous arrêtent dans la rue pour me demander de les prendre en photo avec lui. J'en ai marre du golf. Je me sens mal. Je voudrais une vie normale où l'on n'est pas exposé dès que l'on sort de chez soi. Je trouve Camille trop gentil avec tout le monde, pas assez méfiant. Je me sens constamment en danger. Camille donne sa version des faits et dit ne pas comprendre, il n'a pourtant rien changé. Si ce n'est que, depuis les premiers reproches, il se met en retrait, ce qui alimente inévitablement les tensions.

Puis il a cette phrase à mon égard : « Je pense que le problème, c'est que tu es restée bloquée, tu n'arrives plus à avancer dans la vie. »

Ses mots me font l'effet d'un couteau dans le ventre. Pour seule réponse, je me lève et pars. La thérapeute tente de me retenir, me demande de ne pas rompre le contact. Mais il m'est impossible de rester. Je dois fuir, comme je sais si bien le faire.

Que m'arrive-t-il ? Que nous arrive-t-il ? Nous sommes venus résoudre un problème et j'ai l'impression qu'il s'est aggravé.

*

« Je ne suis pas un bavard, et trouver les bons mots n'était pas facile. J'avais senti naître ce malaise mais je ne trouvais pas la solution pour en sortir sans faire du mal à Alice. Elle avait déjà assez souffert. Et puis elle est forte, intelligente, elle allait comprendre qu'elle abusait. Mais les choses s'aggravaient.

Dans ce cas, j'ai tendance moi aussi à fuir. Le golf est ma principale thérapie, il est pour moi ce que le footing est à Alice. J'aime me retrouver sur le parcours, seul dans mes pensées, loin de toute distraction. À mes yeux, Alice est jalouse d'une réussite passée, et j'ai l'impression qu'elle a peur de voir resurgir le chevalier. Pourtant, mon armure est bel et bien enterrée. Je ne la ressortirai jamais.

Quand elle me propose de voir une psy de couple, j'accepte sans hésitation, il sera plus simple de dire en terrain neutre ce que j'ai sur le cœur. Je prépare mes arguments, non pour la blesser ou pour flatter mon ego, mais pour trouver une solution. Je sais que l'on s'aime, et je veux y croire.

Je décide de donner ma version du problème d'entrée de jeu, pour qu'on ait le temps de démêler la discorde. Sa fuite me laisse triste et démuni. Comment en est-on arrivé là ? Pourquoi n'ai-je pas trouvé de solution ? Suis-je trop égoïste ?

En rentrant, je pensais trouver un appartement vide, délesté de ses affaires, et ne revoir Alice que pour lui dire adieu. Je pleure dans mon casque en rentrant seul chez nous... Elle m'attend, en larmes, sur le canapé, et nous reprenons la discussion. L'un après l'autre les problèmes trouvent leur solution, comme sur un tableau d'école on efface un problème une fois qu'il est réglé. À la fin, il est tout blanc. Avec une simplicité déconcertante, tous les nuages se sont dissipés. Nous sommes heureux et en équilibre. »

*

Sans le savoir, Camille a mis le doigt sur ce qui ne va pas. Effectivement, j'étais bloquée. J'étais comme paralysée par la peur que le cancer avait provoquée. Le sens de la vie, c'est d'avoir des projets, d'avancer. Mais comment avancer quand votre corps vous a trahie ?

Au fond, je couvais une énorme colère. La société, les gens, inconnus ou amis, tout le monde exerçait sur moi une pression intolérable. Il fallait constamment s'engager : « Tu fais quoi vendredi soir ? », « Tu fais quoi cet été ? », « Et un enfant, tu y songes ? » J'étais si terrifiée que plus rien ne me semblait stable ni beau. Et le seul moyen que je trouvais pour m'en sortir, c'était de tout remballer. Fini, la mascarade, quand on sait ce que la vie peut réserver ! Pour bien enfoncer le clou, j'ai fait en sorte que mes plus grandes peurs se réalisent. Perdre Camille. Qu'il se désintéresse de moi. Lui, il n'avait pas changé, c'est moi qui avais changé de point de vue, en choisissant l'angle de la catastrophe.

Pour mieux l'exorciser, il a fallu que je vive le scénario du pire tant redouté. En déconstruisant ce que j'avais érigé avec Camille, j'ai pu constater combien nos fondations étaient solides. Je n'avais rien à craindre. Il était là, stable, ferme, toujours à mes côtés. En quittant précipitamment le cabinet de la thérapeute, j'avais cédé au démon qui me soufflait de prendre mes jambes à mon cou et de lui faire payer le fait d'avoir égratigné mon orgueil, touché à mon amour-propre. Pour seul salut, l'évasion.

Mais j'ai eu si peur que Camille me quitte que je suis rentrée à la maison et me suis assise sur le canapé pour l'attendre, en intimant l'ordre aux voix qui me hantaient de se taire, de la fermer pour toujours.

*

Lorsque ma chirurgienne m'a demandé de patienter six mois avant d'envisager une opération esthétique, cela m'a paru très long. J'aurais voulu mettre l'épisode cancer derrière moi, qu'il ne soit plus qu'un mauvais souvenir, comme si la reconstruction de mon sein pouvait me permettre de redevenir moi-même, de rembobiner la cassette et de faire bifurquer ailleurs mon histoire. Six mois d'attente. Pourquoi pas six ans ? J'avais l'impression que l'on ajoutait une extension à ma peine. Que l'on me mettait en pause. Pourquoi devais-je attendre autant ?

La cicatrice et les ecchymoses ont mis plusieurs semaines à guérir. La peau du mamelon s'est rétractée comme une chips. La peau du sein s'est modifiée, elle s'est assouplie et laisse apparaître la prothèse. Le matin au réveil, en fonction de la position dans laquelle j'ai dormi, ma poitrine prend des formes étranges, avec des creux, des bosses, des vagues. Au début, cela me faisait froid dans le dos, puis j'ai fini par m'y habituer. Avec le temps, je digère, j'intègre, j'absorbe les événements.

Le jour du rendez-vous, je ne suis plus si sûre d'avoir envie de subir une nouvelle opération. J'ai accepté ma poitrine comme elle est : différente. Je peux la modifier autant de fois que je voudrai, elle ne redeviendra jamais comme avant. Je porte l'illusion d'un sein, cela ne me pose plus de problème. Avec le temps, le travail s'est fait dans ma tête. J'ai accepté mon nouveau moi. Six mois n'étaient pas de trop.

*

Notre vie a repris son cours, le vrai cette fois. Un cours calme et paisible, fait de petits bonheurs et de choses simples. Camille ne tarit pas d'éloges à mon égard, répétant que je l'ai aidé à se trouver et que j'ai fait de lui l'homme qu'il est. Je n'ai aucun pouvoir absolu, mon amour. Tu m'as faite, toi aussi. Grâce à toi, j'ai grandi. Tu m'as sauvée, tu m'as soutenue, accompagnée dans mon parcours médical comme chacune d'entre nous mériterait de l'être. Malgré mon sein mutilé, tu as continué à faire vivre la femme en moi. Tu as été l'ami qui me faisait rire quand j'en avais besoin, l'homme qui m'a délivrée de mes démons.

En me montrant qu'un partenaire peut être un pilier, une valeur sûre, une épaule solide, tu m'as permis de baisser le bouclier, de laisser tomber l'armure à mon tour. Tu as modifié mon horizon. J'ai été guérie par ton amour.

Le soulagement que j'attendais le 27 janvier 2020, à l'institut Curie, je l'ai ressenti chez nous, ce soir-là, lorsque tu es rentré à la maison et que j'ai compris que tu ne me quitterais jamais. Ma plus grande peur, c'était de te perdre, pas de mourir.

J'ai cherché longtemps ailleurs ce que la vie n'a cessé de me mettre devant les yeux, sans parvenir à en saisir le sens. J'avais l'essentiel, les valeurs que ma mère m'a inculquées. Il m'a fallu faire plusieurs fois le tour de la Terre pour m'en rendre compte et te trouver. On dit que la clé du bonheur réside dans la confiance et l'équilibre de soi. Mais seul, on n'est rien. Le bonheur passe par les autres autant que par soi-même. Un autre que soi peut tout changer, en mal comme en bien.

Sans toi, Camille, je n'aurais jamais eu le courage d'aimer autant, de faire autant confiance, d'attendre un enfant. Tu m'as permis de m'émanciper de l'apparence pour me montrer le plus important. Merci d'être resté, d'avoir été si patient et compréhensif quand tout était incohérent. Tu es un conjoint héroïque, un papa inspirant, qui enseigne autant qu'il apprend de son enfant. À tes côtés, l'amour est drôle, amusant.

J'espère que ce témoignage de vie, qui est aussi une déclaration d'amour à l'homme qui a fait de moi ce que je suis, inspirera d'autres liens aussi forts que le nôtre et accompagnera d'autres femmes atteintes d'un cancer du sein dans leur combat pour la guérison.

Épilogue

La vie est faite de cycles. Un an après avoir appris que mon père était atteint d'un cancer, on m'annonçait le même diagnostic. Une année plus tard encore, j'apprenais que j'étais enceinte. Cette grossesse était le rêve auquel je me suis accrochée pour avancer et toujours entrevoir l'avenir.

Lorsque nous avons appris ce petit miracle avec Camille, nous avons souhaité attendre trois mois avant d'en parler à nos proches, pour être sûrs que tout se déroulerait bien. Mais les analyses sanguines que j'ai dû entreprendre en début de grossesse m'ont fait replonger en arrière : je me suis revue attendre des résultats médicaux sans en parler à mes proches. La situation présentait trop de similitudes avec le passé et le beau moment que je m'étais imaginé en était gâché. C'était plus fort que moi, la peur était là, irrationnelle.

Faire un enfant, c'est nouer un pacte avec l'avenir, signer un contrat en grande pompe avec le destin, en espérant qu'il ne vous trahisse plus. Ça donne le vertige. L'annoncer à ma mère m'a soudain paru être une bonne façon de conjurer le sort. Camille a été d'accord pour que nous en parlions dès que nous avons entendu battre le cœur de notre bébé. Pourquoi attendre ? Si quelque chose n'allait pas, il n'était pas question de retomber dans le silence et de nous isoler avec notre peine. Et pour l'heure, nous vivions une grande joie.

Cette grossesse a achevé ma transformation physique et psychologique. Je redoutais que mon corps change encore une fois et, surtout, de prendre du poids. Évidemment, plus je me suis surveillée, plus ça a été le cas ! Je me suis retrouvée avec une poitrine complètement asymétrique : tandis que mon sein droit se développait et que le mamelon s'élargissait pour se gorger de lait, celui du côté cœur est demeuré stérile. Pour couronner le tout, moi qui suis sensible aux changements hormonaux, ma peau s'est couverte d'acné. Je me suis demandé comment Camille réagirait en voyant sa femme changer à ce point. S'il aimerait la personne que j'étais temporairement devenue. J'aime faire du sport, travailler, sortir, être coquette et prendre soin de moi. La grossesse m'a privée de tout cela. Mais elle m'a apporté le calme, l'introspection nécessaires pour écrire ce livre. Et Camille, tout naturellement, m'a aidée à y parvenir.

*

Le succès de mon opération à Curie ne m'avait donné que de bonnes raisons de faire confiance au service public. Pour des questions de proximité avec notre domicile, j'ai choisi d'être suivie à Bichat.

Je ressens les premières douleurs vers 5 heures, le matin du 31 mai 2021. À 10 heures, je n'y tiens plus et nous partons pour la maternité. Les contractions sont devenues régulières et très douloureuses. Sur place, on me demande de marcher pour accélérer le travail. À 14 heures, on me pose la péridurale.

*

Tout ne se passe pas comme prévu. Les contractions sont intenses mais mon col s'ouvre peu et notre bébé ne s'engage pas dans mon bassin. Fait rare, la péridurale n'est efficace que dans la partie droite de mon corps. Pour qu'elle le soit totalement, je dois injecter la dose maximale autorisée. En effet, c'est à moi de délivrer la dose d'anesthésiant en appuyant sur un bouton chaque fois que j'en ai besoin. Mais cela a pour effet aussi d'anesthésier complètement ma jambe droite. Plusieurs fois, sages-femmes et médecins tentent de retourner mon bébé en lui attrapant la tête et en me demandant de pousser pour accompagner le mouvement. Comme je dois m'appuyer sur ma jambe droite pour expulser le bébé, il faut injecter moins de produit dans la seringue.

Les sensations, quand on tente de retourner le bébé, sont intenses. Je fais des malaises à répétition et mon bébé ne bouge pas, même après plusieurs heures de tentatives.

On entend son cœur décélérer, il souffre lui aussi. Finalement, à 6 heures du matin, nous prenons la décision de partir au bloc pour procéder à une césarienne. En me remettant en position assise pour passer sur le brancard, je fais un nouveau malaise, qui ne passe pas.

Alors, tout va très vite. Le bébé ne va pas bien non plus, il faut se dépêcher. Je parviens à rouler sur le brancard et nous partons au bloc opératoire tandis qu'une infirmière tient le sac dans lequel je vomis. Tout le monde s'affaire en silence et un anesthésiste vient me parler près de l'oreille pour m'expliquer comment les choses vont se dérouler. Sa voix est apaisante. Je sens qu'on m'injecte un nouveau produit. Un drap est placé au-dessus de ma poitrine pour masquer le champ chirurgical sur mon ventre. Le chirurgien annonce que cela va commencer, l'anesthésiste répond qu'il a besoin de dix minutes.

— On n'a pas le temps, répond-il.

Camille a revêtu les habits de bloc et vient de s'asseoir derrière moi, j'entends sa voix chaude et enveloppante. J'attrape sa main lorsque le scalpel commence son travail. Je sens quatre mains rapides entrer en moi, soulever mes entrailles, les déplacer. L'anesthésiste m'a demandé de ne pas me focaliser sur les sensations, elles ne sont pas des douleurs. Pourtant je déguste ! Je sais que mon bébé aussi, alors je ne me concentre que sur cette phrase, que je me répète en boucle comme un mantra : « Accroche-toi, Marius, on vient te chercher. Si tu ne viens pas à moi, c'est maman qui vient à toi. »

Ma main droite crispée dans la sienne, Camille me demande si je vais bien. Je ne veux pas l'inquiéter, mais je ne peux pas lui mentir non plus. Je dois rester concentrée, alors je réponds simplement « chut », et il comprend. Je contiens un malaise sous-jacent ; je ne l'autoriserai à passer qu'une fois Marius sorti de mon ventre et hors de danger, pas question de retarder le chirurgien.

Lorsque la petite voix de notre fils résonne enfin, Camille pleure de joie. Les tripes à l'air, je ne suis pas en mesure de savourer le moment où la sage-femme vient me le présenter : j'entends et je sens qu'on aspire mon placenta dans une sorte d'aspirateur. Enfin, je m'autorise à demander de quoi vomir, mon corps commence à trembler et je ferme les yeux. Notre rencontre, à Marius et moi, se fera plus tard. Maintenant et pour les heures à venir, je le sais dans les bras de son papa, et c'est tout ce qui compte.

*

J'ai hésité à rapporter la naissance de mon fils. D'abord parce que je ne veux pas effrayer les jeunes femmes qui n'ont pas encore donné la vie. Puis parce que je ne voudrais pas que l'on se méprenne quant à l'hôpital. Lorsque je raconte cette histoire, les gens ouvrent de grands yeux et se demandent comment on peut accoucher de cette façon aujourd'hui. Comme si, avec les moyens actuels, on pouvait tout contrôler.

Annihiler la douleur. Donner la vie restera toujours un acte primal imprévisible. C'est à la fois d'une grande noblesse et d'une brutalité pure. Le sang doit couler pour qu'un nouveau corps soit arraché à celui de sa mère. Le personnel médical fait ce qu'il peut pour encadrer ce phénomène naturel. En d'autres lieux et d'autres époques, ni moi ni mon bébé n'aurions survécu. De nouveau, je ne peux que constater la chance que j'ai eue. C'est pour cette raison que je remercie ici le service public qui m'a sauvée, deux fois déjà. Si j'avais vécu il y a un siècle, j'aurais sans doute pu mourir deux fois avant mes trente-quatre ans.

*

Quelques jours avant la naissance de Marius, j'ai finalement entrepris les démarches de recherches génétiques que m'avait proposées l'institut Curie, afin de définir si je suis porteuse d'un gène altéré qui prédispose au cancer. La maladie peut avoir des causes environnementales – nourriture, pollution, tabac –, mais le terrain génétique peut aussi favoriser son développement. Lorsqu'un cancer survient tôt, avec des antécédents familiaux comme dans mon cas, cette recherche peut se révéler très utile, pour moi comme pour ceux qui viendront après moi.

Angelina Jolie a eu un geste extraordinaire pour l'humanité. En parlant ouvertement de son choix de se faire retirer la poitrine et l'appareil reproducteur, elle a montré au monde entier que l'on peut continuer d'être une femme – et quelle femme ! – sans ses attributs féminins. En rendant son geste public, elle a aussi levé le voile sur les bénéfices qu'on peut tirer de la génétique. Si mes analyses révèlent une prédisposition, il est évident que je procéderai à mon tour à l'ablation des ovaires et du sein droit. Pourtant, plus que de moi et de mes attributs féminins, il est question de Marius et de Rose, ma petite-nièce, la fille de Maggie, de Charlotte et de Louis, les enfants de Sophie, ainsi que de leur future descendance.

La première chose que m'a expliquée la généticienne en consultation, en l'illustrant avec des petits bâtons au crayon sur une feuille blanche, c'est que, si je suis porteuse de ce gène, mes enfants ont au moins une chance sur deux de l'avoir aussi. Et que, si c'est le cas, j'ai l'obligation juridique et morale d'en informer ma famille. En octobre, j'aurai les résultats. Ce fameux octobre que j'attends chaque année avec fébrilité. Qui apporte son lot de bonnes et de mauvaises nouvelles.

J'ai décidé que peu importe l'issue, rien ne sera plus une mauvaise nouvelle. S'il s'avère que je porte ce gène altéré, alors nous saurons mieux prémunir l'avenir de nos enfants. Et si ce n'est pas le cas, ce sera une meilleure nouvelle encore. Rien ne viendra plus faire de l'ombre à notre bonheur, ni ternir notre ciel bleu papa.

Remerciements

Merci à vous, Philippe et Maxime, pour votre amitié indéfectible. Merci, Steph, d'être toujours à mes côtés.

Merci ma Jazzouille pour ton sourire chaque jour.

Merci Cédric d'être un ami et un agent aussi formidable, merci pour tes bons conseils et ton énergie.

Merci à Barbara et Lilas : plus que de faire naître un livre, vous m'avez donné de vivre une belle aventure humaine à vos côtés.

Merci à ma chirurgienne, Dr Anne Sabaila, à qui je voue une reconnaissance éternelle.

Merci à la vie d'avoir mis Marie sur mon chemin.

Merci, mon Camille, d'avoir été mon plus grand soutien pour l'écriture de ce livre.

Annexes

Sur mon blog **notaboobs.com**, j'ai réuni des informations médicales sur la réalité du cancer du sein et de certains examens médicaux. Elles proviennent de sites de référence, notamment de l'Assurance maladie, de la Ligue contre le cancer, de l'Institut national du cancer et de la Société canadienne du cancer. Je les reproduis ici afin que ces notions de base permettent, je l'espère, des dépistages précoces de la maladie et dissipent certaines craintes associées aux examens et aux traitements médicaux.

L'autopalpation, un réflexe à avoir

Quand et à quelle fréquence ?

Plus une tumeur est détectée tôt, plus les chances de guérison d'un cancer du sein sont élevées. En plus de l'examen annuel chez le médecin et de la mammographie, l'autopalpation des seins peut aider à un dépistage précoce. Il est recommandé de faire cet auto-examen régulièrement, à partir de l'âge de vingt ans.

Le meilleur moment pour réaliser cet examen est deux ou trois jours après la fin des règles. À cette période, les seins ont retrouvé leur souplesse tandis que leur sensibilité diminue. En l'absence de règles, chez les femmes ménopausées, il est préférable de faire cette autopalpation tous les mois à date fixe.

L'inspection visuelle

Face à un miroir, examinez soigneusement l'aspect de vos seins dans chacune des positions suivantes :

– les bras levés ;
– allongée sur le côté ;
– les bras le long du corps ;
– les mains sur les hanches ;
– penchée en avant.

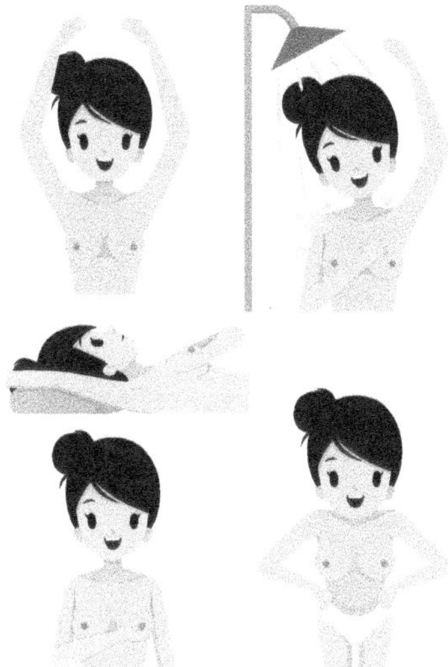

Essayez de noter :
- tout changement de taille ;
- de forme ;
- les rougeurs ;
- les altérations du mamelon ou de la peau ;
- les renflements ;
- les écoulements du mamelon, avec ou sans pincement.

Les gestes

Vous devez être sûre d'examiner la totalité des deux seins, ainsi que le creux de l'aisselle, de chaque côté. Utilisez la pulpe de vos trois doigts du milieu de la main gauche pour le sein droit et vice versa. Pour chaque mouvement, utilisez trois niveaux de pression :

superficielle, moyenne, forte. Trois méthodes peuvent être utilisées : la méthode radiale, la méthode circulaire, la méthode verticale.

La méthode radiale

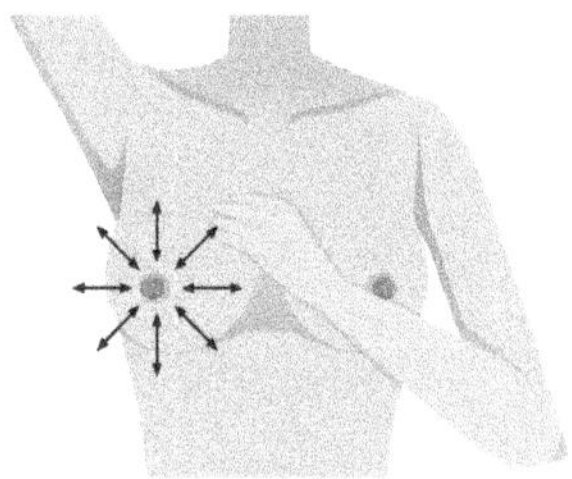

Débutez la palpation en partant du mamelon et poursuivez jusqu'à l'extérieur du sein, en formant des lignes droites. Renouvelez en décalant la ligne de palpation, de manière à faire tout le tour du sein.

La méthode verticale

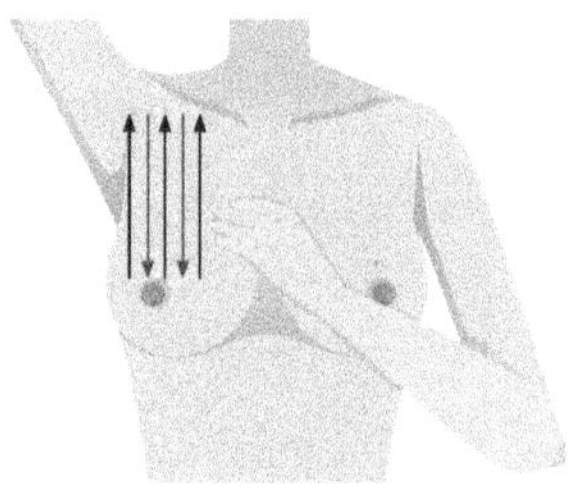

En partant du haut de l'aisselle, palpez votre sein de haut en bas dans des plans parallèles très minces pour être sûre de ne manquer aucune zone.

La méthode circulaire

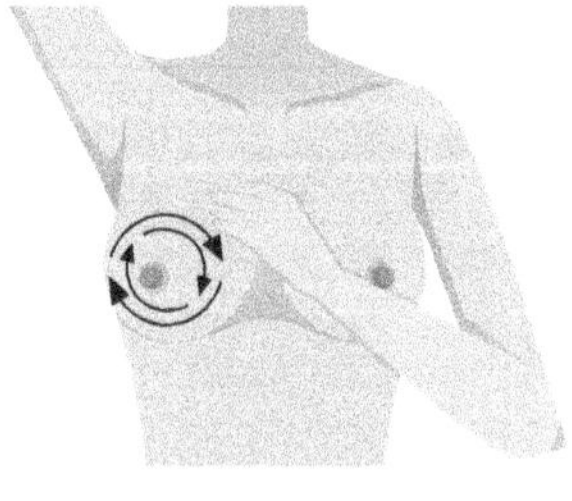

En partant du haut de l'aisselle, palpez votre sein en tournant en spirale. Terminez par l'examen du mamelon.

Que faut-il chercher ?

Voici les principaux symptômes qui peuvent donner l'alerte.

Une observation régulière est importante afin de déterminer la rapidité de leur progression et donner un maximum d'information à votre médecin. Si vous avez détecté quelque chose, pas de panique, la plupart des grosseurs sont bénignes.

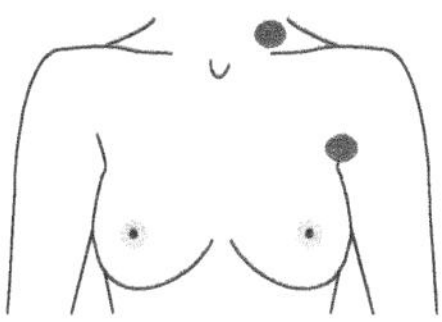
Augmentation du volume des ganglions lymphatiques

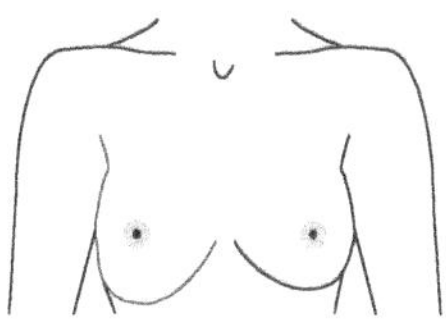
Changement récent dans la taille ou la forme du sein

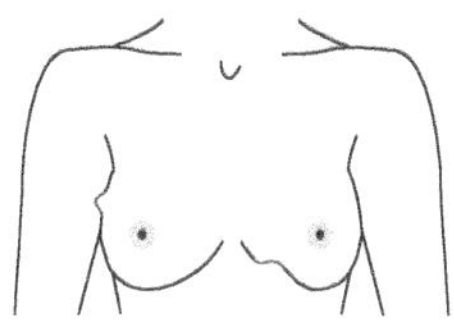
Creux (rétraction de la peau) ou voussure (bombement)

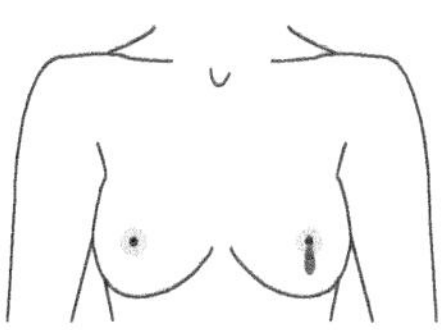
Écoulement du mamelon unilatéral, spontané

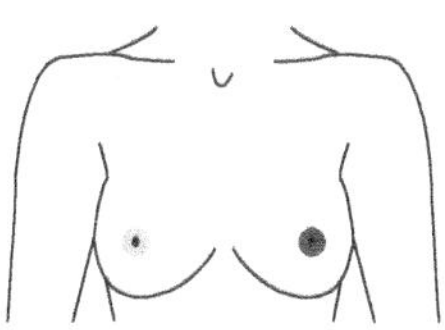
Eczéma persistant ou ulcération du mamelon

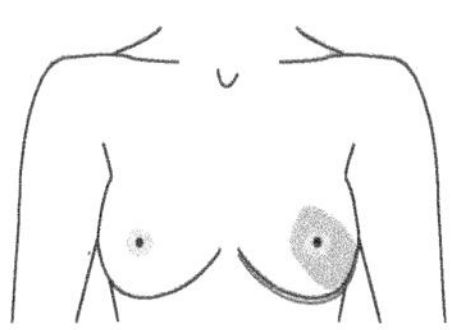
Épaississement ou durcissement de la peau

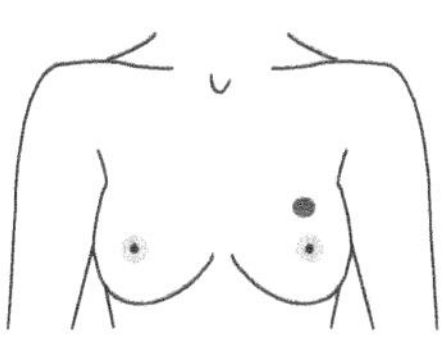
Masse palpable au sein

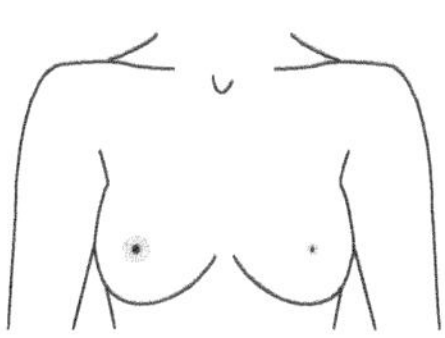
Rétraction récente du mamelon (retourné à l'intérieur)

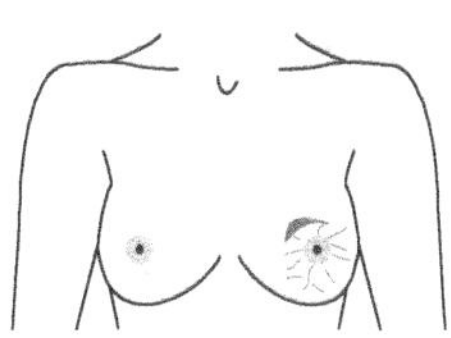
Rougeur récente de la peau ou nouvelles veines plus visibles

Que faire en cas de suspicion ?

Attention, l'autopalpation ne peut pas remplacer des mesures de dépistage indispensables comme la palpation par un professionnel de santé. En cas de détection d'une anomalie, il est recommandé d'en parler rapidement à votre médecin traitant ou à votre gynécologue. Celui-ci pourra effectuer un bilan complet de vos seins et prescrire, en cas de doute, des examens complémentaires afin d'obtenir un diagnostic complet.

Le cancer du sein : points clés

Le cancer du sein est le cancer le plus fréquent chez les personnes dotées d'organes sexuels féminins. Statistiquement, près d'une sur huit développe un cancer du sein dans sa vie.

Plus il est détecté tôt, plus le cancer du sein est facile à soigner. Les mammographies de dépistage sont donc essentielles : tous les deux ans à partir de quarante ans en cas d'antécédents familiaux, et tous les ans à partir de cinquante ans, d'une façon générale. Un examen clinique annuel, chez le médecin ou le gynécologue, est cependant recommandé à partir de l'âge de vingt ans.

Anatomie du sein

Chaque sein contient une glande mammaire composée de compartiments séparés par du tissu graisseux. Chacun de ces compartiments est constitué de « lobules » et de « canaux ». Les premiers produisent le lait en période d'allaitement, les seconds le transportent vers le mamelon.

La glande mammaire est entourée d'un tissu de soutien composé de fibres, de graisse et de vaisseaux sanguins et lymphatiques.

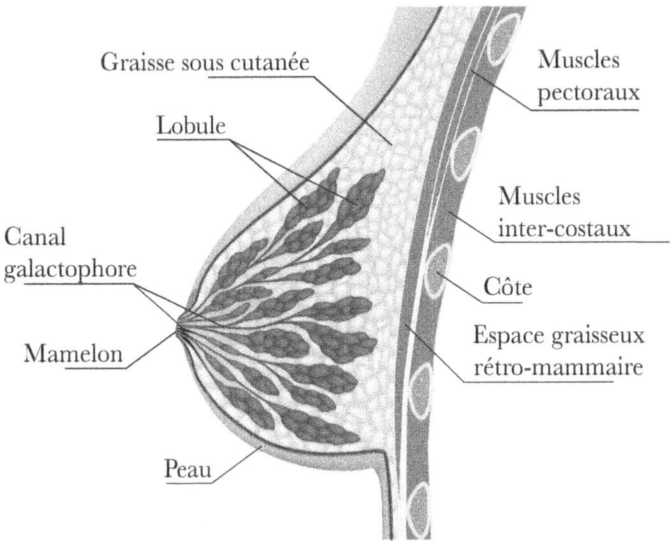

Le cancer du sein résulte d'un dérèglement de certaines cellules du sein, qui forment, en se multipliant, une masse appelée « tumeur ». Dans 95 % des cas, il s'agit d'un adénocarcinome. Certains cancers, dits « agressifs », évoluent très rapidement. Dans la plupart des cas, le développement d'un cancer du sein prend plusieurs mois, voire plusieurs années.

Selon le stade d'évolution, la tumeur cancéreuse (maligne) peut rester localisée – on parle alors de cancer « non infiltrant » ou « in situ » – ou envahir et détruire le tissu voisin, voire se propager à d'autres parties du corps – on parle alors de cancer « infiltrant » et de « métastases ».

Le cancer du sein le plus fréquent, le « carcinome canalaire », se développe dans les cellules tapissant les canaux qui transportent le lait des glandes au mamelon.

Le « carcinome lobulaire » se forme pour sa part dans les lobules, les glandes productrices de lait.

Il existe d'autres types de cancers du sein moins fréquents, voire rares : le cancer inflammatoire du sein, la maladie de Paget du sein, le cancer du sein triple négatif, le lymphome non hodgkinien et le sarcome des tissus mous.

Traitements du cancer du sein

Lorsqu'une anomalie est découverte au cours d'un examen de dépistage ou qu'une personne présente des symptômes, on procède à une biopsie à travers la peau. Un examen anatomopathologique (au microscope) des tissus prélevés permet d'établir le diagnostic.

Chirurgie, radiothérapie, hormonothérapie, chimiothérapie ou thérapies ciblées : on dispose aujourd'hui de plusieurs types de traitement pour maîtriser la maladie. Il arrive parfois qu'un seul soit nécessaire. Dans d'autres cas, il faut en associer plusieurs. Une chirurgie peut par exemple être complétée par une chimiothérapie ou par une radiothérapie. Certains traitements ciblés bloquent les mécanismes spécifiques des cellules cancéreuses.

Le choix des traitements est personnalisé et adapté à chaque situation. Plusieurs médecins de spécialités différentes se réunissent en réunion de concertation pluridisciplinaire (RCP) pour discuter des meilleures solutions et se fondent, pour cela, sur des recommandations de bonnes pratiques. Dans tous les cas, la prise en charge thérapeutique est définie en accord avec la patiente.

La prise en charge du cancer est globale et comprend tous les soins et soutiens dont la personne peut avoir besoin dès le diagnostic. L'équipe médicale comprend donc des professionnels de différentes spécialités : gynécologue, oncologue médical, chirurgien, oncologue radiothérapeute, pathologiste, psychiatre et psychologue, spécialiste de la douleur, infirmier, kinésithérapeute, aide-soignant, diététicien, assistant social...

Les facteurs de risque du cancer du sein

Le cancer du sein est une maladie multifactorielle. L'âge et le sexe en restent les principaux facteurs de risque : 80 % des cancers du sein se développent après cinquante ans, et 99 % d'entre eux surviennent chez la femme.

La durée d'exposition aux hormones féminines, notamment certains traitements hormonaux substitutifs de la ménopause, semble être un facteur de risque. D'autres sont discutés : règles précoces (avant douze ans), ménopause tardive (après cinquante ans), absence de grossesse ou grossesse tardive (après trente-cinq ans), absence d'allaitement.

Les antécédents familiaux et personnels augmentent le risque, notamment si une parente au premier degré (mère, sœur, fille) a déjà eu un cancer du sein, et plus particulièrement avant la ménopause.

Certains cancers du sein sont provoqués par une altération génétique des gènes BRCA1 ou BRCA2. Cette forme de cancer du sein héréditaire est rare.

Certaines habitudes de vie entrent en cause dans la survenue du cancer :

– la consommation régulière d'alcool ;

– le surpoids et l'obésité, notamment chez les femmes ménopausées ;

– le tabagisme ;

– une alimentation déséquilibrée.

Dans tous les cas, une alimentation riche en fruits, légumes, fibres et produits laitiers et une activité physique régulière diminuent les risques de cancer du sein après la ménopause.

Tout ce que vous avez besoin de savoir à propos de la mammographie

Qu'est-ce que c'est ?

La mammographie est une radiographie des seins qui utilise des rayons X à faible dose. Elle sert surtout à dépister un éventuel cancer du sein.

Quand et à quelle fréquence est-elle proposée ?

– Lors d'une campagne de dépistage (tous les 2 ans entre 50 et 70 ans) ;

– Par votre médecin, pour un dépistage individuel, en fonction de vos antécédents médicaux et familiaux. (Il n'y a pas d'âge minimum pour la pratiquer. Cependant, les tissus mammaires souvent trop denses chez les jeunes femmes laissent peu passer les rayons X et le praticien risque de manquer d'information. Une échographie sera peut-être préférée.) ;

– Après la découverte d'une anomalie pendant un examen clinique des seins ;

– Dans le cadre d'une surveillance après un traitement pour cancer du sein.

⊖ Si vous êtes enceinte ou pensez l'être, signalez-le afin que des précautions soient prises pour protéger le fœtus des rayons X.

Où pratiquer une mammographie ?

– Dans un cabinet de radiologie ;
– En clinique ou en hôpital.

Quelques chiffres à propos de la mammographie :

– **54 062** : c'est le nombre de nouveaux cancers du sein en 2020 ;
– **8 sur 10** : c'est le nombre de femmes qui seront concernées par un cancer du sein au cours de leur vie ;
– **10 %** : c'est le pourcentage des cancers du sein qui surviennent avant 40 ans ;
– **100 %** : c'est le pourcentage d'augmentation des cancers du sein entre 1980 et 2005. L'incidence s'est depuis stabilisée ;
– **0 %** : c'est l'augmentation du taux de mortalité depuis les années 80 ;
– **61 ans** : c'est l'âge moyen du diagnostic ;
– **1 %** : c'est le nombre total de cancers du sein chez l'homme ;
– **3 sur 4** : c'est le nombre de cancers du sein guéris, tous diagnostics confondus ;
– **67 euros** : c'est le prix moyen que vous coûtera une mammographie. L'assurance maladie vous remboursera à 70 %. Mais attention, il peut varier du simple au double selon les établissements ! N'hésitez pas à demander les tarifs avant de prendre rendez-vous. Dans le

cadre du dépistage organisé à partir de 50 ans, il est pris en charge à 100 %, sans avance de frais ;

– **1 an** : c'est la validité de votre ordonnance de mammographie. Même si cela paraît long, on a tendance à laisser traîner. Alors ne procrastinez pas et prenez votre rendez-vous ! ;

– **18 %** : c'est le pourcentage de cancers du sein qui se développent entre les examens de dépistage (on l'appelle « cancer d'intervalle »). Une mammographie ne dispense donc pas d'autopalpation, que l'on doit continuer de pratiquer régulièrement ! ;

– **11 900** : c'est le nombre de décès annuels dûs au cancer du sein ;

– **10 à 15 minutes** : c'est le temps nécessaire pour pratiquer une mammographie.

Alors, vous avez bien 15 minutes ?

Histoire brève du cancer du sein en quelques dates

Le cancer du sein n'est pas une maladie moderne mais bien l'une des plus anciennes. Dès 3000 av. J.-C., les Égyptiens en relatent la présence sur des papyrus. C'est Hippocrate qui, en 460 av. J.-C., le surnomme « le crabe » (*karkinos* en grec, qui deviendra notre tristement célèbre carcinome), en référence à son aspect autour du sein dans sa forme grave.

Durant des siècles, le seul recours au cancer du sein, en désespoir de cause, est l'ablation de la tumeur. Sans anesthésie et sans antisepsie, celle-ci est souvent vouée à l'échec et peut mener à des conséquences funestes.

L'arrivée de la mammographie dans l'entre-deux guerres permet enfin un diagnostic plus fiable. Les premières grandes campagnes appelant au dépistage voient le jour à New York dans les années 1970. En France, il faudra attendre 2004 pour qu'un dépistage organisé soit appliqué à l'ensemble du territoire.

La radiothérapie et la chimiothérapie sont deux grandes découvertes insolites. En 1895, Wilhelm Röntgen découvre que les rayons X provoquent des altérations cutanées sur ses mains. Un an plus tard, ces rayons sont utilisés pour traiter le cancer. En 1943, lors du bombardement d'un bateau américain en Italie, on constate que les travailleurs qui ont déchargé des fûts de gaz moutarde et d'azote du bateau présentent des insuffisances de la moelle osseuse. On comprend alors que ce mélange attaque directement les cellules. Il sera d'abord employé dans le traitement de la leucémie, puis du cancer du sein à partir des années 1960.

Entre-temps, les premières ablations réussies ont fait leur apparition et il faut attendre 1979 pour voir naître la première reconstruction autologue. Elle est réalisée sans recours d'implants mammaires, seulement à l'aide de prélèvements de peau et de graisse sur des parties du corps de la patiente. Si la convalescence est bien plus longue et risquée, cette méthode marque un tournant dans l'évolution de la maladie. Elle signifie que, au-delà de la soigner, on cherche désormais à rendre à la femme sa féminité. L'impact psychologique du cancer du sein et de l'ablation qui s'en suit ne peut plus être ignoré.

Enfin, outre l'apparition du tamoxifène en 1998 pour prévenir la récurrence de la maladie, la dernière découverte majeure de notre siècle est bel et bien celle des mutations dans les gènes BRCA1 et BRCA2, dont l'hérédité augmente les risques de développer le cancer du sein. Ces mutations, au-delà de se prémunir soi-même de potentiels risques, permettent d'évaluer ceux de nos futures générations.

Cet ouvrage est composé de matériaux issus de forêts bien gérées certifiées FSC®, de matériaux recyclés et de matériaux issus d'autres sources contrôlées.
Le Forest Stewardship Council® est une organisation internationale non gouvernementale qui encourage une gestion écologiquement adaptée, socialement bénéfique et économiquement viable des forêts de la planète.

Pour en savoir plus, consultez le site *www.fsc.org*

FSC
www.fsc.org
MIXTE
Papier issu de sources responsables
FSC® C022829

Achevé d'imprimer en septembre 2021
sur les presses de la Nouvelle Imprimerie Laballery
58500 Clamecy
Dépôt légal : octobre 2021
N° d'impression : 109316

Imprimé en France

La Nouvelle Imprimerie Laballery
est titulaire de la marque Imprim'Vert®